Julia Franck

Liefdesdienst

Tweede druk

WERELDBIBLIOTHEEK · AMSTERDAM

Uit het Duits vertaald door Hilde Keteleer
Deze vertaling kwam tot stand met steun van
het Vlaams Fonds voor de letteren

Tweede druk

Oorspronkelijke titel *Liebediener*
Dit boek is eerder verschenen onder de titel *De gigolo*
Omslagontwerp Nico Richter
Omslagillustratie © Groothuis & Consorten, Hamburg

© 1999 Dumont Buchverlag
© 2001 Nederlandse vertaling: Hilde Keteleer en
Uitgeverij Wereldbibliotheek bv
Spuistraat 283 • 1012 VR Amsterdam

www. wereldbibliotheek.nl

ISBN 978 90 284 2481 4

Vanaf de straat hoorde ik het ongeduldige manoeu-vreren van een auto. Toen ik mijn brievenbus opende, viel er een stapel reclamefolders uit. En toen ik de krant niet vond en die ook in geen enkele andere bus of op de grond zag, wilde ik naar mijn appartement terug-gaan. Mijn fiets stond daar nog. Het was half april, Pa-sen, en ik was op weg naar het gezin van mijn broer, die eieren wilde verstoppen achter het monument in het Treptowerpark. Ik was al laat. Het ergerde me dat de krant weer was gejat, en niet voor het eerst verdacht ik mijn buurvrouw Charlotte. Ik wist dat ze graag af en toe iets meenam dat niet van haar was (de dieveg-ge). Ik propte de reclamefolders bijeen en gooide ze in de doos die onder de brievenbussen stond. Om in mijn appartement te komen, moest ik vanuit de gang terug over de straat. Zoals bij de meeste souterrains lag de ingang aan de voorgevel van het huis en leidde een smalle trap naar mijn appartement beneden.

De Kastanienallee lag er verlaten bij. Precies voor mijn deur, in de schaduw die ons huis in de ochtend-zon wierp, ontdekte ik een nagelnieuwe, of althans blinkende, kleine rode auto waarin een man veel moei-te deed om van zijn parkeerplaats te komen. Ik denk dat het een Ford was, ik weet niet zoveel van auto's, hij botste telkens weer op de bumpers van de auto's voor en achter hem. In mijn herinnering had hij don-kerblond tot bruin haar, maar daar ben ik niet langer zeker van, ik kan nergens meer zeker van zijn.

Mijn appartement beneden was in schemerlicht gehuld en ik kon nauwelijks iets herkennen, zo donker was het. In de lente en in de zomer werd de stank heel erg, ik rook hem alleen de eerste minuten nadat ik was binnengekomen, zoals nu. Ik dacht aan de krant en ergerde me opnieuw. Pas enkele dagen later schoot me te binnen dat het Pasen was geweest en dat er dus geen krant in de bus had kunnen zitten. Ik schaamde me toen, niet alleen omdat ik Charlotte had verdacht, maar vooral omdat ik mezelf erop betrapte dat ik nog altijd aan de krant dacht. Ik legde de tas met de chocolade eieren op tafel en kroop op de stoel om het raamluik te openen. De ramen zaten vlak onder het plafond en daardoor kwam er alleen maar wat verplaatsing in de bovenste luchtlaag, terwijl de onderste klam bleef. De straatstenen verspreidden een stoffige, stinkende hitte die zich vermengde met de koelte van mijn kelder. Binnen rook het naar schimmel, buiten naar urine, dat was ik gewend en ik voelde me er niet echt lekker bij, maar wel thuis.

De uitlaatgassen van de rode auto smeulden over het plaveisel en werden door het open luik mijn woning in gedreven. De man deed nog altijd pogingen om van zijn parkeerruimte te komen. Toch liet ik het luik open, de man claxonneerde twee keer kort na elkaar, ik kon enkel de bovenste helft van zijn hoofd zien, hij keek om, het leek alsof hij op iets wachtte. Ik strekte me om de man beter te kunnen zien. Hij sloeg met beide handen op het stuur en woelde wanhopig door zijn haren. Vervolgens staarde hij in de richting van mijn huis, alsof hij op iemand wachtte die de eigenaar kon zijn van een van de auto's die hem hadden klemgezet. Al zijn gezichtsspieren leken gespannen. Maar ik zag in de verste verte geen mens voor wie die opwinding bedoeld kon zijn. Ik kroop van de stoel af, pakte mijn tas, zonnebril en sleutels – de rugzak met de jongleerballen en de picknickdeken had ik op mijn rug laten zitten – en droeg mijn fiets de stenen trap op naar de voordeur. Weer hoorde ik de autoclaxon, lang en aanhoudend, hij liet hem niet meer los. Het licht weerkaatste op een van de ramen van het huis aan de overkant, ik zette mijn zonnebril goed, wit voorjaarslicht, bruin getint. De man had er woedend uitgezien, dat vond ik grappig. Ik deed mijn deur op slot en net toen ik me omdraaide en mijn schouders wilde ophalen om aan te geven dat ik geen auto had en niet degene was op wie hij wachtte, dat hij dus zeker mij niet kon bedoelen, had hij zijn hoofd afgewend, reed hij achteruit – en was het hem gelukt. Met een sprongetje bevrijdde hij zich uit de parkeerruimte. Ik weet zeker dat zijn auto de vrouw niet eens raakte. Ze had de straat willen oversteken, enkele meters voor hem, ik denk dat hij haar niet had gezien, zoals hij uit de parkeerplek sprong – zijn hoofd misschien nog naar achteren gekeerd om zich ervan te vergewissen dat van die kant geen auto uit de straat kwam, of misschien keek hij naar mij –, maar toen hij met een ruk naar voren werd geworpen, sprong zij voor zijn auto uit, naar het midden van de straat. De tram knarste in de bocht. De doffe smak was nauwelijks te horen. De man moest veel tijd hebben verloren met zijn pogingen om zijn vastgeklemde auto te bevrijden, hij had vast haast. Hij stopte niet. Slechts één ogenblik, denk ik, vertraagde zijn auto, een uitgerekt ogenblik waaruit hij wegreed. Na hem: een seconde stilte.

Misschien had hij een cassette in het handschoe-
nenkastje gezocht of zich gebukt voor een sigaret die
brandend uit zijn mond was gevallen omdat de in-
spanning van het wegrijden hem uit zijn ritme had gebracht en hij in gedachten al was waar hij wilde zijn.

Tram 50 stond rechtop, onwankelbaar, geel, het
laatste rijtuig hing nog in de bocht. Vanuit de verte
zag ik hoe de trambestuurder uitstapte, daarbij bijna
struikelde over het uitstekende been van de vrouw,
hoe hij zich over haar heen bukte, de vrouw was gedeeltelijk bedekt door de boeg van zijn tram, hoe hij
zag dat de wielen van zijn tram haar borst onder zich
hadden getrokken en haar bijna hadden begraven, hoe
hij weer in zijn stuurhokje klom, op zijn stoel ging zitten en de tram enkele meters achteruit liet rijden. Tegen de raampjes kleefden nieuwsgierige gezichten,
benieuwd om te zien wat het plotse remmen kon verklaren. Maar er waren ook kinderen bij die vast alleen
maar naar hun paaseieren toe wilden. In het eerste rijtuig had het voorval al de ronde gedaan, dat zag ik
duidelijk, er werd met handen gegesticuleerd, er werden tekens gegeven door de vuile ruiten van de tram,
de mensen in het rijtuig waren opgestaan. De conducteur stapte een tweede keer uit, hij boog zich over de
vrouw die dwars over zijn rails lag. Ik stapte wat dichterbij. Haar haren kleefden aan haar arm en hals,
dwars over haar buik, en sommige hingen nog aan de
stalen wielen, drie meter verder, en fladderden in de
wind. De vrouw baadde in het bloed. Haar bloed
stond in de rails. De conducteur klom terug in zijn
tram, hij deed het schuifraampje tussen zijn stuurhok
en het passagiersgedeelte open, boog het bovenste
deel van zijn lichaam naar voren en bewoog zijn lip-

pen, vanaf die afstand kon ik niet horen wat hij zei, het was mogelijk dat zijn stem hem nauwelijks gehoorzaamde, een passagier ging naar hem toe en gaf hem een telefoon, de conducteur, nog altijd voorovergebogen, schoof de telefoon met een vlakke hand weg. Waarschijnlijk belde de passagier toen zelf de politie.

Pas toen opende de trambestuurder de deuren en liet de mensen uitstappen. Ik zag dat hij zelf uit de tram klauterde, hoe hij zich daarbij aan de metalen stang vasthield omdat zijn benen opeens te kort waren om zonder problemen de grond te raken, ik zag hoe hij erin slaagde uit de tram te komen, niet meer naar de vrouw toe te gaan maar de straat over te steken, waar hij op de rand van het trottoir ging zitten, zijn pet weer over zijn bakkebaarden trok, zijn armen rond zijn knieën vouwde en vandaar naar de mensen keek die uit zijn tram stapten alsof er gratis iets te krijgen was, of misschien alsof ze waren gedeporteerd en nu eindelijk waren aangekomen. Onzeker over wat hun al die tijd te wachten stond, tuimelden ze uit de openingen van de rijtuigen. Op hun gezichten stond geen angst of hoop, alleen onzekerheid.

Een van de passagiers stapte eerder schuchter naar voren, er hing een kind aan zijn hand, hij twijfelde, zei toen dat hij arts was, zijn vrouw porde hem in de zij en zei: 'Maar ga dan toch, help toch!' Ze keek niet naar hem of naar de gewonde, ze keek van de hele gebeurtenis weg, steeds weer de straat in, alsof ze iets zocht, alleen aan de elleboog waarmee ze haar man aanstootte, was te merken dat ze tegen hem sprak. Het kind liet zijn hand los en pakte de hand van zijn moeder. Een vrouw die met haar auto naast de tram was gestopt, gaf hem een verbandkistje, hij hurkte naast de gewonde en opende het kistje. Met rubberhandschoenen tastte hij over het lichaam van de vrouw, hij stamelde dat hij kinderarts was, geen dokter die eerste hulp bij ongevallen verleende. Zijn vrouw onderbrak hem en zei dat dit nu niets terzake deed, haar blik dwaalde ondertussen nog altijd de straat in, hij moest alleen maar iets doen, niemand had hem naar zijn vak gevraagd, maar de kinderarts begon te vertellen waar hij zijn opleiding had genoten, dat hij zijn stage had gelopen in het Christopherushospitaal in Tutzing, en dat hij kindergeneeskunde had gekozen omdat hij geen bloed kon zien, of althans niet zo erg goed. Ik keek naar hem, hij was bleek. Dat had hij te laat beseft, mompelde hij, 'te laat, te laat', hij keek hulpzoekend naar zijn vrouw, die achter hem stond en niet eens zijn blik wilde beantwoorden, daarbij verloor hij zijn evenwicht zodat hij met een knie op de arm van de gewonde stootte, hij hervond zijn evenwicht zonder dat zijn vrouw iets had gemerkt. Zijn handen zochten op het lichaam, steeds weer tussen het bloed en de flarden die van de nek en het hoofd waren afgeschaafd, de mensen keerden zich om, hij zei dat hij een polsslag zocht en meteen daarna zei hij dat die 'ontzettend snel' was. Daarna blies hij uit verlegenheid zijn wangen op.

Mij kwam het voor alsof ik bloed rook en een parfum, Thé vert van Bulgari, dat me aan Charlotte deed denken. De kinderarts hield zijn hoofd merkwaardig stijf, alsof hij bang was te dicht bij de gewonde te komen, hij zei dat er van een mond-op-neusbeademing geen sprake kon zijn, omwille van het infectiegevaar, en van mond-op-mond al helemaal niet. Het bloed wilde enkel nog naar buiten, niet meer naar binnen, niet meer terug, hoezeer de kinderarts ook tastte, zijn handschoenen waren rood, en haar lokken, voorheen blond, kleefden aan zijn handschoenen en aan zijn broek. Zijn armen waren met bloed besmeurd, hij wilde ze in het lichaam steken of de gewonde ermee omarmen, hij droeg een hemd met korte mouwen en ook dat hemd, voorheen geel, was door het bloed gekleurd. Zijn handen probeerden vergeefs de wonden dicht te houden. Ik wilde de kinderarts zeggen dat hij niet bang hoefde te zijn, de vrouw had geen besmettelijke ziekte voor zover ik wist, onmogelijk, ik ken de vrouw, ze is mijn buurvrouw, wilde ik zeggen en ik kon het niet, ik was er nog niet helemaal zeker van, haar gezicht was nauwelijks te herkennen maar haar schoenen, ik monsterde haar schoenen, die kende ik niet van haar, ik praatte mezelf aan dat het een vreemde vrouw was, ik kende Charlotte, zulke schoenen met hakken had ze niet. De sirenes gingen luider klinken. Er kwamen drie brandweerauto's, politie en een ziekenwagen, te veel voor die ene vrouw. De meeste mensen gingen verderop staan, en hoewel de kinderen nu wilden blijven en naar de brandweer kijken, werden ze voortgetrokken, naar het struikgewas waarin ze de eieren zouden zoeken, en naar paasgebak en limonade, vermoedde ik. Honger had ik niet, maar ik moest de hele tijd aan de knoedels denken die mijn schoonzus wilde maken en naar het Treptowerpark meebrengen, ik zou te laat komen, haar kinderen waren gezegend met een gezonde eetlust. De kinderarts kwam overeind, hij leunde op zijn vrouw, die rechtop stond als een elektriciteitsmast, maar die (nu verwijtend) van hem wegkeek.

De vrouw stierf op de plaats van het ongeval, ook

met een mond-op-mondbeademing had de kinderarts haar niet kunnen helpen. De dokter die met de ziekenwagen was meegekomen zag het meteen, hij boog zich even over haar heen, onderzocht iets, stond weer op en gaf de kinderarts nog een hand, die net wilde maken dat hij wegkwam, met zijn vrouw en zijn kind, dat men had vergeten weg te sturen.

Ik hoorde zeggen dat er geen getuigen waren, niemand behalve de trambestuurder, die nog altijd op de rand van het trottoir aan de overkant zat en daar door twee agenten werd ondervraagd, die zich om de dooie dood niet kon herinneren hoe de vrouw onder zijn wielen was terechtgekomen, hij kneedde zijn blauw-groene pet in zijn handen, alsof ze uit de hemel was gevallen, zo leek het hem, dat voegde hij ter plekke nog toe aan het proces-verbaal. De volgende dag kon je het in de krant lezen. Niemand van de passagiers had iets kunnen zien. De vraag of iemand andere personen in de buurt had gezien, werd eerst met neen beantwoord, tot iemand met zijn vinger naar mij wees. Ik werd verhoord, waar ik op het ogenblik van het ongeval was en wat ik had gezien. Ik verklaarde dat ik net mijn deur uitkwam en dat het toen al was gebeurd, op het ogenblik, precies op het moment dat ik me omdraaide, nadat ik de deur had afgesloten.

Waarom ik dat had gezegd? Uit luiheid vermoedelijk, ik loog vaak, dat had ik me aangewend, meestal als het onbelangrijk was en ik verdere lastige vragen wilde vermijden. Waarschijnlijk had ik dorst. Na de ondervraging liep ik langs de tram, liet de paar mensen die er nog stonden achter me en duwde mijn fiets naar de zonzijde van de straat. De Kastanienallee was breed, door de week luid en druk, op feestdagen zag ze er verlaten uit. De kastanjebomen die vroeger langs de straat hadden gestaan, waren misschien vijftig jaar geleden tijdens de blokkade van Berlijn gerooid. Allicht had men brandhout nodig gehad. Eén kastanje hadden ze laten staan, die voor de bakkerij, in de loop der jaren had hij zich steeds verder over de rijweg gekromd, tot hij vorige herfst voor de bijl was gegaan. De stronk stak nog in de grond, daardoor moest ik aan de kastanjes denken. Mijn dorst werd erger en ik dacht aan mijn oudste broer, naar wie ik heen wilde, die met zijn gezin in Treptow woonde. Hij had me uitgenodigd, zijn vrouw wilde noedels maken, zij kwam uit Thüringen, ze maakte bij elke gelegenheid noedels, mijn broer was dol op noedels, ik had geen honger. Ik had nog geen eigen gezin, geen vriend, geen kind. Mijn broer dacht dat er bij mij iets niet klopte. Terwijl bij mij alles klopte, maar hoe meer ik probeerde hem hiervan te overtuigen, hoe verdachter ik mezelf maakte. We kwamen uit een groot gezin en mijn broer vond dat fijn. Vooral op feestdagen. Hij verstopte zichzelf en zijn onbehagen over mijn alleenzijn achter zijn kinderen en zei dat zijn kinderen dat wilden, lekker samen zijn.

Voor de krantenwinkel aan de zonzijde stond de krantenverkoopster, die klein was en geen hoofddoek droeg. Haar stem was een beetje hees, ze rookte veel terwijl ze achter haar toonbank zat of in de deuropening leunde en met haar klanten kletste, ze dronk ook, soms stiekem, en alleen dan sprak ze Arabisch, maar dan ook uitsluitend Arabisch, en dan deed ze ook nog alsof ze ons, klanten, niet begreep. Op paasmaandag stond ze voor haar winkel, met haar armen gekruist, en ze strekte haar hand naar me uit toen ik, met een knikje, mijn fiets langs haar heen wilde duwen. Wat er dan wel was gebeurd, vroeg ze, en of ik het had gezien. Ik zei haar dat er iemand was overreden, en ze beweerde meteen dat ik het met mijn eigen ogen had gezien. Ik schudde mijn hoofd, neen, hield ik voet bij stuk, ik had niets gezien, helemaal niets. Dat trok ze zich niet aan, mijn hoofdschudden, niets was beter voor haar verhalen dan dat ze de enige getuige van een ongeval kende. De krantenverkoopster zou me in de komende dagen nog vaak uitvragen. Ik bleef bij mijn verhaal. Later hoorde ik dat ze aan anderen vertelde dat een vrouw zich op paasmaandag voor de tram had gegooid en dat ik het had gezien. Maar die ochtend liet ze me gaan en zette ze haar gesprek met een oude vrouw voort.

Mijn keel voelde droog aan. Ik stapte op mijn fiets en liet de tas rustig tegen het voorwiel slaan, ik meende te horen hoe de chocolade eieren braken, krak-krak ging het, ik zorgde er alleen voor dat de tas niet tussen de spaken kwam, zodat ik niet zou vallen. Ik reed vlug, de zon verblindde me ondanks mijn zonnebril, ik reed voorbij het park van de Weinberg, verderop slalomde ik vervolgens tussen de toeristen die in groepjes en alleen vanuit het station van de S-Bahn naar de Hackesche Höfe liepen. Ik remde, draaide links de Dircksenstrasse in – de kinderarts had zo'n idiote kraag aan zijn gele hemd gehad, roze en geel gestreept, zoals bij babyspulletjes, misschien paste hij zijn kledij wel graag aan zijn patiënten aan, of kocht zijn vrouw, die zijn aanblik niet kon verdragen, die hemden voor hem omdat ze wist wat goed en passend voor hem was, dat hadden we daarnet niet kunnen vernemen. Ik reed op het trottoir omdat ik niet hield van kinderhoofdjes. Van kinderhoofdjes worden je hersens dooreen geschud, ze stoten tegen de binnenkant van je hersenschors, een heel onaangenaam gevoel. Het zou hem moeilijk zijn gevallen zijn kledij aan de vrouw aan te passen. Een kinderarts in een jurk. Maar je kon de jurk nauwelijks herkennen, met al dat bloed. Ze had een jurk van bloed aan. Voordien was die lichtblauw, maar dat was nauwelijks nog te zien geweest.

Bij café Alcaparra stopte ik, ik zei tot mezelf, eerst drink ik iets en dan kan ik altijd nog de S-Bahn naar Treptow nemen. Ik ging buiten aan het ronde tafeltje zitten, mijn rugzak liet ik zitten, ik kon misschien gevulde en gegrilde inktvis eten als ik honger zou krijgen, en van die grote kappertjes waar nog steeltjes aan zitten en die je voor vier mark op een apart bordje kon krijgen. Toen de serveerster kwam, bestelde ik mangosap en een karaf kraanwater. Ik zag hoe auto's werden geparkeerd en weggereden. De mensen die bij de auto's hoorden, waren goed gekleed. Paasmaandag. Er was niemand die problemen had met parkeren, het ging heel makkelijk, in een handomdraai, daar was ik zeker van. Later haalde ik binnen een krant. Ik bladerde in *El País*, probeerde het Spaans te begrijpen en dacht aan de dode vrouw, vroeg me af wie ze was geweest, en vooral stond me steeds weer de man voor ogen, de man in de Ford die er zonder mij niet geweest zou zijn, zonder dat ik hem had gezien, of toch niet in verband met haar dood. De uitdrukking op zijn gezicht had ik me goed ingeprent, en hoe vaker ik aan hem dacht, hoe bekender hij me voorkwam, hoewel de aanleiding voor die gelaatsuitdrukking, het gezicht op zich, minder scherp werd. De vrouw heette Charlotte, één oog was niet goed dichtgeklapt toen ze daar lag, maar het keek nergens naar, je kon de iris niet zien, Charlotte woonde in mijn huis, in de zijvleugel, links, driehoog, daar woonde ze al toen ik drie jaar geleden in het souterrain trok – ik moet mezelf verbeteren: ze had daar gewoond –, we waren bijna vriendinnen geworden. Ze deed me denken aan een meisje waarmee ik als kind had gespeeld, op een andere binnenplaats. Ik ben in souterrains opgegroeid. We zijn vaak verhuisd omdat mijn vader traag was met het betalen van de huur en er altijd ruzie met de eigenaars was. Het ene souterrain volgde op het andere, soms was het in Moabit, soms in Neukölln, soms in Wedding of in Spandau. Een thuis was er nooit, alleen een vaag heimwee naar iets waarvan ik niet wist wat het was, maar waarvan ik dacht dat het te maken had met blijven, met een dak boven je hoofd en met vertrouwdheid. Wat altijd bleef en wat ik me goed kon herinneren was het borrelende geluid in de buizen waardoor veel dingen werden vervoerd, warmte met olie en water, drinkwater, wasmachinewater, naar boven en naar beneden, uitwerpselen en vaatwater, het voortdurende gesuis, en in je neus altijd de schimmelige geur die in alle kelders dezelfde was. We waren met z'n vieren: mijn broers en ik. Ik was blij als er ook meisjes waren in een huis waar we introkken. Doorgaans woonden de gezinnen van de andere kinderen in betere appartementen omdat een huis meestal maar een of twee souterrains had. Ik was een vies kind. Ik ging graag met de andere kinderen naar boven in hun goede appartementen, die altijd netjes en licht waren, waar de mama's goede kleren droegen en de papa's goed werk hadden, of andersom, en waar de kinderen alleen waren, enige kinderen, die zich overdag verveelden en blij waren als je hen gezelschap hield. Op de vraag hoe lang ik mocht blijven spelen, antwoordde ik steevast: 'Tot na de koffie.' Natuurlijk deed het tijdstip er voor mij niet toe, maar ik wilde zeker weten dat ik limonade en een stuk taart kreeg voor ik terug moest naar onze kelder, waar niemand op me wachtte. Het liet mijn vader volkomen koud hoe laat we thuiskwamen, als er al eens iemand ontbrak, merkte hij dat zelden. Bij ons was er geen mama, en ook niets vergelijkbaars. Alleen maar kinderen. In de Lahnstrasse, in het huis waar ook het meisje woonde dat me aan Charlotte deed denken, sliepen we met z'n vieren in de achterste kamer, mijn drie broers en ik, omdat mijn vader de voorste kamer voor zich alleen wilde: daar zong en dronk hij, en soms kreeg hij gezelschap van een vrouw. Ik haatte mijn broers. Ik wilde dat ik een zusje had en dacht aan het meisje, waar Charlotte me later aan zou herinneren, dat drie verdiepingen boven mij sliep, in een grote kamer voor haarzelf, met paardenposters aan de muren en een barbiepop in bed. Ik wilde dat ik bij haar kon slapen, met tussen ons in de barbie, die ik zou jatten en verstoppen, onder het dekbed met roze kant, dat ik zou worden verlost van de lastige handen van mijn broers, waarmee ze zich graag verlustigden. Het meisje zou zeggen dat ik stonk en haar neus dichtknijpen. Dat deed ze vaak als ze me zag, maar ze speelde toch met me.

Drie jaar geleden verhuisde ik naar de Kastanienallee, naar het huis waar Charlotte woonde. Ik had die vriendin van toen niet meer nodig, ik had andere vriendinnen. Ik lette niet erg op Charlotte. Soms hield ze me staande om iets over zichzelf te vertellen. Toen Charlotte zo'n vier maanden geleden een tas met mijn boodschappen uit de gang had gejat, voelde ik me vereerd, want dat gaf me het gevoel dat je mij mijn armoe van vroeger niet meer kon aanzien, en een beetje ook dat ik niet meer het meisje was van toen, omdat Charlotte niet het meisje was van toen. En nu was Charlotte gestorven voor ik haar als vriendin kon missen.

Het ijs in mijn mangosap stoorde me, ik vond het onaangenaam dat de ijsblokjes bij het drinken tegen mijn lippen en tanden stootten, ze kraakten en barstten, van het geluid gingen mijn haren overeind staan, ik haalde de ijsblokjes met mijn vingers uit het glas en liet ze zo onopvallend mogelijk op de grond vallen. Daarna likte ik mijn vingers af. De man aan het tafeltje naast me zei dat ik iets had verloren, hij wees onder mijn stoel en lachte en vond zichzelf grappig. Ik goot water op het restje sap en antwoordde dat hij de ijsblokjes mocht hebben als hij wilde, ik vond het ongehoord dat hij lachte en de gaten tussen zijn tanden toonde, en omdat ik het ongehoord vond, wist ik opeens zeker dat het Charlotte was die ik zonet had zien sterven.

In de Alcaparra was de munttelefoon stuk, ik vroeg aan de serveerster of ik het toestel van de zaak mocht gebruiken. Ik belde mijn broer, die met zijn vrouw en kinderen op me wachtte. De kinderen hadden hun schoenen al aan. Ik leunde met mijn arm op de tapkraan en stopte mijn neus in de holte van mijn elleboog, ik wilde weten of die naar Thé vert van Bulgari en bloed rook, ik was er niet zeker van. Mijn broer beval me op te schieten, de andere broers waren er allang. Ik gehoorzaam niet graag. Ik rook het bloed, niet op mijn arm, waar kon ik niet zeggen, maar de geur was er. Ik zei tegen mijn broer dat ik me had bedacht, dat ik niet wilde meegaan. Hij was teleurgesteld, beweerde dat hij zoiets al wel had gedacht, van mijn buien kon je op aan. Ik dacht bij mezelf dat hij zich wel beroerd zou voelen als ik hem met zijn meelij voor mij alleen achterliet. Ik hing op, liep terug naar mijn tafeltje, nam de laatste slok uit mijn glas, legde geld op tafel en ging weg. Na een paar meter fietsen bedacht ik dat ik de tas met chocolade eieren had laten liggen maar ik ging niet nog een keer terug.

In de Kastanienallee was geen tram te bespeuren, het lijk van Charlotte was verwijderd, er stond alleen nog een politiewagen, maar misschien hoorde die al bij een andere gebeurtenis. Ik stapte van mijn fiets en duwde hem over de straat voort. Er was zand gestrooid, roodachtig fijn zand dat tussen de rails was gaan liggen en al gedeeltelijk naar de rechterstraatkant was gewaaid. Het was gek, maar opeens bedacht ik dat ik de schoenen toch kende, ze waren van mij, ik had ze eergisteren aan Charlotte uitgeleend, ze wilde ermee naar haar oude tante. Ze droeg normaal geen schoenen met hoge hakken. Misschien was ze gestruikeld. Door mijn hakken. Als bij toeval liep ik over de plek, ik wilde doen alsof die niet bestond, ondanks het rozerode zand. Het zand knarste heel fijn onder mijn leren zolen. Ik zag dat het zand op sommige plaatsen nog vochtig was, misschien beeldde ik me dat maar in, ik weet helemaal niet of je aan zulk zand kunt zien of het vochtig wordt. Toen ik bij mijn kelderdeur kwam, merkte ik dat de geur van Charlottes parfum en van haar bloed nog in mijn neus hing. Hij had zich er binnenin vastgezogen. Ik voelde me onpasselijk worden, ik boog me voorover en wilde overgeven maar ik kon niet, het zou toch alleen maar mangosap zijn geweest, meer was er niet, toen deed ik de deur open.

Ik heb een mens gedood. Ik heb deze mens niet gekend. En ik stelde me bovendien voor dat opeens, tegen mijn wil, misschien alleen maar door een toeval – met name dat ik haar had omgebracht – iets mij met de vrouw, de dode, verbond. Had ik haar gezien? Haar haren, vond ik die mooi? Haar benen, zag ik die nog? En zag ik haar naast mij of enkel achter mij en hoe ze voor me wegsprong? En indien ik haar niet zag, waar was ze dan, en mijn gedachten, wat had ik daar nog aan, en aan haar, en aan het denken en het zien, en hoe had ze zich bewogen? En indien ik haar niet meer zag, haar had gezien maar me dat niet meer kon herinneren, het me niet meer te binnen wilde schieten hoe ze eruit had gezien en dat de jurk blauw en haar haren blond waren geweest? Indien ik haar niet meer zag, waar was ik dan? En hij? Aan wie kon ik dat vragen? Zou hij liegen, net als ik, en zien, net als ik, en zouden zijn ogen de wereld afspeuren, de wereld die was gekanteld? Misschien wist hij het niet. Een ogenblik onachtzaamheid, en ik schrok, eerst van mezelf, toen in zijn plaats, zo moest het zijn gegaan. Zijn auto was rood, ik had er geen, zijn auto had haar doen schrikken, die van hem, niet die van mij.

En ik had de vrouw zeker niet met opzet gedood, dat stond vast, want ik kende haar niet en dus moest ik ervan uitgaan dat ik haar niet kon haten, dat ik überhaupt niets voor en niets tegen haar kon doen, niets, want het enige wat mij met haar verbond, was haar dood. Het kan best zijn dat ze me was opgevallen, in het begin, en me vervolgens was toegevallen, zoals dat met het toeval gaat, uit de hemel gevallen, ook voor mij. Zo ging het toch? Gewoon, heel gewoon. Dat bedacht ik. Een seconde van onoplettendheid, meer niet.

Tot die zondag had ik nooit nagedacht over de verhouding tussen mij en de dood, ik had er ook niet over willen nadenken, neen, ik wilde liever niet zo vaak aan de dood denken (wie denkt daar wel graag aan?), en dus was er geen intieme verhouding tussen hem en mij, zelfs helemaal geen verhouding. Er stond geen enkel mens zo dicht bij mij dat ik zijn dood meer dan de dood van alle anderen in de wereld vreesde. Zelf verlangde ik al evenmin hartstochtelijk naar mijn stervensuur, zo belangrijk leek me mijn Hier en Nu en Zijn nu ook weer niet. Natuurlijk had ik zo af en toe aan de dood gedacht, zoals iedereen neem ik aan, en algauw vastgesteld dat ik te simpel dacht om achter zijn streken te komen, ik dacht (natuurlijk) in coördinaten van tijd en ruimte, die me vragen deden stellen over mijn Daarna en Erachter (onzin was dat). Wat was er achter het heelal? Wat gebeurde er met mijn gedachten, met het hier en het daar dat ik zo moeizaam bijeen had gesprokkeld, waar sprongen die heen nadat ik had opgehouden te ademen? Vielen ze, net als organische stoffen, in moleculen uiteen? Werden ze hergebruikt, gerecycled? Aan zulke dingen had ik gedacht, maar niet met betrekking tot die vrouw. En ook niet met betrekking tot een geliefde. De persoonlijke betekenis van een overlijden had voor mij tot dusver geen enkele inhoud gehad, en daarom was de dood niets anders geweest dan een woordhuls en dus bijna denkbeeldig. Wat dat betreft was ik ongerept. Met het geloof had ik het moeilijk, en daarom leek het me al snel onzinnig om nog te blijven ronddwalen in het doodlopende straatje van mijn denkmogelijkheden.

Maar 's nachts droomde ik over mensen op wie ik jacht maakte en die tijdens de jacht stierven. Ik joeg hen op met mijn geschreeuw, dat deed hun erg veel pijn. De opgejaagden werden jagers, en zodra iemand van ons op het asfalt lag, werden hem het geluid, de inwendige organen ontnomen: er kwamen honden die ontweiden. Maar nog voor hij was opgepeuzeld, werd ik wakker. Steeds weer ontmoette ik een mens die ik nog niet kende maar die ik in mijn droom begeerde. Nacht na nacht werd het wezen van die mens mij vertrouwder. Ik hield van zijn kromme neus en ook van zijn oren, die wat van zijn hoofd af bogen. Ik ging ervan uit dat hij donkerblond haar had, maar ik kon me vergissen. Pas na drie nachten zag ik dat de man uit de rode Ford gelijkenissen vertoonde met mijn nieuwe gezel, dat bracht me op het idee dat ik hem zou kunnen liefhebben.

Naast de brievenbus hing een kartonnen kaart met een zwarte rand eromheen, er stond één enkele naam onder de aankondiging, ik geloof niet dat er meer verwanten waren dan de tante. De begrafenis zou vrijdag plaatsvinden. Ik keek niet meer naar de aankondiging. De begrafenis ging mij niet aan, tenslotte had ik Charlotte nauwelijks gekend. Zelfs de man van de rode auto moest in de krant over het doodsbericht heen hebben gekeken, hem zei de naam niets, misschien de datum wel, maar zeker niet de naam. Woensdagmiddag werd er aan mijn deur gebeld.

'U bent toch Beyla? Ik hoop dat ik niet stoor,' vroeg de dame, en ze daalde het trapje naar mijn woning af. 'Wolf, ik ben de tante van ...' Ze gaf me een hand, ik knikte. 'Ja, ik weet het, we hebben elkaar een paar maanden geleden ontmoet.' Dat was in de winter, ze was bij Charlotte geweest. Ik wees haar een stoel aan.

'Wat moet ik nu met haar appartement doen? En met al haar spullen? Kan ik er iets mee doen?' Ze ging zitten. Ik wist niet wat ik moest zeggen. Ze hield de handtas op haar schoot met beide handen vast. Aan haar vingers had ze verschillende gouden ringen, misschien waren het allemaal erfstukken en had Charlotte die op een dag moeten dragen. 'De meubelen van Charlotte, de kleine spullen die ze zo'n beetje verzamelde, daar weet ik geen weg mee. Dat is iets voor jonge mensen: vazen die in tasjes aan de muur hangen en rozen die I love you zeggen als je ze aanraakt – daar houden jonge mensen zoals u van.'

Ik wilde haar niet tegenspreken, haalde alleen mijn schouders op en wees naar de fles water (misschien had ze dorst?), maar de dame schudde het hoofd. Ze maakte een zachte indruk, haar grote, uitpuilende ogen en de lange hals waarop haar kleine hoofd zat, deden me aan een insect denken. Haar korte, krachtige armen stonden in een merkwaardige verhouding tot haar magere lichaam. Charlottes tante scheen het kraken van de stoel waarop ze zat niet te horen. Haar bril besloeg, ze moest hem afzetten. Ik merkte dat ze huilde. Haar smalle lippen zwollen: ze had gehoopt dat het meisje voor haar zou zorgen, nu ze stilaan invalide werd. En nu dit. Haar boezem, lang en peervormig, hing op haar kleine kogelbuik. 'Een vloek, al dat geld, en dat iedereen zo vroeg moet sterven. Daar heeft niemand iets aan.'

Ik legde een hand op de schouder van de tante en gaf haar een zakdoek. Ze greep mijn hand met beide handen vast. Ik voelde een koud voorwerp tussen mijn en haar handpalm en toen ze me losliet, ontdekte ik in mijn hand een sleutel. Ik keek haar vragend aan.

'Het is in orde,' zei ze. Haar tranen droogden op. Ze stond op en zocht een afvalbak. Ik nam de zakdoek uit haar handen.

'Ziet u,' zei ze tegen me, 'ik ben oud, wat moet ik met de spullen van Charlotte? Als ik zo naar uw woonruimte hier kijk (ze had er niet naar gekeken), zou u best iets nieuws kunnen gebruiken. Wat zou u ervan vinden om naar boven te verhuizen?' Ze vroeg het aarzelend, alsof het haar niet makkelijk viel om iets te verzoeken, of alsof ze nog nooit om iets had hoeven verzoeken en niet goed wist hoe dat in zijn werk ging.

Ik wilde haar antwoorden, de sleutel in mijn hand was onaangenaam koud, hij paste niet bij mij. Ik stak haar de sleutel weer toe en wilde zeggen: neen, dat kan niet, nooit zou ik Charlottes appartement kunnen betreden, maar ze nam de sleutel niet aan en hield haar wijsvinger voor haar lippen en zei: 'Beyla, zegt u niets, nog niet, denkt u er eens goed over na. Ik heb een heel huis vol meubelen en rommel. Houdt u de spullen van Charlotte, u kunt ermee doen wat u wilt.' De tante ging de eerste trede op, draaide zich naar mij om en vergewiste zich: 'We zien elkaar vrijdag?'

Ik liep achter Charlottes tante de trap op en bleef in de open deur staan, ik zag hoe ze de Kastanienallee af liep en steeds kleiner werd. Ergens moest de chauffeur van de rode auto zitten, hij dronk misschien een biertje, ergens in Schwarz Sauer of in een andere stadsbuurt, of hij sloeg een krant open, en hoewel ik aan niets anders kon denken dan aan Charlotte en die man – misschien genoot hij van de dag (of huilde in zijn hoofdkussen – meer bezorgd om zichzelf dan om de gedode mens – en overpeinsde hij wie hij in vertrouwen kon nemen), en hoewel ik nacht na nacht van de man en Charlotte had gedroomd, de vorige nacht meer van hem dan van haar, was ik er zeker van dat ik nooit naar Charlottes appartement zou verhuizen. De sleutel legde ik in de stenen erker en ik raakte hem de volgende dagen niet meer aan. Ik had een slecht geweten. Het was alsof ik Charlotte niet had gekend. Ik schaamde me omdat ik de sleutel zelfs maar had aangenomen. Haar sleutel moest uit mijn huis verdwijnen, hij behoorde mij niet toe, ik wilde er niets van weten, hij moest alleen maar vlug weg. Wat als ik naar de politie zou gaan en zou zeggen wat ik had gezien? Maar dat zou Charlotte niet levend maken, en ze zouden de chauffeur hoogstwaarschijnlijk niet vinden, dat moesten ze niet, mochten ze niet, zij niet. Nu was ik er zeker van dat de chauffeur het ongeval moest hebben opgemerkt. In mij weerklonk de zachte, vaste stem van Charlottes tante: 'We zien elkaar vrijdag?'

Ik trok mijn enige zwarte jurk aan. Hij was iets te kort voor een begrafenis. Passende schoenen had ik niet meer, die lagen nu waarschijnlijk bij het afval van de pathologie, ik moest rode aantrekken, voor nylons was het te warm. Charlottes sleutel lag sinds maandag onaangeroerd in de erker. Ik pakte hem en stak hem op zak. Ik wilde onder geen beding bezweet op de begrafenis aankomen en daarom liet ik mijn fiets staan. Ik stapte bij de Hackesche Markt in de S-Bahn en nam bij station Zoo de metro naar de Bundesplatz.

Charlotte werd op het kerkhof begraven waar Marlene Dietrich lag. Dat zou Charlotte beslist plezier gedaan hebben, de laatste tijd had ze van de jaren twintig gehouden, dat was in, en ze had zich graag zoals Marlene Dietrich gekleed. Mantelpak en sigarettenpijpje, haar lange haren onder een hoed verstopt. Charlotte had me ooit verteld dat zij als een van de eerste wessi's in de Kastanienallee was komen wonen. In een leren broek, met een rugzak, een schuimrubber matras en een beetje wiet in haar rugzak op zoek naar avontuur. Haar tante, bij wie ze tot die tijd had gewoond, schreef elke maand geld over op haar rekening. Toen moest ze nog in Zehlendorf naar school, sloofde ze zich af voor haar eindexamen – ze had minder moeite met de gestelde eisen dan met de tijdsinvestering.

Zij en haar vrienden kraakten het buurhuis en ook twee appartementen in ons pand. Charlotte had vaak over haar halfjaar als kraakster verteld, misschien gaf het haar kracht en troostte het haar dat ze heimelijk eigenaarster van meer dan één woonruimte was, dat vermoedde ik althans, dat ze dat was en dat ze het heimelijk was.

Ik voelde me nooit welkom op een kerkhof. Het motregende. Ik trok de rits van mijn anorak dicht en rolde de mouwen naar beneden. De regen maakte ook mijn schoenen nat. Onder het lopen kroop de zoom van mijn jurk almaar hoger.

Toen ik bij het kerkhof kwam, schrok ik van het grote aantal jonge mensen. Blijkbaar was ik ervan uitgegaan dat Charlotte buiten mij en haar tante niemand kende. Pas toen herinnerde ik me hoe vaak Charlotte niet alleen naar huis was gekomen. Ze had een baan in een kroeg tot drie of vier uur in de ochtend. Ik hoorde haar dan langs mijn raam komen en zag haar schoenen, en soms een tweede of een derde paar schoenen, en ik hoorde hoe ze gekheid of ruzie maakte, slechts zelden nam ze voor de huisdeur afscheid van haar begeleiders. Er waren nooit zwijgzame momenten, ik vermoed dat ze daarvoor nooit dicht genoeg bij iemand was gekomen. Als ik Charlotte overdag zag, was ze steevast alleen.

De sigarettenpijpjes verdwenen in de zakken van de mantelpakken, de begrafenisgasten liepen een voor een de kapel binnen. Ik zorgde ervoor dat Charlottes tante me nog niet zag. De anderen hadden bloemen bij zich, mijn handen waren leeg, ik stak ze in de zakken van mijn anorak en voelde links en rechts de sleutels: die van mij en die van Charlotte. In de kapel was het aangenaam koel. Ik trok de zoom van mijn jurk meer naar beneden. En koel was ook de wierook die in de lucht hing en op de stemmen drukte. Ik hoorde hoe achter mij een man zei: 'Heb je in het weekend tijd, we willen graag naar de Müggelsee.' – 'We zullen zien,' antwoordde een andere, en ik moest me omdraaien omdat dit 'We zullen zien' me bekend voorkwam. Maar de blonde man, die het waarschijnlijk had gevraagd, keek me recht in mijn gezicht en zag er zo onbekend uit dat ik het niet waagde om de andere beter te bekijken. Ik ging op de laatste rij zitten. De twee mannen stapten helemaal naar voren en gingen zitten. De donkerharige draaide zich niet om. Met mijn linkervoet bevrijdde ik mijn rechtervoet uit de schoen. Op de hiel had zich een kleine blaar gevormd. In mijn handtas voelde ik het gladde metaal van de steeksleutel. De blaar op mijn voet was vast opengegaan, hij brandde.

Charlottes tante nam vooraan links alleen plaats, ik vroeg me af of dat wel in orde was, haar daar zo helemaal alleen te laten zitten, en of ze zich niet verwaarloosd zou voelen en zich elk ogenblik kon omdraaien om uit te kijken naar mij of een ander vertrouwd gezicht, ik vond mezelf opeens egoïstisch met mijn kleinzielige angst om er niet bij te horen. De tante draaide zich om, ze wuifde naar de twee mannen. De mannen groetten haar terug. Enkele gasten leken elkaar te kennen (misschien uit de krakerstijd?). Opgelucht stelde ik vast dat een jonge vrouw, wier kraag fel oplichtte in de schemer, naast de tante plaatsnam. Ik herinnerde me dat er geen plechtigheid was geweest toen mijn vader was gestorven, want hij had er geen gewild en had nooit een voet in de kerk gezet. Zijn begrafenis was nu al bijna zes jaar geleden. En omdat mijn broers hem al lang voor zijn dood niet meer wilden zien of kennen, had ik alleen naar het kerkhof moeten gaan.

Mijn vader was als jongeman operazanger geweest. Hij mocht bij de Deutsche Oper in de Bismarckstrasse alleen maar in het koor zingen (als hij al mocht zingen): bariton. Een bariton met een sterke neiging naar Glenfarclas. Een bariton die door het zuipen al snel zijn stem en zijn geld was kwijtgeraakt. Zeker, hij was een eenzame man geweest, maar dat waren vele mannen, en dat was geen reden om iemand te veroordelen, alleen had hij precies daarom iets met mijn moeder en met de moeder van mijn broers gekregen (allebei lichtzinnige vrouwen die met kinderen niets te maken wilden hebben). Nadat de eerste haar drie zonen bij hem had afgezet, had mijn eigen moeder die plek voor haar kind ook best gevonden. Toen mijn vader stierf, had ik hem al drie jaar niet meer gezien. Ik hoopte dat ik op zijn begrafenis weer wat dichter bij hem zou komen. Heel onverwacht werd ik door sentimentaliteit gegrepen, maar vergeefs.

Charlottes tante moest de pastoor weinig tekst hebben gegeven. Een twintigkoppig koor had zich rond de zerk geschaard en wachtte tot hij zou inzetten. De pastoor eindigde met 'moge Charlotte in onze gedachten voortleven', en bij die laatste woorden klonk al de eerste paukenslag van het Kyrie. De gezichten van de koorleden werden ernstig. Met charango's struikelden ze de *Misa Criolla* in, de andere Zuid-Amerikaanse instrumenten, quena's en sonajero's, wilden ze schaamteloos vervangen door stomme ratels en potjes. Ik probeerde aan iets anders te denken. Van de donkerharige man op de eerste rij kon ik alleen het achterhoofd zien.

Dat mijn vader was gestorven, had ik destijds gehoord van het oudere echtpaar waar mijn vader tijdens zijn laatste jaren onderhuurder was. Alleen het echtpaar en ik waren op de begrafenis. Ik zag dat de vrouw haar ogen herhaaldelijk met papieren zakdoekjes bette. Iedere keer nadat ze haar neus had gesnoten, wierp ze de gebruikte zakdoek in de afvalkorf aan het kerkhoftuinhuisje, waar we stonden te wachten, en nam ze een nieuwe zakdoek uit de verpakking. Ook haar man begon te snikken, hij vroeg zijn vrouw of ze een zakdoek voor hem had, maar ze had het hele pak al opgebruikt, en de laatste die ze nog in haar hand had, was al nat. De man draaide zich naar mij en vroeg of ik een zakdoek voor hem had. Ik schudde mijn hoofd, het speet me, ik had nooit zakdoeken bij me. Zijn vrouw bood aan om haar laatste met hem te delen. Hij bedankte.

Het koor voor Charlotte was gênant. Het was beter dat ik mijn ogen sloot en doorging met herinneringen ophalen aan de begrafenis van mijn vader. Ik moest als eerste achter de urn lopen, na mij kwam het echtpaar. En toen we ons in beweging zetten, hoorde ik hoe achter mij de vrouw tegen haar man zei dat hij zich niet zo kinderachtig moest gedragen, en vanuit mijn ooghoeken zag ik hoe ze probeerde zijn ogen met haar zakdoek droog te wrijven. Maar haar man wilde dat niet, hij sloeg haar arm weg. Ik had niets gezien. Ik wilde me op de begrafenisstoet concentreren. Ik vond het vreemd dat de urn door de twee vreemde mannen voor mij heen en weer werd gewiegd. Vreemd was ook het gezelschap van het echtpaar, dat ik maar één keer voordien had gezien en dat mijn vader (hopelijk) beter had gekend dan ik, hoewel ik door de kerkhofdirectie en de begrafenisondernemer werd voorgetrokken. Iedereen nam tegenover de anderen een positie in die hij voor niets ter wereld zou afstaan, mijn rol was die van de dochter, en ik herinnerde me dat ik me toen afvroeg hoe zo'n rol er dan mocht uitzien. Die overweging amuseerde me omdat ik wel beelden van dochters voor me zag, ook van treurende – maar bij mezelf kon ik niets dochterlijks ontdekken, afgezien dan van het feit dat ik naar zijn begrafenis was gekomen en wist dat hij mijn verwekker was en dat ik hem gevreesd had, vooral zijn driftaanvallen, die ook konden optreden als hij niet had gedronken. Op het laatst hadden mijn broers en ik er een soort sport van gemaakt om hem te provoceren – en nu was het alleen maar gek dat mijn vader voor mij in dat potje lag (het Kyrie liep ten einde), zo gek dat ik opeens begon te lachen. Ik schrok van mijn lach. Het was vervelend dat ik lachte, als vreemde tegenover vreemden, en dus probeerde ik mijn lach te onderdrukken, ik klemde mijn tanden opeen en mijn ogen dicht, ik snakte naar adem.

Het Gloria voor Charlotte begon.

Ik dacht evenmin dat mijn vader een armzalig leven had geleid, dat had ik ook niet kunnen weten, alleen maar vermoeden. Ik lachte niet met de afwezigheid waarmee hij ons door zijn dronkenschap had opgezadeld, want die vond ik grappig noch tragisch. Ik kon geen vader missen: ik had er nauwelijks een gehad. Maar dat er een was geweest die ik zo noemde, wiens naam op mijn geboorteakte stond geschreven, rechtmatig, een naam die mijn hele leven lang bij mij hoorde zonder dat ik hem kon afleggen of verloochenen, en dat het stoffelijk overschot van die man op die dag voor mij uit werd gedragen, dat idee werkte zo op mijn zenuwen dat ik moest lachen. De begrafenis was het eindpunt achter ons gemeenschappelijk leven. En mijn buik trok samen, mijn billen verkrampten, ik draaide me om. De mannen die de urn van mijn vader voor me uit droegen, leken niets te merken. Ik probeerde ingespannen aan iets treurigs te denken, iets treurigs. Iets treurigs? Er schoot me niets te binnen. Ik lachte nog meer. In de kromming van de weg draaide ik me opzij zodat het echtpaar mijn gezicht niet kon zien, er kwamen tranen in mijn ooghoeken, die je ook anders kon interpreteren. Ik wist dat we zo meteen bij de grafplaats zouden aankomen en probeerde me te beheersen, tevergeefs.

Toen het Credo begon, werd het publiek onrustig. Ik had veel zin om op te staan en naar buiten te lopen. In een van de voorste rijen huilde een zuigeling. Ik zag hoe de donkerharige man zijn jasje aantrok. Een vrouw uit het koor keek het publiek met grote ogen aan en sloeg veelbetekenend op haar kleine trommel. 'Hou op! Hou op!' wilde ik roepen, maar ik durfde niet. Zonder op de muziek te letten gingen de lijkdragers in de rij staan en hieven de kist op. Ze deden hun best om haar langzaam door de middenbeuk naar buiten te dragen. Mijn hiel gloeide. Met mijn tenen schoof ik de schoen tot aan de middenbeuk, daar wachtte ik. Toen de kist voorbij werd gedragen, gleed net voor mijn voeten een bloem van het deksel, ze viel op de stenen grond, de lijkdrager linksachter trapte er zonder het te merken op, ik wilde me bukken maar Charlottes tante was me voor. Ze keek op, ontdekte me en kneep vriendelijk in mijn onderarm.

'Blij u te zien, Beyla.' Ze lachte hoewel haar ogen en wangen nat waren, en ze deed het zo hartelijk dat ik de sleutel in mijn zak losliet. Ondanks de pijn moest ik mijn schoen weer aantrekken. De klokken luidden.

Nauwelijks had ik de kapel als een van de laatsten verlaten of ik zag dat het koor ons volgde. Voorzichtig trachtte ik de mensen voor mij in te halen. De graven links en rechts hinderden me daarbij. Achter mij gilde de bariton nog een laatste keer, om ten slotte zonder pianobegeleiding (de piano hadden ze in de kapel moeten laten) uit te doven. Ik stapte opzij om de oorzaak van de file weg te nemen. Vooraan werd de kist van Charlotte in de kuil neergelaten. Ik wilde niet nieuwsgierig lijken. De gasten stapten een voor een op de houten plank en wierpen aarde op de witte bloemen. De potten waarin de aarde zich bevond, deden me denken aan de kommen waarin je als acrobaat je talkpoeder bewaart.

Toen het eindelijk mijn beurt was om terneergedrukt door het wachten naar voren te komen en om niets anders te doen dan een beetje aarde op Charlottes graf te werpen, waren de twee potten links en rechts van me leeg. Ik durfde de doodgravers niet om aarde te verzoeken, met mijn vingertoppen tastte ik naar de laatste kruimels, mijn nagels krasten zachtjes over het blanke metaal, en ik haalde de laatste kruimels uit de pot aan mijn linkerkant en stelde me voor dat ik een handvol aarde op de bloemen zag vallen.

Op de grafsteen stond boven Charlottes naam ook die van haar tante: Hedwig Wolf, geb. 21 augustus 1929, het goud was al wat donker geworden, en de sterfdatum ontbrak nog. De tante stond treurig (want levend?) op vier meter afstand. Ze was er natuurlijk van uitgegaan dat ze eerder dan haar nicht zou sterven, misschien had ze gedacht dat Charlotte zich in dat geval de geboortedatum van haar tante niet zou kunnen herinneren of die misschien zou weglaten om kosten te besparen. Misschien had de tante Charlotte gewoon kosten willen besparen en had ze het voorbereidend werk al gedaan. De data van Charlotte blonken in felgoud, op 29 september zou ze zesentwintig zijn geworden. Charlottes tante schudde handen, ik ging naar haar toe (mijn gezicht was vast en zeker door de open blaar van pijn vertrokken) en ik legde vluchtig mijn arm om haar lage schouder. De tante was klein. Ook Charlotte was klein geweest. Vandaag lachte ik niet. De dag leek me dor. Ik geloofde zelfs dat ik vandaag niet meer bij het graf van mijn vader zou lachen. Net toen ik de tante de sleutel wilde geven, kwam de donkerharige man op haar toe gelopen en nam haar in zijn armen, ik wendde me af. Toch moest ik wel horen hoe hij haar fluisterend condoleerde. Ik ging verderop staan en wachtte voor de poort van het kerkhof, tot de anderen kwamen en iedereen samen naar de Enzian ging.

Daar stond ik besluiteloos in de deuropening en keek rond. Ik had Charlottes tante uit het oog verloren, ik wilde haar alleen maar de sleutel geven en dan vlug verdwijnen. De mensen praatten veel. In hun stemmen ontbraken de hoge tonen. Een mannenstem hield de andere bijeen, lag eronder en steunde hen, maar ik kon de eigenaar ervan niet thuisbrengen, te veel mensen deden moeite voor de stem, die zich tot iedereen richtte. De spreker kon niet te midden van hen zitten, want er was geen midden onder hen. De muzikanten liepen naar het buffet. Met vlugge handen tastten ze toe, stopten staand nog een en ander in hun mond, proefden of het smaakte. Gevulde eieren, kaassatés, parmaham, zure augurken, haring. Ik keek rond en ontmoette een paar ogen, twee bruine ogen die zich aan mij vastklampten zodat ik erin was gevallen als ik niet meteen een andere kant had opge-keken.

Charlottes tante zat aan de hoektafel voor het raam en wenkte me, ze vroeg of ik naast haar kwam zitten en verzocht een oudere man een eindje op te schui-ven. Ik moest mijn anorak uittrekken. Ik zat nog maar amper of ze stelde me voor aan de vrouw aan haar rechterkant, die al in de kapel naast haar had gezeten. Ze was van het huisbeheer. Ik gaf haar achter de rug van de tante om een hand. Ik kende haar weliswaar niet, maar ik glimlachte haar beleefd toe. De vrouw boog zich nu ver over de tafel om mij ondanks de tan-te nog goed te kunnen zien, ze knipperde met haar wimpers alsof ze hoopte of verwachtte dat ik iets zou vragen. Ik keek in het rond, aan de overzijde zat de man met de bruine ogen en de stem, hij was in ge-sprek, het was zijn stem die onder de anderen lag, en af en toe keek hij op, zijn ogen trokken mij aan, zo-dat ik onverhoeds wegkeek.

'Mevrouw Wolf zei me dat u het appartement graag wilt overnemen?' De jonge vrouw van het huisbeheer glimlachte, haar kraag was gesteven. Ik keek naar de tante, die in mijn plaats vriendelijk knikte.

'Eigenlijk zoek ik niets nieuws... weet u, ik ben aan de kelder gewend.'

'Hebt u te weinig geld?' vroeg de jonge vrouw, en haar stem klonk mild.

'Dat is het niet,' zei ik.

'Neen,' kwam Charlottes tante tussenbeide, 'dat is het niet, ze zorgt goed voor zichzelf,' zei ze tegen de jonge vrouw, en tegen mij: 'Charlotte heeft me veel over u verteld.' De tante knipperde vertrouwelijk met haar ogen naar mij, ik was onzeker, want ik had geen idee waarover ze het had en waaraan ze dacht. De vrouw van het huisbeheer wachtte op een verklaring.

'Ik heb werk,' bevestigde ik, 'ik ben niet rijk maar ik heb werk.'

'En wat voor werk!' De wangen van Charlottes tante straalden. 'Ze is clown, weet u, die kent u toch van het circus, ja, ze werkt in de kermisbranche.'

Ik voelde hoe het bloed naar mijn gezicht schoot, mijn keel werd dichtgeknepen, zodat het niet meer terug kon en in mijn oren ruiste. Niet dat ik mijn werk als clown pijnlijk vond, maar ik hield er almaar minder van en ik vond het niet prettig dat anderen me erom bewonderden en sommigen me erom benijdden, terwijl ik er al maanden over nadacht hoe ik het best weer van die baan af kon komen. Ik was niet opgeleid voor clown, ik was circusartieste en had in Châlons vooral pantomime en acrobatiek geleerd, maar naar pantomime was geen vraag. Ik zou zelf nooit hebben gezegd: ik ben clown. Ik had het één keer geprobeerd, maar ik vond er geen plezier in, eerder afschuw. Als het dan toch moest, zei ik: ik werk als clown. Dat Charlottes tante dit wist, had ik niet kunnen vermoeden, en het behoorde niet tot de dingen waarover ik uitgerekend op de begrafenis van Charlotte wilde praten. Ik kende de nieuwsgierige vragen en ik hield er niet van.

De vrouw van het huisbeheer lachte. 'Nee toch!' riep ze uit. 'Maar dat is fantastisch,' – ze wees met haar vlakke hand naar haar borst, alsof ze wilde zweren, bij God – 'ik wilde als kind ook clown worden. Ach, iedere keer wanneer ik met mijn ouders in het circus was, bedelde ik bij hen om op de circusschool te mogen. Ja, echt, lacht u niet.'

Ik lachte niet.

'Bent u zo'n echte clown? Met een kostuum en schoenen en al die grappen en grollen?'

Ik knikte. Ik gluurde naar de bruine ogen. Ik wilde niet uitleggen wat mij onderscheidde van diegene voor wie ze me hield.

'En in welk circus, als ik mag vragen?' wilde ze weten.

'Sarrasani,' beweerde ik, en ik genoot van de uitdrukking op haar gezicht. Bij die uitspraak werd ik niet rood, hoewel het een leugen was, maar ik kende die leugen uit mijn mond, het was mijn lievelingsleugen. Het plezier dat ik bij die leugen voelde, overtrof zelfs het plezier dat ik in mijn beroep had. Ook ik had als kind een droom gehad. Ik wilde geen clown in zomaar een stadscircus te worden, waar ik jarenlang op dezelfde plaats moest spelen, maar bij een rondreizend circus werken. Ik dacht toen dat, als ik bij een circusuitgang een radslag zou maken, de directeur op een dag naar buiten zou komen en me gewoon zou meenemen. Van het Neue Zirkus had ik nog nooit gehoord, net zomin als van de scholen in Châlons-sur-Marne en Rosny-sous-Bois, die bestonden nog niet eens. Als kind kende ik maar één circus: Sarrasani. Voor mij waren de mensen opgedeeld in liefhebbers van Sarrasani en van Krone. Roncalli kwam pas op de tweede plaats. Jammer genoeg behoorde Sarrasani tot de klassieke circussen waar het voor een clown nog erger was om te werken dan in een klein circus zoals het mijne. Maar de mensen die naar mijn circus informeerden, wisten dit niet, niemand wist dit tot nu toe. In de oren van anderen klonk Sarrasani beroemd, mooi, groot – en het was voor mij een woord geworden dat ik goed kon gebruiken omdat iedereen het geloofde, zonder er lang over te hoeven nadenken. Nu knikte de vrouw van het huisbeheer tevreden en ik kon het appartement niet meer weigeren, omdat ze zonet voor mij als huurster had gekozen. Ik kreeg een stuk appelgebak met slagroom, het werd me over de tafel aangereikt, en ik stootte weer op de bruine ogen. Zijn mond zag er week uit. Ik proefde van de slagroom. Ik voelde de blik van de man op mij. Zijn ogen lieten me niet los. Misschien zagen ze er droevig uit, misschien vastbesloten, dat kon ik niet bepalen. Ze trokken me aan. Ik probeerde mijn aandacht op het appelgebak te richten.

'Achthonderdvijftig,' fluisterde de vrouw van het huisbeheer.

Ik knikte maar overwoog nog wat ze daarmee bedoelde.

'Is dat te veel voor u?' Ze trok aan de kant van haar gesteven kraag.

'Nee,' zei ik, niet echt omdat ik nee bedoelde maar omdat ik van haar vragen af wilde, haar stem kraakte in mijn oren. Ik glimlachte en keek weer naar de overkant. Hij beantwoordde mijn glimlach, heel lichtjes maar, met de helft van zijn mond, en zonder de vastberadenheid en het treurige in zijn ogen op te geven. Het treurige trof mij in mijn vrouwzijn. Hij had donker en vrij lang haar waaruit zijn oren tevoorschijn kwamen. Zijn ogen raakten me aan, ze omvatten me als metaal een edelsteen, ze streken langs mijn huid, aan de binnenkant van mijn armen, onder mijn schouderbladen, toen over mijn schouders.

'Hebt u het koud, Beyla, wilt u mijn vest?' vroeg de

jonge vrouw, en ze draaide zich op haar stoel om mij achter de rug van de tante om haar wit, wollen vest te geven. Aan het vest zaten gouden knoopjes. Neen, ik wilde het niet aantrekken. Ik schudde mijn hoofd. Ze noemde me Beyla, hoewel ze me net had leren kennen, ik kende niet eens haar achternaam, niemands naam kende ik hier, behalve die van de tante, Wolf, ze heette net als Charlotte, misschien was ze de zus van Charlottes vader en was ze nooit getrouwd, of misschien waren Charlottes ouders nooit getrouwd, wat ik me niet kon voorstellen omdat ze uit een heel ander milieu kwam dan het mijne. In haar soort milieu trouwde je. De vrouw van het huisbeheer zei dus Beyla tegen me. Maar als huurster behoorde ik allang tot het bezit van de kerk en dus tot haar bezit. Nee, een schaapje wilde ik niet zijn, en zeker geen met knoopjes.

'Dank u wel,' zei ik, 'het is al over.' Mijn kippenvel was ondertussen echt weg. Ik at van het appelgebak. Er zaten rozijnen in, die door het bakken groot en zacht waren geworden en die ik niet lustte, ik probeerde ze onopvallend in mijn servet te spuwen. Charlottes tante zei dat ze het al dagenlang koud had, dat lag aan de leeftijd en de rouw. Dat kon een wollen vest niet verhelpen, nietwaar? Ik mocht haar, de tante van Charlotte. Maar ik had het niet koud. Ik keek weer naar de overkant. De man sprak met zijn tafelgenote, een vrouw wier huid iets donkerder was dan die van de meeste Europese vrouwen. Als ze lachte, liet ze witte tanden zien en ook een beetje van het bovenste tandvlees. Haar lippen hadden een donkere kleur, bijna violet, ik vermoedde dat ze haar lippen niet hoefde te stiften. Ze was knap. Ze had ook mooie borsten, waarvan het bovenste kwart uit haar decolleté kwam, zodat ik zeker niet de enige was die zin kreeg om er-in te bijten. Haar huid glansde. De man sprak met haar en moest beslist ook de borsten en de mooie tanden en de donkere lippen hebben gezien, maar hij bleef er niet bij stilstaan, zijn blik zocht weer de mijne. Het verbaasde en verheugde me ook. Hij luisterde blijkbaar niet goed, want hij moest haar vragen om te herhalen wat ze net had gezegd, hoewel ze zonder accent sprak, dat kon ik horen, hij vroeg: 'Wat zegt u? Ah ah.' Dat zei hij, hij keek weer naar mij, en toen kwam hij me ineens bekend voor, zoals hij zijn wenkbrauwen eerst vragend fronste en vervolgens verwonderd optrok, hoe zijn oren daarbij met een ruk naar achteren schoten, hoe hij zijn gezicht naar mij toe draaide, me met zijn zwarte ogen aankeek. Waar ik hem van kende kon ik niet zeggen. Hij had langer en donkerder haar dan de man in de rode Ford, aan hem moest ik denken maar ik duwde die gedachte weg. Deze man was anders. Hij keek me strak aan. Ik dacht dat hij me alleen maar be-kend voorkwam omdat ik hem al een paar keer had aangekeken (en hij mij) en de herhaling er een herin-nering van maakte. De nabijheid van Charlotte en haar dood, hier op haar begrafenis, zouden wel voor de link in mijn gedachten hebben gezorgd. Ik bedacht dat ik de volgende dag 's middags repetitie had en 's avonds voorstelling, en dat zes dagen achter elkaar, zonder tus-senpauze. Het zou ook kunnen dat de man me aan een clown deed denken die ik vier jaar geleden bij een gastvoorstelling in Rome had leren kennen, ik weet nog hoe hij heette: Osvaldo. Maar Osvaldo was niet alleen een clown maar ook een bedrieger geweest. Hij had het circus geld afhandig gemaakt en de toeschouwers hun plezier. Daarna hield niemand meer van hem. Ik ook niet. Neen, aan Osvaldo deed deze man me niet denken. Ik voelde hoe mijn maag tekeerging. De kelner vroeg wie er koffie of espresso wilde. De tante bood ons een grappa aan. Ik accepteerde. Espresso en grappa, van beide een dubbele, zo hoefde ik niet meer bang te zijn dat ik van puur geluk over de aandacht van de bruine ogen onnozel voor me uit staarde, en zelfs als ik dat zou doen, zou het me niet meer hebben gestoord.

De schijnwerpers brandden op mijn huid, er kwamen scheurtjes in de schmink, daaronder gloeide mijn huid, in witte vlokjes viel de schmink van mijn haargrens op mijn kostuum, dadelijk zou het zover zijn en zouden de eerste brokken van mijn wangen loskomen, maar het kon me niet echt schelen, we hadden niet veel tijd meer, over tien minuten zou de repetitie afgelopen zijn. Nog één trompetstoot. De bazin eiste een herhaling maar verliet meteen na haar aanwijzingen de tent, ze had iets beters te doen dan naar onze repetitie te kijken. Ik liep in de grote schoenen door de manege, struikelde, in mijn verbeelding lag Charlotte voor mij, ik viel op mijn kont, die was opgevuld, en ik veerde weer op, keek rond (zag haar bloed), trok grimassen, het eerste stuk schmink kwam los, ik trok nog ergere grimassen, ik rolde op mijn rug, de schijnwerpers schenen van boven, ik kneep mijn ogen dicht (en dacht: misschien had Charlotte de zon zo gezien, op haar rug liggend als een kever), ik schommelde heen en weer op mijn rug en probeerde omslachtig op te staan, de trommel volgde elk van mijn stappen, het was heet onder het kostuum en de schmink, het zweet liep van mijn slapen (het was in elk geval geen bloed), ik lichtte mijn dikke kont op (zij had niet meer kunnen opstaan), ging op mijn handen staan (was niet meer op haar benen en al evenmin op haar handen terechtgekomen), poogde (geen poging meer), en dat moest lijken alsof het moeite kostte (geen moeite meer), weer met mijn benen op de grond te komen, zwoegde, de trompet zette in, ik duwde me af, landde veilig op mijn benen, deed nog enkele stappen naar voren en liet me, onhandig, met mijn volle gewicht vooruit op mijn neus vallen, het rook naar zand en bloed, de binnenkant van mijn neus was zwaar van het bloed, ik stak mijn hoofd omhoog, spande mijn buik aan en roeide met mijn armen, mijn bekken veerde tot mijn handen de grond raakten, toen duwde ik me opnieuw af, zat recht, het orkest verstomde, een minuut waarin ik tijd had om alle toeschouwers van mijn onmetelijke treurigheid als clown te overtuigen, vervolgens zette de saxofoon in en dikte de treurigheid aan, krokodillentranen rolden over de afgebrokkelde schmink, en als iedereen lachte, wist ik dat ik goed was geweest. Nu lachte niemand, behalve de stagiair die de schijnwerpers bediende – waarbij hij een joint rookte en een zoute krakeling at –, die giechelde. Behalve hij en de muzikanten was er niemand in de tent. Het was twee uur en de muzikanten waren vast blij dat ze konden stoppen en nog tijd zouden hebben om aan de overkant in de supermarkt wat boodschappen te doen en dan naar huis te gaan of weet ik wat te doen. Op mij wachtten thuis de ingepakte dozen die ik die middag samen met een vriendin naar het appartement van Charlotte wilde dragen. Ik veegde mijn voorhoofd af met de grote geruite zakdoek die ik ook voor andere doeleinden in mijn broekzak had zitten, de hele tijd lag Charlotte voor mij, op de grond, op straat, en af en toe sprong ze weg, in haar lichtblauwe jurk, en met de ogen van de man die haar moet hebben gezien zag ik haar blonde krullen, zij had hem zeker niet opgemerkt, zeker niet. Zeker? Hij moet toch in ieder geval het knarsen van de tram hebben gehoord, op het laatst moet hem iets zijn opgevallen, hij zou in de achteruitkijkspiegel iets hebben kunnen zien (daar kijk je toch af en toe in?), maar hij was doorgereden, misschien vertraagde hij niet vlug genoeg, was hij door iets geïrriteerd of had hij de cassette, die hij misschien van de grond had opgeraapt, in de gleuf geduwd. Maar hij moet het hebben geweten. Hoe meer ik aan hem dacht, hoe zekerder ik hiervan werd. Hoe zou iemand zich voelen die denkt: vandaag heb ik een mens de dood in gejaagd? (Ik moest mezelf corrigeren, dat klonk heel opzettelijk, hij had het vast niet gewild.) Ik probeerde mijn tranen te drogen, gaf mezelf wat tijd, ik was blij dat er geen kinderen waren en ik nog even op de mat kon blijven zitten. De stagiair doofde de schijnwerpers. Het werd fris. En toeschouwers had ze gehad, toen de mensen elkaar verdrongen om uit de tram te komen, struikelden van ongeduld om haar te zien, en ze lag op haar rug, kon niet eens meer haar arm beschermend over haar gezicht leggen, niet eens haar oog sluiten dat blind naar de omgeving staarde. Over haar hebben ze zich heen gebogen, over haar, terwijl ze haar misschien niet eens beschermden tegen de zon die op haar gezicht brandde, de kinderarts had zijn armen naar haar uitgestrekt, zijn handen op haar gelegd, met angst en afschuw, en allemaal hebben ze toegekeken hoe ze stierf, zonder eerbied, met hun blote ogen in haar open lichaam gekeken, zich hoogstens uit angst afgewend, of uit afschuw, maar de nieuwsgierigheid hield de meesten vast, bond hen aan de stervende Charlotte, liet hen haar dood verslinden, haar rugpositie uitbuiten, en ze hebben haar pas alleen gelaten toen ze dood was.

44

En ik stond erbij. Ook ik. Alleen de man in de Ford had zich verwijderd (discreet?).

Alsof ze uit de hemel was gevallen, had de tramconducteur gezegd. Ik schudde mijn hoofd en keek naar boven, waar ik in de koepel van de tent een puntje blauw van de hemel kon zien. Uit de hemel gevallen. Hoe hoog is de hemel?

Ik reed met de fiets van het circus naar huis. Sinds paasmaandag had het drie weken lang weinig geregend, het rode zand lag nog altijd tussen de rails – waar zou het ook heen moeten? Ik deed mijn fiets op de binnenplaats op slot en liep de trap af naar mijn kelder. In alle hoeken stonden bananendozen met mijn huisraad. Omdat mijn vriendin niet had gezegd wanneer ze me precies zou komen helpen en ik alleen maar wist dat haar dienst bij de radio er om twee uur op zat, begon ik de dozen al in mijn eentje naar de derde verdieping te dragen.

In Charlottes appartement opende ik het keukenraam. Er dwarrelde stof in de zonnestralen. Slechts één keer was ik, een paar dagen geleden, in het appartement geweest, met de tante. Ze had me alles laten zien en alleen maar een doos met papieren meegenomen. Als ik nog vragen had of niet zeker zou weten of ik echt alles mocht weggooien wat er nog van Charlotte was, mocht ik haar altijd bellen. Misschien zou ze nog een keertje langskomen. In de grote kamer hingen inderdaad bloemen in plastic tasjes aan de muur. Maar de rozen waren ook van plastic en konden niet verwelken. Het mechanisme werkte nog: I love you. Ik nam de hanger van de muur, stak hem in een zak en bracht hem naar het afval.

Voor de kelderdeur wachtte mijn vriendin. 'Ik zou

niet in het appartement van een dode willen wonen,'
begroette ze me, en ze grijnsde.

'Ik wel, het is driehoog en mooi licht,' zei ik terwijl
ik haar omhelsde en haar dunne jas aannam.

'Je had allang een echt appartement kunnen hebben... ik dacht dat je je goed voelde in die kelderga-
ten.'

'Ik voel me goed als ik kan veranderen.'

'Aha. Ben je niet al drie keer verhuisd? Ik herinner
me zeker drie verhuizingen.'

'Daarom ja, ik doe het graag. Waarom grijns je trouwens de hele tijd zo brutaal?'

'Raad eens.'

'Je hebt die baan bij de jazzradio.'

Mijn vriendin schudde het hoofd.

'Of bij de Hessische omroep?'

De vriendin schudde opnieuw haar hoofd. 'Iets heel
anders! Gebruik je fantasie toch.'

'Ik dacht dat voor jou alleen die baan telde.'

De vriendin rolde met haar ogen alsof ze aan mijn
verstand twijfelde.

'Zeg het dan,' sommeerde ik haar.

'Ik ben zwanger.'

Ik keek naar haar vlakke buik. Haar mond was bre-
der geworden, reikte van haar linker- tot haar rechteroor, haar ogen: spleetjes. Ik voelde dat ik blij moest
zijn. Ik hou van kinderen, maar ik was helemaal niet
blij. Met mijn vriendin heb ik nog op school gezeten.
We hebben elkaar vaak uit het oog verloren en elkaar
altijd teruggevonden. De laatste twee jaar hadden we
veel samen ondernomen omdat ik weer in Berlijn
woonde en we goede gesprekken konden voeren over
mannen en lichaamsoefeningen. Dat ze gelukkig was

met haar vriend, wist ik. Maar nu had ze me over-
troffen. Niet dat ik haar vriend had willen hebben. Ik
duwde haar een tas met het dekbed in haar handen,
terwijl ik mezelf tot een glimlach dwong en haar nauwelijks kon aankijken. Terwijl ik door de kamer liep,
ging ik na waarmee we het best konden beginnen. Mijn
vriendin vertelde hoe ze het had gemerkt. En dat ik
de derde was die het wist. Hoe de ouders zouden reageren. De echografie. En zonder misselijkheid, tot dusver, tot nu toe, maar je kon nooit weten, de eerste drie
maanden, dan kon er nog veel gebeuren. En hoe de
vriend had gekeken.

'Ja, wat heeft die gezegd?' onderbrak ik haar.

Ze haalde haar schouders op, de lach kroop uit haar
mond en ze antwoordde: 'Hij is verbaasd. Hij zal er
wel aan wennen. Hij moet wel. Ik denk dat hij niet zeker van zichzelf is. Maar ik wel, hoor. Ik ben blij voor
twee, en als hij zich ongerust maakt, moet hij dat zelf
maar weten.'

Ik pakte een kist op en liep langs de vriendin naar
de tweede uitgang waardoor je via de binnenplaats in
de zijvleugel kwam. Mijn vriendin liep achter me aan
en praatte door. 'Je kunt niet je hele leven blijven wachten, daar worden de kinderen ook niet beter van. Ik
heb al nagedacht over een naam, maar alleen voor een
jongen. Ik verklap hem liever nog niet. Dat brengt ongeluk. Bovendien wordt het misschien een meisje. Welke namen vind jij mooi?' Nu riep ze het me bijna achterna, we liepen over de binnenplaats. Ik maakte dat
ik de trap op kwam. Op de tweede trap liep het buurmeisje ons op haar pantoffels tegemoet. Behalve het
buurmeisje en Charlotte kende ik niemand in huis,
denk ik. Mijn kelder had een aparte ingang vanaf de

straat, alleen voor de post moest ik door de hoofdingang en voor het vuilnis door de deuren naar de binnenplaats. Charlotte had ik niet zo vaak ontmoet als het kleine buurmeisje dat met haar moeder in het bovenste appartement woonde. Het buurmeisje was elf of twaalf en zette al een hele poos advertenties in jongerentijdschriften om correspondentievrienden te vinden. Ze schreef graag, had ze me gezegd, ze had me ook trots verteld dat ze op een dag acht (!) brieven uit de bus had gehaald – er was er geeneen bij voor haar moeder, allemaal waren ze voor haar. Nu was ik blij dat we het buurmeisje ontmoetten. Ze ging soms meer dan eens per dag naar de brievenbus, vooral als de school vroeg uit was of als ze vrij had. Op dagen dat de postbode bij wijze van uitzondering niets in de brievenbus had gestopt, zag ik het buurmeisje soms ook 's middags voor de brievenbus staan. Dan vroeg ze, terwijl ze haar stem een onverschillige klank probeerde te geven: 'Is de post al geweest?' Als ik ja zei, deed ze alsof ze het maar voor de grap had gevraagd, maar een paar weken later vroeg ze het bij een soortgelijke ontmoeting weer. Het buurmeisje hield zich aan de leuning vast om mij door te laten. Ze kon nog niet weten dat ik niet alleen was en dat mijn vriendin zich met het dekbed een trap lager bevond.

'Wat doe je?' vroeg ze.

'Ik breng mijn spullen naar boven, ik ben aan het verhuizen.'

'Naar het appartement van Charlotte?'

'Ja.'

'Weet je dat Charlotte dood is?'

'Ja,' zei ik en ik liep door, het buurmeisje volgde me.

'Ze is verongelukt,' deelde het buurmeisje me mee,

en ze draaide met haar vingers in haar paardenstaart. Ik zette de kist voor de deur van Charlottes appartement.

'Vlak voor het huis,' zei het buurmeisje. Ik zocht in mijn broekzak naar de sleutel en opende de deur. De gang was nog altijd even leeg als toen Charlotte er woonde, er stonden alleen maar drie grijze vuilniszakken waar ik twee dagen geleden haar kleren in had gestopt. De tante had me gezegd dat ik ze naar de tweedehandskledingwinkel moest brengen, en dat wilde ik ook doen. Terwijl ik de kist het appartement in droeg, hoorde ik dat het buurmeisje de trappen naar beneden niet nam, ze wachtte bij de deur van het appartement. Toen ik bij de deur kwam, kwam mijn vriendin net het laatste gedeelte van de trappen op en groette het buurmeisje.

'En, wie ben jij?' vroeg ze, en ik hoorde haar moederlijkheid. Een vriendelijkheid die ze nu pas ontdekte.

'Ik heet Nina.' Het buurmeisje keek ondertussen in mijn richting, alsof ze niet wist of ze wel het juiste had gezegd.

'Dat is mijn vriendin.' Ik nam mijn vriendin de zak met het dekbed uit handen en bracht hem naar de achterste kamer.

'Mag ik ook helpen?' vroeg het buurmeisje, en ze glimlachte gemaakt. Op die leeftijd oefen je in gemaakt lachen, als je het al niet kunt.

'Wilde je niet naar de brievenbus?'

'Jawel hoor,' antwoordde het buurmeisje, 'maar ik denk niet dat er nu nog post komt.' Ze keek op haar Swatch-horloge dat strak om haar pols zat. De laatste tijd zag het buurmeisje er over haar hele lichaam opgezwollen uit, door het T-shirt dat in mijn ogen wat te krap zat, kon je de zachte puntjes zien waaronder nog geen heuveltjes zaten maar die elk afzonderlijk uit haar voor de rest gladde bovenlichaam staken, en haar polsen kon je bijna vlezig noemen. Ik stelde haar voor dat zij de lichte dingen zou dragen. Ik voelde de blik van mijn vriendin en zei haar: 'Jij natuurlijk ook, alleen de lichte spullen. Of wil je liever helemaal niets dragen?'

'Jawel hoor,' grijnsde ze, 'trappenlopen is goed voor de bekkenspieren.'

Zij tweeën droegen lampen, schilderijen, stoelen, de wasmand en het droogrek, toen waren ze uitgeput en lieten zich in de fauteuil van Charlotte neerploffen. Mijn vriendin legde het buurmeisje uit dat ze een baby zou krijgen en het buurmeisje zei dat zij in haar plaats de baby naar haar beste vriendin zou noemen, precies zo, en de naam was echt mooi. Ik bracht de laatste doos naar boven en zette hem op een stapel andere. Wanneer de baby zou komen, wilde het buurmeisje weten. De vriendin zei tegen het buurmeisje dat hij in januari zou worden geboren. Het buurmeisje keek op en zag dat ik in de kamer stond. Ze wees naar de koekjes die op het tafeltje van Charlotte lagen. Het buurmeisje vroeg of ze een koekje mocht hebben. Ik zei haar dat ze er allebei zoveel mochten nemen als ze wilden. Ik zei niet dat het koekjes van Charlotte waren geweest en dat ik de spullen van Charlotte nog niet uit het appartement had verwijderd. Het buurmeisje en de vriendin aten koekjes, de kruimels sloegen ze van hun broek, en ze zwegen gelukzalig. Binnen een paar minuten hadden ze alle koekjes opgegeten. Toen schrokken ze, de koekjes waren helemaal op, er was geen laatste meer. Ze verontschuldigden zich gelijktijdig. Mij maakte het niets uit. Ik sloeg mijn armen over elkaar. Ik wilde dat ze allebei snel zouden weggaan, zodat ik in m'n eentje kon beginnen me in mijn nieuwe woning thuis te voelen. Het buurmeisje stond op. Ze bewoog zich als een robot, met een stijve nek en een stijf lichaam. Waarschijnlijk had ik me in mijn puberteit niet anders bewogen. Ze liep naar het raam. Ze had een holle rug, en zoals ze daar bij het raam stond, kon je uit haar silhouet niet afleiden of daar een man, vrouw, meisje of jongen stond. Ze trok het elastiekje uit haar haren en schudde ze. Zelfs haar ellebogen waren mollig.

'Wauw, hier kun je zien wat de andere mensen in hun appartementen doen,' zei ze. 'Bij ons boven zie je alleen maar daken en lucht, oersaai.'

'Kunnen jullie aan de voorkant niet naar buiten kijken?' vroeg ik.

'Aan de straatkant? Jawel, maar de mensen lijken poppen, grappige kleine hoofdjes hebben ze, en de auto's zien eruit als speelgoedauto's. Het spijt me van de koekjes.'

'Je hoeft je niet steeds te verontschuldigen.'

'Jawel, ik moet er almaar aan denken dat we al je koekjes hebben opgegeten.'

Mijn vriendin stond op, ze moest naar de wc.

'Geeft niets. En jij hebt het ongeval van Charlotte niet gezien?' Ik was verrast dat die vraag plotseling bij me opkwam en dat ik haar (ook voor mij verrassend snel) aan het buurmeisje stelde.

'Nee,' zei het buurmeisje, en ze klemde haar lippen op elkaar. Daarbij kwam er een fronsje in haar kin. Het buurmeisje keek ingespannen uit het raam. In het tegenlicht zag je het puistje op haar kin. Bijna wilde ik vragen: 'Echt niet? Kijk me eens aan', maar ik deed het niet, ik kende het buurmeisje niet goed genoeg, en mijn vriendin kwam terug van de wc. De vriendin klapte in haar handen en omhelsde me. Ze fluisterde in mijn oor: 'Ik ben zó blij.' Ik wachtte tot ze me losliet en zei dat ik nu moest doorwerken. Mijn bed en de grote tafel stonden nog beneden. De vriendin greep het buurmeisje bij haar pols, keek op haar horloge en zei: 'Tuurlijk, ik help je. Maar ik moet wel om zes uur weg. Kan ik even bellen?'

Ik knikte en keek rond of ik de telefoon zag. 'Ik hoop dat hij nog niet is afgesloten.'

De vriendin nam de hoorn van de haak, luisterde en toetste vervolgens een nummer in.

'Poeh,' steunde het buurmeisje, 'ik geloof dat ik echt niet meer kan, bovendien komt mijn moeder zo naar huis, ik denk dat ik maar beter weer naar boven kan gaan.'

'Ja. Bedankt voor de hulp. Wacht, ik breng je tot aan de deur.' Ik liep achter het buurmeisje door de lange gang, voor de deur draaide ze zich om.

'En, krijg ik er iets voor?' Ze lachte weer haar gekunstelde glimlachje. Aan die vraag had ik al jaren niet meer gedacht, misschien al decennia niet. Ik weet dat het een normale vraag is die kinderen stellen als ze iemand een plezier doen, vaak al voordien, maar steevast nadien. Mijn speelkameraadjes hadden er nooit moeite mee gehad om die vraag te stellen. Ik was niet laf. Ik wilde me alleen maar niet schamen. En er zijn mensen die hun kinderen op die manier werken proberen bij te brengen. Ouders die vermoeden dat niemand anders of welke noodzaak dan ook hun kinderen dit zal bijbrengen, die hun kinderen geld geven als ze het vuilnis naar beneden brengen, de hond uitlaten of zelfs stofzuigen. Als kind had ik mezelf vaak de opdracht gegeven die vraag te stellen, want ik had geld nodig, ik had het dringend nodig, voor schoolschriften, tampons en verjaardagscadeautjes, en ik had het niet. Maar ik durfde niet. Ik was er te zeker van dat onze armoede verachtelijk was. Ik wilde niet dat ze zouden denken dat ik iemand alleen maar een plezier deed als ik er iets voor kreeg. En dus deed ik het ene plezier na het andere, aangespoord door het verlangen naar geld of ten minste erkenning, en meestal ging ik met lege handen weg, want er waren maar heel weinig mensen die er uit zichzelf aan dachten om me iets te geven. Eén keer gaf een buurvrouw, die ook in een souterrain woonde, me een stuk zeep. Het was goed bedoeld. Ik zag aan het buurmeisje dat ze beslist geen zeep kon gebruiken, kleren ook niet, ik wist dat haar moeder er warmpjes bij moest zitten, het buurmeisje had me ooit verteld dat haar moeder advocate was.

'Wat zou je dan willen?' vroeg ik aan het buurmeisje. Ze dacht erover na.

'Ik weet het niet, misschien geld.'

'En wat doe je dan met het geld?'

'Weet ik niet.'

'Postzegels kopen?'

'Onzin, die krijg ik toch van mijn moeder!' Ze vond het vermakelijk dat zoiets ook maar in mijn hoofd kon opkomen. 'Andere meisjes van mijn leeftijd hebben veel duurdere hobby's,' legde ze uit.

'Zoals?'

'Paardrijden, tennis...' – ze dacht na – 'sommigen roken ook sigaretten.'

'Dat is toch geen hobby, dat weten hun ouders vast ook niet.' Ik keek in mijn portemonnee, het was mijn zaak niet wat ze met het geld deed. Ik had er haar toch naar gevraagd, uit nieuwsgierigheid. Ik gaf haar een biljet van tien mark.

'Maar ik rook niet hoor, eerlijk waar,' zei het buurmeisje en ze ritste het biljet uit mijn handen. Ze bedankte me en liep de trappen op, ze nam telkens twee treden tegelijk, wat er heel vreemd uitzag en waarvoor ze zich vast moest inspannen.

Mijn vriendin had haar vriend aan de telefoon gehad en ze hielp me, snel, voor ze weg moest. Vitamines, echografie en telefoongesprekken hielden haar bezig en dus wilde ze het bed en de tafel zo vlug mogelijk het nieuwe appartement in dragen. 'Tot gauw,' fluisterde ze, we kusten elkaar op de wangen en ik sloot de deur en was erg opgelucht omdat ik eindelijk alleen was en kon douchen.

Alle ramen van mijn nieuwe woonruimte keken uit op de binnenplaats. Wat het meisje van boven had gezegd, klopte echter niet, je kon niet veel zien. Toen het donker werd, opende ik een raam. De muggen die op het glas zaten, kwamen naar binnen en gingen op de lichte muren zitten. Het waren de eerste muggen die ik dit jaar zag. Een nachtvlinder tuimelde halsoverkop in de staande lamp van Charlotte, knisperde, en toen begon het te stinken. Ik boog me uit het raam, maar beneden liepen geen hoofden over de binnenplaats die ik van boven had kunnen zien. De lucht was stoffig, ze was dik en er kleefde een seringengeur in. Ik had de bloeiende struik zien staan, naast de containers waarin ik de flessen en de plastic tassen met de spullen uit het appartement van Charlotte had gegooid. Zelfs nu het buiten donker was, kon ik weinig zien, omdat de mensen aan de overkant jaloezieën hadden, alleen door de bovenste spleten scheen licht. In het appartement eronder stonden alle ramen weliswaar open, maar er scheen niemand te zijn, de ramen bleven donker en er stond niemand achter. Bij mij hingen er jaloezieën noch gordijnen, Charlotte had blijkbaar geen van beide nodig gehad. Ik liet de ramen open.

Ik ging in de fauteuil van Charlotte zitten. Drie van de zes dagen voorstelling had ik al achter de rug, ik had er nog drie te gaan, dan zou ik een vrije dag hebben en weer zes dagen moeten doorwerken. Tot vorig jaar was er nog een tweede, een echte clown geweest, maar hij was ontslagen omdat ze er niet langer twee konden betalen. Ik had geluk, had de secretaresse gezegd, dat ik kon blijven. De andere clown was bijna aan zijn pensioen toe geweest. Ik pakte mijn agenda en rekende uit hoeveel tijd er nog overbleef tot aan de zomerpauze. Nog negen weken tot begin juli. Ik vroeg me af of ik een vriend zou bellen om over mijn verhuizing te vertellen, maar de stilte beviel me wel. Van mijn eigen spullen had ik nog niets uitgepakt, behalve de handdoek die ik na het douchen had gebruikt.

Ik stond op en ging naar de kleine kamer. Het bed van Charlotte was niet opgemaakt, de lichtschakelaar naast de deur werkte niet, waarschijnlijk hield ze niet van plafondlicht, dacht ik, maar op het nachtkastje vond ik een kleine lamp, die ik aanknipte. In de kamer rook het naar Charlotte. Op het nachtkastje stond tussen veel andere dingen ook de flacon Thé vert, ik rook eraan maar de geur in haar kamer werd niet alleen door haar parfum bepaald. Waarschijnlijk kwam hij vooral uit het bed. Ik liep erheen, tilde het dekbed op en rook eraan. Charlotte had niet echt een lekkere geur, haar zweet rook wat zuur, naar kattenpis, zou ik zeggen, een klein beetje maar. Vaak hebben rokers zo'n zweetlucht, maar Charlotte had zelden gerookt, ze had soms wel wiet gebruikt, dat hoorde bij het kraken. Ik opende het raam ook in de kleine kamer, zij zal die wel de slaapkamer hebben genoemd, en ging op haar bed zitten. Naast het hoofdkussen lagen twee gebruikte papieren zakdoekjes. Ik knipte de spot aan die Charlotte aan de vensterbank boven haar bed had bevestigd. Ook voor het bed lagen een paar ineengefrommelde papieren zakdoekjes en kranten. Ik stond

56

op en opende de doos waarin ik mijn beddengoed vermoedde, en ook vond. Toen ik het dekbed van Charlotte van het bed trok en haar geur me weer tegemoet
sloeg, besloot ik al het beddengoed weg te gooien, weg
ermee. Ik rolde het in een bundel, stopte die in een
vuilniszak en bracht de zak naar de vuilniscontainer.
Toen ik weer boven was, legde ik mijn dekbed en mijn
kussen op het bed. Nu rook mijn dekbed weliswaar
naar kelder, maar liever naar kelder dan naar Charlotte, dacht ik, en ik spreidde het dekbed over het bed
uit. De binnenplaats was gehorig, dat wist ik van vrienden die in achterhuizen woonden, een binnenplaats is
als de buik van een instrument, ze heeft klankgaten
waar de stemmen doorheen vallen, en wanden waar-
tegen de stemmen zich omdraaien. Duimen die op sna-
ren tokkelen, zich erop vlijen en wrijven, zijn er niet,
alleen maar kreten en een weergalm, neen, ook geen
weergalm, meestal niet. Er zijn heel stille binnenplaat-
sen maar er zijn er ook waar je voortdurend getuige
bent van het leven van andere mensen. Ergens kwam
het geluid van een radio vandaan, muziek met gepraat
ertussendoor. In het appartement tegenover me meende ik een klein kind te horen huilen en ik hoorde ook
geluiden van rammelende borden en pannen, misschien uit het appartement naast of onder me. Ik leunde uit het raam. Schuin aan de overkant kon ik mijn
nieuwe keuken zien.

De andere appartementen leken op dezelfde manier
te zijn gebouwd, met een keuken en badkamer in het
voorhuis en de kamers in de zijvleugel. In het appartement onder me brandde licht in de keuken en door
het open raam steeg een witte damp naar me op. Ik
zag hoe een man met een pan bij het aanrecht kwam

staan, hij liet het water uit de pan lopen, het dampen hield op. Het rook naar aangebrand vlees. De man klemde de hoorn van de telefoon tussen zijn hoofd en zijn schouder. Hij zei iets, toen zette hij de pan neer en liep de keuken uit. Ik wilde hem niet uit het oog verliezen, liet het raam aanstaan en liep door de grote kamer naar Charlottes keuken, waar ik hoopte een blik in zijn kamer te kunnen werpen. Ik kreeg het keukenraam niet open. Ik had eruit moeten gaan hangen om een goed zicht op zijn appartement te hebben. Een van de kleine raampjes bovenaan stond open, Charlotte moest het nog hebben geopend toen het een paar weken geleden warm was begonnen te worden. Ik hoorde een mannelijke lach, maar ik kon niet bepalen of die van de man onder me kwam. Uit alle macht trok ik aan het raam, tevergeefs, het bleef dicht. Weer hoorde ik de lach. Ik wilde hem zien. En dus probeerde ik tussen de kieren van het kozijn te gluren, door de verf zat het kozijn waarschijnlijk dichtgeplakt. Ik zocht in mijn gereedschapskist een schroevendraaier waarmee ik tussen het hout wilde wrikken, maar vond er geen. Daarom nam ik een groot mes, mijn broodmes, en probeerde daarmee de verf los te snijden, probeerde de ramen uit elkaar te duwen – de verf bleef zitten, onverbiddelijk, ze wilde niet meer loslaten, het mes boog krom alsof het zou breken.

Uitgeput liep ik terug naar de grote kamer en ging weer in Charlottes fauteuil zitten, een heel oude fauteuil die ze met een hoeslaken had overtrokken. Charlotte was niet arm, integendeel, ze had door het overlijden van familieleden ten minste drie erfenissen opgestreken, voor zover ik weet, misschien waren het er nog meer geweest. Maar ze schaamde zich voor het geld, vermoedde ik, want ze liep graag rond in kleren waarvan ze beweerde dat ze uit de tweedehandswinkel kwamen, en ze had er ook plezier in gehad in een kraakpand te wonen, alleen met haar rugzak en schuimrubber matras, dat was haar manier van avonturen. Ze had ook een wereldreis gemaakt die anderhalf jaar had geduurd. Ze had uiteindelijk niet kunnen beslissen of en wat ze eventueel wilde studeren. Bij de begrafenis had de tante me verteld dat Charlotte het vaak over mij had gehad en dat het een troost voor haar was geweest te weten hoe ontevreden ik was over mijn loon in het circus, en in toenemende mate ook over het werk zelf. De tante dacht dat Charlotte er blij om zou zijn geweest dat ik nu in haar appartement woonde en dat ik haar spullen, die ze met zoveel zorg had vergaard, gebruikte, ook van haar borden at, en dat haar bestek niet zou worden weggegooid, want ze had borden en bestek verzameld op rommelmarkten en bij uitverkopen. De tante zei dat zomaar. Ze wilde vergeten dat Charlotte er niet blij om zou zijn geweest omdat ze er nooit blij om had kunnen zijn dat ze was gestorven, anders had ze daar zelf wel voor gezorgd. De tante wilde ook het gevoel hebben dat ze wist welke mensen er dicht bij haar nicht hadden gestaan. Ze vertrouwde daarbij op haar gevoel, het gevoel van een oude tante. De werkelijkheid was dat ik helemaal niet dicht bij Charlotte had gestaan. Van haar kopjes en borden waren geen twee hetzelfde en het was verwonderlijk dat geen enkel van die voorwerpen beschadigd was, een barst of een scheurtje had. Dat waardeerde ik, verzekerde ik de tante toen ze me aan de telefoon vroeg of het me beviel, het servies dat Charlotte had verzameld, en ze vertelde me ook dat Charlotte naar een gezin en vijf kinderen had verlangd, iets waar ik niet het flauwste vermoeden van kon hebben, want Charlotte en ik hadden zelden met elkaar gepraat en beslist nooit over zoiets. Haar tante daarentegen wist dat Charlotte geen vaste vriend had gehad. Maar dat had haar nooit verhinderd om van een groot gezin te dromen, zei de tante, zoals u weet, voegde ze eraan toe. Ik sprak haar niet tegen. Ik hoorde de tante aan het andere eind lachen, een vriendelijke uitademing, en het servies had Charlotte ook met het oog op haar kinderen verzameld.

Het leek me vreemd dat ik die dingen over Charlotte pas te horen kreeg nadat ze was gestorven, en dat ik ze te horen kreeg. Als ze niet was gestorven, had ik ze waarschijnlijk nooit gehoord, ik zou nooit zo'n intieme band met haar hebben gehad en zou beslist niet in verlegenheid zijn gekomen omdat ik in haar bed sliep. Ik betwijfelde of Charlotte het wel goed zou hebben gevonden dat ik in haar appartement woonde want ik weet dat ze me nooit had binnengevraagd, ook niet als we een halfuur beneden voor de brievenbus stonden te praten. Ik had de tante dit kunnen zeggen maar ik vermoed dat ze het niet zou hebben geloofd, en het was beter voor haar te geloven dat er van de omstandigheden nog het beste werd gemaakt.

Onder me hoorde ik een gelijkmatig geluid, alsof iemand met een bezem en met veel kracht en gewicht tegen de plint stootte, met de houten kant van de bezem. Ik knielde neer voor mijn gereedschapskist en ontdekte een beitel. Met mijn hoofd zo dicht bij de vloer meende ik een stem te horen. Ik boog me voorover en legde mijn oor op de planken. Zijn lach was klokkend, de woorden duikelden tussen het lachen, tuimelden rond zodat ze zichzelf opvingen en ik hun betekenis niet kon vatten. De beitel zou goed van pas komen als breekijzer. Ik liep naar het raam en probeerde het ermee open te krijgen. Met een ruk sprong het open, waardoor ik bijna van mijn stoel viel. Ik deed het licht in de keuken uit, zodat je me vanbuiten niet kon zien, en ging uit het raam hangen. Voor het raam van de grotere kamer zag ik een rug, de rug van een man, de man leunde tegen de vensterbank, de rug bewoog nauwelijks, alleen zijn ene been, dat een beetje gebogen was. Wie of wat er zich vóór de man in de kamer bevond, kon ik niet zien. Achter mijn ogen voelde ik een druk. Zijn lach was zacht en vol maar niet openbarstend, eerder verlokkend, ik weet niet hoe ik daarop kwam. Misschien had ik net op dat moment zijn neus gezien en zijn kin doordat hij zich zijdelings naar het raam keerde, en hoewel ik zijn ogen niet kon zien, herkende ik hem. Het was de man van Charlottes begrafenis. De rode Ford. De tram. Het ongeval. Haar dood. Hij. Toch hij? Maar het was geen opzet geweest. Toeval. Allemaal toeval. Hoewel het natuurlijk maar een klein toeval was dat iemand die in het pand van Charlotte en mij woonde, zijn Ford voor de huisdeur, die ook de zijne was, parkeerde en vervolgens, op een ochtend, een paasochtend, de parkeerplaats wilde verlaten en wegrijden, en dat Charlotte net voor hem de straat wilde oversteken (alleen maar wilde, anders niets). Nu draaide de man zich wat opzij en ik kon in de kamer een gedraaid houten stoel zien die voor hem bewoog, een schommelstoel die de man met tussenpozen een zetje gaf, zodat hij heen en weer wipte. Dat hij de vrouw niet had gezien – neen, dat geloofde ik niet meer. Maar desondanks was het begrijpelijk dat hij naar de begrafenis was gekomen van een buurvrouw die hij misschien zelfs had gekend. Wist men het? Zijn voeten waren bloot. Hij lachte, hoewel hij schuldig was aan de dood van Charlotte, stelde ik vast. Ik hield niet van die gedachte omdat ik niet hield van mensen die altijd en overal naar schuld zochten. Mij leek het dat ze geen gevoel voor verantwoordelijkheid hadden, misschien had ik daarom op die paasmaandag tegenover de politie gezwegen. Zijn wenkbrauwen waren dicht en donker, ik kon ze van hieruit goed zien. Hij had zijn ene voet op de zitting van de stoel gezet en zocht iets tussen zijn tenen. Toen liet hij de stoel opnieuw schommelen. Ik spitste mijn oren, ik probeerde te verstaan wat hij zei. De woordbolletjes vormden hier en daar een ovaal dat openbarstte. Flarden kon ik opvangen (nog niet gedacht klaar net of pret? en dat jij). Ik kon er geen samenhang in ontdekken. Zijn donkere haren zaten in de war, hij had golvend haar. Zijn ene arm hield hij gebogen boven zijn hoofd. Ik zag hoe hij zijn hand op zijn haar legde, in een paar haarslierten woelde, zijn hoofd enigszins scheef hield, alsof hij zijn hoofd wilde voelen of duidelijkheid wilde verkrijgen over het ontbreken van een kapsel. Tot dusver waren donkerharige mannen me vreemd geweest, waarschijnlijk omdat ik me meestal in de nabijheid van blonde types had opgehouden en ook met hen had geslapen. Deze hier leek me weliswaar onbekend en daardoor ook wat vreemd, maar tegelijk voelde ik iets vertrouwds, iets wat door zijn stem werd opgewekt, zijn stem zou mij kunnen vullen, ze behoorde me aan de randjes al toe, als voedsel dat op je tong smelt. Ik zag zijn ogen, die me op de begrafenis hadden ontdekt, duidelijk voor me. Die dag – was het drie of vier dagen geleden? – waren we uit elkaar gegaan zonder een woord te hebben gewisseld. Ik had alleen afscheid genomen van de tante en van de vrouw van het huisbeheer. We stonden voor de Enzian en de vrienden namen afscheid van elkaar, misschien wilden sommigen bij elkaar blijven, samen nog ergens heen gaan. Ze spraken over Charlotte, telkens weer hoorde ik haar naam, maar ik hield me afzijdig, voelde me er niet bij horen, had bijna de indruk dat ik stoorde omdat ik hun herinneringen niet deelde. Toch merkte ik, hoewel ik in gedachten al bij mijn repetitie was, dat de man nog een keer naar binnen verdween. Misschien moest hij naar de wc, dacht ik, of had hij iets vergeten. Ik was gehaast, ik moest weg voor hij weer naar buiten kwam. Nu lachte hij, onder mij, ik ging in zijn lach liggen, raakte zijn lach aan, en het fluisteren deed mijn haren overeind komen, en het zoutige deed me watertanden. Hoe zacht hij sprak. Ik hoopte dat het zijn zus was die hij zo toesprak. Wat zei hij? Ik (hoorde) antwoord (hoorde) mooi en jij en honderdduizend mooi en gauw.

Ik werd wakker omdat er onder me iemand piano speelde.

Hij speelde telkens weer hetzelfde stuk. Het klonk wat oosters, ver, en toch vertrouwd. Het deed denken aan Javaanse muziek (of Perzische?). Dat ik het stuk meteen herkende was niet verwonderlijk. Vroeger had ik ooit gespeeld met het idee muziek te gaan studeren. Natuurlijk struikelde je ook zonder muziekstudie voortdurend over de melodieën van Satie. Als je de radio aanzette, als je voor de televisie insliep en pas met Satie en het testbeeld wakker werd, overal zat hij ertussen, die Satie, tussen Cocteau en Picasso, tussen het Nouveau Cirque, waarvan Satie had gehouden (had ik ooit eens gelezen, en daarom was ik ook meteen van hem gaan houden), en een eerste gemakkelijk stuk dat je zelf op de piano probeerde te spelen. De persoon onder me probeerde het onophoudelijk. Het moest een koppig iemand zijn, of een geduldig. Ik luisterde een poosje naar hem en staarde naar het plafond. Ik hoorde de droefheid maar ook de vastberadenheid die ik tijdens de begrafenis in zijn ogen had gezien. En tussen de droefheid en de vastberadenheid door hoorde ik de glans, iets als hoop, iets waardoor het de moeite zou kunnen lonen, de moeite bijvoorbeeld om vooraan te gaan lopen, van ver naar achteren tot helemaal naar voren, in de eerste rijen, op de allereerste rij, aan de top, of de moeite om van de bodem van de zee of

van een gedachte naar boven te schieten, om water-
massa's om te ploegen, zwaar en traag – iets waar het
stuk in de opheffing van al het voorgaande om vroeg.
Het loonde op z'n minst de moeite om hiervoor de
vingers op te heffen, ze op de toetsen te leggen, met
de vingers te denken en door hen te bestaan. *Du bout
de la pensée*. Buiten werd het licht, zelfs de dag gaf zijn
muziek gelijk, dacht ik bij mezelf, en ik dacht ook dat
hij Satie dicht op de hielen zat, misschien te dicht, en
ik lachte om het moment van geloof, dat ik zelden be-
leefde, dat ik nog minder vaak kon vasthouden en dat
me rustig maakte. De naam van het stuk was Gnossienne, maar de man onder mij speelde alleen maar
het eerste van de drie delen. Alsof je zomaar kon kiezen. Ik kende de Gnossienne goed, een meisje van mijn
circusschool in Châlons had het stuk vaak beluisterd.
De medestudente woonde in een kamer waarvan het
kleine raam dag en nacht met een deken was afge-
schermd. Onder het voorwendsel dat we samen iets
zouden kunnen doen nodigde ze me meer dan eens bij
haar thuis uit, maar dan klopte ze, voor we de trap op
liepen, op de glazen deur van de conciërge en vroeg de
oude vrouw om ons gezelschap te houden. De conciërge kwam uit de Pyreneeën en was meer dan dertig
jaar geleden in Châlons getrouwd, maar in haar straat
beschouwden ze haar nog altijd als een vreemdelinge.
De conciërge deed dan haar schort uit en volgde ons
op haar pantoffels. Mijn medestudente was nog maar
amper met ons op haar kamer, of ze stak kaarsen aan
en zette een van haar Satie-platen op. Ze legde mij en
de conciërge uit dat van alle componisten Satie de enige echte mysticus was, althans de enige die erin slaagde embryo's droog te leggen, terwijl ze ons een stuk

uit Embryons desséchés voorspeelde. De conciërge knikte bij alles wat mijn medestudente zei. Hoewel ik de medestudente wat vreemd vond, nam ik haar uitnodigingen telkens aan. En ik verbeeldde me dat ik geen enkele blik tussen de twee vrouwen miste. De Gnossienne deed me (zoals elk stuk van Satie) denken aan de medestudente en haar conciërge die samen met mij op een doorgezakte sofa zaten en naar Satie luisterden. De twee spraken met elkaar op een monotone dreun die ik aanvankelijk nauwelijks begreep. Het feit dat ik hen niet begreep, versterkte de indruk dat zij tweeën geheime afspraken met elkaar maakten. Vaak zat ik op de sofa tussen hen in en voelde hun nabijheid door mij heen. Dan voelde ik me onbehaaglijk. Ik had niets te zoeken in hun intimiteit, en ik wilde dat ook niet, maar ze werd me door de twee vrouwen opgedrongen doordat we samen naar Satie luisterden. Dan overwoog ik of naar beneden zou gaan en de man van de conciërge gezelschap zou houden, maar ik kon me niet losmaken van de twee vrouwen en verbeeldde me dat Satie me aan hen bond. Op een dag legde de medestudente me uit dat ze de kamer uit moest, de conciërge had haar de huur opgezegd. Ze verhuisde naar een andere kamer in een ander pand en naar een andere conciërge, en sindsdien vroeg ze aan een andere medestudente of ze samen iets zouden doen.

Het feit dat de man onder me alleen de eerste Gnossienne speelde, beviel me, tenslotte had ik in Châlons iedere plaat tot het einde toe moeten beluisteren. Ik viel in slaap. Hij speelde nog altijd toen ik drie uur later weer wakker werd.

Ik keek op de wekker, op Charlottes wekker, die allerminst was blijven stilstaan alleen maar omdat zij dood was. Hij wees bijna negen uur aan. Ik moest me haasten om niet te laat voor de ochtendvoorstelling te komen. Ik douchte me. Ik zocht een schone jurk in een tas die ik nog niet had uitgepakt. Ik had een goede bui. De jurk die ik uitzocht was nieuw. Ik had hem vorig jaar in Brussel gekocht, tijdens een gastvoorstelling. Gastvoorstellingen werden zeldzaam, overal was er geld te kort. Mijn jurk was nog als nieuw omdat ik hem nooit had gedragen. In Brussel was ik er meteen voor gevallen maar hier had hij ondeugdelijk en veel te elegant geleken, ik zou bijna zeggen: te vrouwelijk. Berlijn veranderde de jurk met zijn ogen, die ook de mijne waren als ik hier was. De jurk verbond me niet meer met de omgeving maar scheidde me ervan en zette me te kijk. In Brussel had hij me geschikt geleken. Ik herinnerde me hoe de vrouwen me daar de eerste dagen waren opgevallen. Ze leken zoveel knapper dan de vrouwen in Berlijn, met hun fijne neuzen en fijne huid en lichte ogen, ook fijn en licht in blauw of groen, en de fijne gestaltes, die slank waren, tot ik tegen mezelf zei dat het hun jurken konden zijn, maar na de eerste week was ik hun aanblik al zo gewend dat ik zonder te twijfelen de koningsblauwe jurk had uitgezocht, de jurk die in de zon glansde en 's nachts zwart schemerde en waarvan de gladde stof geen enkel lichaamsdeel verborg. Ik had maar één beha die ik onder die jurk kon aantrekken, waarvan de bandjes in de ruguitsnijding niet zichtbaar waren. De man onder me speelde nu Les Adieux, waar mijn vader graag naar luisterde. Het duurde een paar minuten voor ik de beha vond. De jurk verkoelde mijn huid en streelde me terwijl ik liep. Ik pakte de rugzak en de sleutels, en rende de trappen naar de binnenplaats af.

Toen ik het slot van mijn fiets losmaakte, kwam ik tot de ontdekking dat de voorband plat was. Ik keek of op een van de andere fietsen een pomp zat en ik vond er een aan een damesfiets, die misschien van Charlotte was geweest, bedacht ik. Ik probeerde de band op te pompen. Het lukte niet. Ik voelde nog eens aan het slappe rubber toen ik een paar schoenen in mijn blikveld kreeg: fijn donkerbruin leer, met een lichte draad erin geweven. Ik keek omhoog en zag hem.

'En?' zei hij.

'Tja.' Ik voelde hoe ik straalde en hoe ik het tevergeefs probeerde te onderdrukken.

'Jij was op de begrafenis van Charlotte.'

'Klopt.' Ik kwam overeind. Zijn lippen waren op mijn ooghoogte, ik deed een stap terug en struikelde bijna over mijn rugzak, die ik naast de fiets had gezet. Ik moest weg, ik keek op mijn horloge en ademde geschrokken uit.

'Ik heb vrij veel haast.' Zoekend keek ik rond. 'Ik denk dat ik een taxi zal moeten nemen, mijn band is lek.'

'Wil je mijn fiets?'

'Heb je hem niet nodig?'

'Nee, je kunt hem gebruiken.'

'Maar ik ben pas tegen negen uur terug.'

'Vanavond? Dat is wel goed.' Hij pakte een sleutelbos uit zijn zak, haalde er de fietssleutel af en gaf hem aan mij. Hij keek naar mijn borsten, misschien alleen maar naar mijn jurk, maar ik bukte me toch, pakte de rugzak, deed hem om en liep achter hem aan, want hij had zijn fiets aan het rek achter de seringenstruik vastgemaakt.

'Heb je het niet koud?' vroeg hij, en hij doelde op

mijn naakte schouders. Ik was er evenwel zeker van dat het vandaag een warme dag zou worden, ook al was het vanochtend nog wat fris, vooral in de schaduw. 's Ochtends kwam de zon niet tot onder op de binnenplaats, je zag ze boven aan het dakappartement dat op het oosten uitkeek, daar klampte ze zich vast aan de ramen van het appartement van het buurmeisje en haar moeder. Ik keek opnieuw naar hem.

'Nee, en ik heb iets bij me voor het geval ik het toch koud zou krijgen.'

Hij duwde zijn fiets over de binnenplaats, hield de deur voor me open en zei: 'Dag.'

Zijn zadel stond te hoog. Vanwege de stang moest ik mijn jurk bijna tot aan mijn kruis opschorten. Zijn zadel was vochtig. Ik moest mijn benen helemaal lang maken en met mijn tenen trappen. En hard was het zadel ook. Het ergerde me een beetje dat ik zo vlug had gezegd dat ik het niet koud zou hebben. Ik vroeg me af of hij me ook nog zijn trui zou hebben aangeboden. Hij had me aangesproken alsof we elkaar kenden, terwijl ik niet eens zijn naam kende, en hij de mijne vast ook niet. Hij had me zijn fiets geleend. Misschien speelde hij nu weer piano. Mijn koningsblauwe jurk bolde op rond mijn heupen. Waarom was hij naar de binnenplaats gekomen? Voor de post was het te vroeg, daarvoor moest hij trouwens ook niet op de binnenplaats zijn, en vuilnis had hij niet bij zich gehad. Had hij me gezien en wilde hij me leren kennen? Had hij naar mij gekeken zoals ik naar hem? Ik kon me niet herinneren wanneer zijn pianospel was gestopt. Als ik wilde, hoorde ik het nog altijd, niet de auto's, niet het verkeer, maar zijn spel, hem. De zon klom omhoog, ik had het niet koud, misschien een beetje, maar alleen doordat de stof van de jurk verkoelend was. Ik vroeg me af hoe hij zou heten, welke naam bij hem paste. Een donkere naam, iets als Martin of Maximilian, of zou hij een lelijke naam hebben? Veit is een lelijke naam, Kevin ook. Ik moest opletten dat ik niet tegen een auto aan reed. Voor me kwam een kever aangereden. Na het ongeval van Charlotte had ik me voorgenomen nooit meer rode verkeerslichten te negeren, en ik had dit voornemen al meer dan eens geschonden, ik kon me er niet aan houden omdat ik er te zeer aan gewend was te rijden zoals het uitkwam. Links nog zo'n fietser, ze werden almaar brutaler, haalden je in waar ze maar konden, sneden je alsof je er niet was. Tot dusver had ik geluk, alleen af en toe snauwden voetgangers me toe: Het is rood! riepen ze luid. Dat was nog vriendelijk, onvriendelijk werd het als ze probeerden tegen je fiets te schoppen of iets tussen de spaken te steken. Eén keer had een man van middelbare leeftijd me van mijn fiets geduwd omdat hij zich eraan ergerde dat ik hem aan de verkeerde kant (fietspad) tegemoet reed. Hij had een uitgesproken gevoel voor orde en lachte nog toen ik mezelf op het laatste moment met een gebogen knie probeerde tegen te houden. Dat mijn broek gescheurd was, wilde hij niet zien, hij lachte alleen maar, hij vond het net goed dat hij mijn knie wat dichter bij de grond zag. Vandaag stond er niemand in de weg en riep er niemand. Misschien verbaasden ze zich over mijn blote benen. Ik vroeg me af of de man een pianist was. Ik dacht ook aan de rode Ford en ik besloot te geloven dat hij niet de bestuurder van de auto was, want het paste volgens mij van geen kant bij elkaar, zo'n soort fiets en dan tegelijk in zo'n truttige kleine Ford rijden, als het al een

Ford was geweest en niet een of ander Japans merk, ik zei het al, zo goed was ik daar niet in thuis.

's Avonds belde ik bij hem aan. Het duurde lang voor hij bij de deur was. Ik hoorde twee, misschien wel drie sloten openspringen. De deur ging maar op een kier open. In de kier verscheen een deel van zijn gezicht, zijn lichaam hield hij achter de deur weggestopt, zijn rechterhand lag binnen op de klink, zijn linkerhand had hij boven tegen de deurpost gelegd, zodat zijn arm zich duidelijk tussen ons in bevond.

'Ah, jij bent het.'

'Ja, ik kom de fietssleutel terugbrengen. Nogmaals reuze bedankt.'

'Niets te danken.' De hand tegen de deur gleed naar beneden tot op de hoogte van zijn gezicht en zijn elleboog bevond zich nu puntig tussen ons in. Ik overwoog wat ik nog kon zeggen om niet meteen terug te hoeven, ik had me er tenslotte, zoals ik nu pas vaststelde, de hele dag op verheugd hem weer te zien.

'Woon je hier allang?' vroeg ik luchtig.

'Hoezo?'

'Zomaar, ik woon hier al drie jaar, maar ik heb je nog nooit gezien. Waarschijnlijk doordat ik in de kelder woonde, dan kom je de andere bewoners niet zo vaak tegen.'

'In de kelder?'

'In het souterrain.'

'Aha.' Hij glimlachte, zijn hand wilde de deur loslaten maar zijn vingers kwamen niet los, zijn elleboog trilde, toen kreeg hij hem stil. Ik bleef nog even voor de deur van zijn appartement staan. Ik hield me voor dat hij me niet binnen durfde te vragen of geen overhaaste indruk op me wilde maken, en hoewel het gesprek wat moeizaam verliep, probeerde ik er niet aan te denken dat ik hem zou kunnen storen of opdringerig zou kunnen lijken. Ik had de halve avond voor zijn deur kunnen staan (als hij mij daartoe zou aanmoedigen), alleen maar om dit soort gesprekken met hem te voeren, gesprekken die niets anders dan een eerste ontmoeting waren, of een tweede, een waarvan ik nog niet wist hoe ik ze vorm kon en wilde geven, want ik was helemaal verdiept in het kijken naar hem en in het luisteren naar zijn stem die antwoorden gaf op mijn vragen, zodat ik minder hoorde wat hij zei dan hoe hij het zei en er niet meer bij stilstond wat ik wilde of van plan was. Zelfs aan Charlotte dacht ik niet meer.

Charlotte kwam pas terug in mijn gedachten toen ik hoorde hoe hij achter en onder me de deur sloot en ik de trap op liep naar het appartement en me erover verbaasde dat ik naar Charlottes appartement liep, de sleutel van haar deur en haar kamers en spullen gebruikte, dat ze dood was en dat er een band was geweest tussen hem en haar, die er echter alleen maar was omdat ik die verzon, en die niet langer bestond omdat ik hem niet meer wilde, althans er niet meer aan wilde denken, hoewel de gedachte uit alle hoeken van mijn fantasie tevoorschijn kwam en ik haar voortdurend met andere gedachten moest wegdrukken, wat me echter gemakkelijk afging, niet moeilijk, niet echt moeilijk, want ik dacht aan hem en aan het feit dat ik hem morgen weer zou zien. Ik wist nu hoe hij heette: Albert.

Alle andere namen had ik vergeten. Albert klonk duister, het klonk rood, maar een rood dat naar zwart zweemde, dat enigszins ruw was gemaakt, dat bij zijn stem paste, de stem waarmee hij bij het afscheid had gezegd: 'Zullen wij eens iets afspreken?', en ik had geknikt, hoewel zijn hand de deur nog niet had losgelaten, hoewel ik mijn glimlach niet meer onderdrukte, alles vergat wat je zo (ambitieus) bedacht over wat mannen graag willen van vrouwen, dat je je geheimzinnig en terughoudend en twijfelend, kortom vrouwelijk moet en wilt gedragen, omdat je wilde passen in het mannelijke beeld, waarover men net zo in clichés lijkt te denken als over de veronderstelde voorliefde van mannen. En al dat gewiekste, betamelijke, het was allemaal ver weg uit mijn gedachten, ik berekende niets, het leek er nooit te zijn geweest, alle remmingen (de geestelijke bedoel ik, die in die richting gingen) waren verdwenen. Er kwamen ongetwijfeld andere remmingen voor in de plaats, ongemerkt, uiteindelijk kende ik die nog niet, en al evenmin wist ik iets over hem. Ik had voortdurend maar één woord in mijn hoofd: Albert. Vooruit, achteruit, zijwaarts, ik vlijde me erin neer, om te zien hoe het paste. 's Nachts lag ik slapeloos in Charlottes bed, had het dekbed opzij gegooid omdat ik het te warm had.

Albert.

Albert.

Albert.

Tot Albert tegen drie uur 's ochtends piano begon te spelen. Hij speelde weer de Gnossienne nr 1, en ik meende nu de vraag te herkennen, voor het eerst had de vraag een richting, en die richting wees naar mij: 'Zullen wij eens iets afspreken?', telkens maar weer, in verschillende variaties: zullen wij eens iets afspreken? *Zullen* wij eens iets afspreken? Zullen wij *eens* iets afspreken? Zullen wij eens *iets* afspreken? Zullen *wij* eens iets afspreken? dacht ik even kort, even heel heel kort, vervolgens dacht ik vlug aan iets anders, want die gedachte beviel me niet. Waarom zou hij ook zoiets vragen? Ik probeerde me voor te stellen hoe zijn handen er bij het spelen zouden uitzien. En ik vroeg me af of de andere bewoners zijn spel ook hoorden. Ze hoorden het vast niet, of ze waren eraan gewend en werden er niet meer wakker van, anders had iemand allang een klacht ingediend en geëist dat hij alleen maar tijdens de toegestane uren speelde. Het idee dat alle andere bewoners van het huis sliepen en ik de enige was die naar hem luisterde, beviel me.

Er ging een telefoon, dat stoorde me omdat het me duidelijk maakte dat de anderen in huis ook een leven hadden en dat dit leven zich buiten het mijne afspeelde, want er zou iemand wakker worden, niet van Alberts pianospel maar van zijn telefoon (moeten wakker worden), dat waren de geluiden waarnaar die persoon zou luisteren, en misschien zou hij een raam sluiten dat hij 's nachts had opengelaten, zou hij het sluiten om bij het telefoneren niet te worden gestoord door Alberts Gnossienne, en dat hij zich gestoord zou voelen, kwetste me. Maar niemand nam de telefoon op, in plaats daarvan hoorde ik het klikken van een antwoordapparaat en toen een heel zachte stem, die uit mijn appartement kwam, de stem zei: 'Hallo, ik ben nu niet thuis of wil nu geen telefoontjes beantwoorden, spreek dus gewoon een berichtje in. Tot dan.' Ik hoorde een fluittoon, tamelijk lang, en vervolgens een ingesprektoon, omdat de beller had opgehangen. Ik lag in het bed van Charlotte en bewoog me niet. Het deed pijn om Charlottes stem te horen. Haar stem was onder het pianospel van Albert gaan liggen en ik was vergeten erop te letten of hij er met zijn spel op in zou gaan, op haar stem, of hij haar had gehoord. En natuurlijk klonk haar stem licht, onschuldig vóór de dood, zoals onze stemmen voordien meestal onschuldig klinken, moeten klinken. Ik voelde me betrapt, alsof ik iets verbodens had gedaan, niet alleen iets verbodens maar ook iets oneervols, iets schandelijks, iets wat mijn hele lichaam deed zweten. Toen ik opstond om naar de wc te gaan, zag ik mijn koningsblauwe jurk over het handdoekenrek hangen, ik had hem een paar uur geleden uitgetrokken om te douchen voor ik ging slapen, nadat ik met Albert had gesproken, voor het eerst, en nu hing hij daar zo dat ik me ervoor schaamde. Mijn jurk hing in het appartement, in de badkamer van een dode, en hij verraadde mijn naaktheid, daar kwam mijn schaamte vandaan. Natuurlijk haalde ik de jurk daarom niet meteen weg, tenslotte was ik alleen in het appartement, ik kon me in zekere zin schamen zonder erbij te worden bekeken en het te moeten tonen. Mijn blote voetzolen schuifelden over dezelfde tegels die Charlottes voeten hadden geduld. Door het raam viel blauw licht, het werd ochtend. En toen ik van de wc weer bij het bed kwam, ademde het bed, maar het ademde niet mijn zweet uit maar iets van Charlotte. Ik had er geen akelig of angstig gevoel over, ik voelde me alleen maar uitgeput door haar aanwezigheid, die zich eigenlijk pas sinds haar dood bij mij opdrong, en het maakte me zenuwachtig dat de Gnossienne en Albert en mijn nieuwe gevoel voor een poos naar de achtergrond waren verdreven. Het nieuwe gevoel was goed.

Toen de zwaluwen kwetterden en het bijna licht was, stond ik op. Terwijl ik wachtte tot het theewater kookte, zocht ik het antwoordapparaat van Charlotte, dat ik eerst niet vond omdat het pal voor mijn neus in de boekenkast stond. Ik wist de weg niet in de spullen van Charlotte. Iets hield me tegen om haar dingen op te ruimen. Nog maar een paar dagen geleden had ik gedroomd dat Charlotte terugkwam en dat ze verbaasd en geërgerd was over mijn aanwezigheid, en over het feit dat ik ongevraagd haar appartement was binnengegaan. Tot dusver had ik in het appartement nauwelijks iets grondiger bekeken als ik het niet hoefde te gebruiken. Het rode lampje brandde. Ik drukte op 'play'. De eerste twee telefoontjes waren geregistreerd maar telkens was alleen maar heel kort de ingespreektoon te horen.

'Hallo, Charlie, ik ben het, Annika, ik wilde je alleen maar vragen of je morgen mijn dienst kunt overnemen. Bel je me terug zo gauw je weer thuis bent? Dat zou fijn zijn. Dag.'

'Ja, was dat al de biep? Ik ben Richard, we kennen elkaar van de volkskeuken vorige donderdag, weet je nog? Je wilde toch een van de kopjes hebben waarover ik je heb verteld? Misschien kunnen we eens afspreken? Mijn nummer heb ik je al gegeven. Maar voor alle zekerheid geef ik het je nog eens: 44 83 18 90. Je kunt me het best 's avonds bereiken, vanaf een uur of halfnegen. Het zou echt fijn zijn als je eens belt.'

'Charlotte, met Ted. Voor het weekend lukt het, hoor. Ik kom aan op zaterdag om... Wacht even, ik bel je zo meteen nog terug.'

'Hallo, zaterdag de zestiende dus, oké? Om tien voor halfzes in Tegel. Kom je me afhalen?'

'Ja, nog eens met mij, Annika, het is echt dringend, tot dan.'

'Charlotte, bel me nog eens. Of ben je nog boos? Ik

reken er dus op dat je me afhaalt, als ik je niet zie, neem ik gewoon een taxi.'

Dat was het laatste bericht op het bandje. Een vriendelijke, heel diepe stem met een licht accent. Ik ging ervan uit dat die Annika ondertussen allang op de hoogte was, als ze al niet op de begrafenis was geweest, tenslotte had de tante Charlottes overlijden tijdig bekendgemaakt, en er waren een paar mensen uit haar stamcafé op de begrafenis geweest. Richard zou niet nog eens bellen als hij beleefd was, en zou het stilzwijgen van Charlotte opvatten als een gebrek aan belangstelling.

Ik goot het water op, opende het keukenraam en leunde naar buiten om na te gaan of ik iets van Albert kon zien. Maar hij had alle ramen dicht en was nergens te bekennen. Hij was gestopt met pianospelen. Zaterdag 16 mei was morgen, en het was net een dag waarop ik vrij had, en voor het eerst sinds de verhuizing zou ik wat tijd hebben, tijd die ik wilde besteden aan het appartement en aan mijn dozen. Het speet me nu bijna dat ik het appartement van Charlotte had aangenomen want ik weet maar al te goed hoe het gaat met het uitpakken van verhuisdozen en hoeveel moeite het kost om een nieuw appartement in te richten, en ik was er ondertussen wel aan gewend, maar het was zeker niet mijn lievelingsbezigheid geworden.

De gedachte aan Albert, die misschien alleen maar uit zijn ogen bestond, maar eerder nog uit zijn stem, zijn beweging en zijn lach, voelde ik nog in mijn lichaam – hoofd, armen en benen waren buitengesloten, alsof ze waren afgesneden, terwijl in de romp bloedmassa's strijd leverden om mijn smalle aders niet te hoeven verlaten, en een bonzend hart zich overal bewoog behalve op zijn plaats, waar het mijne ook hoorde te zitten, een hart dat eveneens naar de liezen trok, tegen het stuitbeen schuurde of langs de wervelkolom omhoogrende, dat mijn bloedvaten samentrok, losliet, samentrok en weer losliet, maar niet in een regelmatig ritme, niet in voorspelbare banen, veeleer in zijbanen, waar het nog niet, en niet meer en slechts bijna een baan uitvond, zo'n hart was het, en het was meer een angstgevoel, maar dan wel een van het vreugdevolle soort, een angst die je niet liet beven voor iets kwaads maar die leefde van de vrees dat het beven weer zou kunnen ophouden.

Ik wilde naar hem toe. Ik wilde, wilde, kon niet – moest naar het circus –, naar het gelach. Beneden op de binnenplaats, waar ik mijn fiets repareerde en de ketting oliede, was ik blootgesteld aan alle ramen, ook die van Albert. Met een blik naar boven vergewiste ik me ervan dat hij er niet stond en niet naar me keek, maar vandaag wel zou thuisblijven, iets waarvoor de geopende ramen me een goed teken leken.

Ik moest weg. De voorstelling was uitverkocht. Reden tot vreugde. Ik vergat de vreugde, mijn hoofd stond niet naar vrolijkheid en naar kijk-eens-wat-ik-allemaal-kan, ik was ongeduldig. Albert zou pianospelen zonder mijn oren. Mijn bazin stuurde me terug naar de verkleedwagen, mijn mond was volgens haar niet groot genoeg. Ik haastte me. 'Kinderen uit Zagreb en van het ministerie van Cultuur,' fluisterde de bazin – ik stormde van haar weg, de piste in.

Het licht van de schijnwerpers zette me in mijn blootje. Waar ik ook keek en struikelde, ik had geen schaduw. Vertwijfeld keek ik uit naar de stagiair, die boven op de galerij het licht moest bedienen. En ik sprong, zonder schaduw, en zocht tegen het verblindende licht in oogcontact. Alle schijnwerpers waren helemaal opengedraaid, ik sprong van de ene kant van de piste naar de andere, keek regelmatig naar boven en probeerde een blik van de stagiair op te vangen. Op de plaats waar ik de stagiair vermoedde, had hij zijn vriend gezet die hij de laatste tijd vaak met zich meezeulde. De vriend mikte met een schijnwerper op mij, kneep zijn ogen dicht alsof hij mij in het vizier kreeg en volgde me. De schijnwerper had geen effect op de grond omdat er te veel licht van te veel kanten tegelijk kwam. De vriend grijnsde naar mij, ik zwaaide met mijn armen, het leek alsof de vriend nu zijn andere oog dichtkneep, toen zag ik aan zijn mondbewegingen dat hij iets zei, ik ging op mijn handen staan, verdraaide mijn ogen en keek naar boven, de vriend van de stagiair keek niet naar mij maar lachte, hij had de schijnwerper nu helemaal losgelaten en draaide zich om. Daar ontdekte ik de stagiair. Hij stond een paar meter naast zijn vriend op de galerij en had zijn rug naar me toe gekeerd. De stagiair blies rook in de lucht. Zijn vriend nam de joint van hem aan.

Ik voelde me bespied door heel veel ogen, die lastig waren en die ik niet kon haten omdat het kinderogen waren en omdat ze hadden betaald, niet de ogen, maar de ouders van die ogen, om onder andere mij te zien. De verwachting van die ogen dat ik hen aan het lachen zou maken, benauwde me, zo erg dat mijn pak, dat eerder te groot dan te klein is, zodat ik me beter kan bewegen en de bewegingen er anders uitzien, dat mijn pak te klein leek en de grond harder werd, een weerstand waarmee ik niet, zoals gewoonlijk en zoals ik het had geleerd, speelde en werkte, maar die me ver van zich af hield, die me in de weg stond, en toch moest ik mijn rug er weer over laten rollen en moest ik ploeteren, zodat de kinderen zouden lachen, niet hard, maar een beetje, ze sperden hun oren te ver open omdat ik niets riep, en ze spitsten die oren omdat ik geen ander geluid maakte dan dat van mijn beweging, en ik was dankbaar dat ze me met hun lach spaarden, hoewel ik me schaamde, want ze hadden er immers voor betaald. En toen ik uiteindelijk in tranen moest uitbarsten en er voor het eerst sinds ik het nummer deed geen tranen wilden komen, de saxofoon elke minuut kon inzetten, de hitte van de schijnwerpers op mijn gezicht brandde, toen maakte ik misbruik van Charlotte, want ik dacht: als ik nu sterk aan haar denk, dan zal er een herhaling plaatsvinden van wat me pas onlangs had ingehaald – en zou ik kunnen huilen.

Maar zo ging het niet.

Ik zag haar voor me liggen, doelbewust, haar bloed dat alleen nog maar rood was, niets anders, de arts die alleen nog maar hulpeloos leek, hoogstens bleek, maar hulpeloos, en ik kon met de beste wil van de wereld niet huilen want ik was niet droevig. En toen de saxofoon inzette, niet kon weten hoe uitgedroogd ik hier op de rand van de mat zat, omdat de saxofonist boven en achter mij stond, lachte geen enkel kind, lachte niemand, de toeschouwers bleven stil en aandachtig op hun stoelen zitten, durfden zich niet te bewegen en dachten dat er nog iets zou komen dat hun aandacht waard zou zijn. Ze wisten nog niet dat dit het was, het einde van de voorstelling, dat het clownsnummer op zijn hoogtepunt was gekomen, en het zelfs al had overschreden. De saxofonist wilde niet stoppen met spelen omdat hij wist dat er iets was misgegaan, omdat hij dacht dat het gewoon wat langer duurde dan anders, omdat hij me een kans wou geven, een nieuwe kans, en nog een, en ook hij niet kon weten dat hij mijn ellende alleen maar langer liet duren, haar rekte en me dwong om het nummer op een nieuwe manier te beëindigen. Ik dacht er niet over na hoe ik aan de aandacht kon ontkomen, ik dacht erover na dat ik mijn beroep zou opgeven, een gedachte die me al lange tijd bezighield. Eerst wilde ik een andere baan vinden waar ik van zou kunnen leven zonder weer naar de kelder te hoeven verhuizen. Ik stond gewoon op en doorsneed de stilte met een flikflak, die ik al een hele tijd niet meer had uitgevoerd omdat ik hem de laatste maanden nergens kon gebruiken, maar die een vlugge mogelijkheid was om de piste te verlaten, zonder afscheid weg te komen.

Op weg naar huis verheugde ik me op Albert. Ik reed snel, in de hoogste versnelling. *Hoe diep is de oceaan? Hoe hoog is de hemel?* Ik had geen afspraak met Albert, maar dat verhinderde me niet om naar hem uit te kijken. We zouden elkaar kussen. We zouden elkaar liefhebben. Mijn hart zou bonzen. *Pas à pas.* Met het zijne. We zouden op elkaar liggen en ons tegen elkaar aan wrijven. Hoe overtuigend moest ik lachen om hem te laten teruglachen? Bij Blume 2000 op de Alexanderplatz kocht ik een bos papavers, ik zou hun stengels schroeien, ze in kokend water dompelen zodat ze hun kopjes zouden rekken. Ik stopte bij het park van de Weinberg en plukte een paar takken die ik erbij zou zetten.

De sleutel klemde toen ik de deur van de binnenplaats wilde openen. Misschien had ik al te vaak geprobeerd hem met volle kracht in het slot om te draaien. Ik trok hem uit het slot. Hij was kromgebogen. De bloemen klemde ik samen met de takken op de bagagedrager vast, ik liet de fiets tegen mijn dijen leunen en probeerde het met twee handen. Tevergeefs. Opeens werd de deur aan de binnenkant geopend, ik greep naar het stuur, het achterwiel gleed weg, ik hield de fiets vast zodat hij niet helemaal zou omvallen, de takken en bloemen gleden van de bagagedrager. Ik deed een stap terug, voor mij stond Albert.

'Ik heb al eerder bij je aangebeld, maar je was er niet,' zei hij.

'Tja, ik was gaan werken.' Ik hield met één hand het stuur vast, bukte me en greep met de andere hand naar de takken en de bloemen.

'Ben je iets van plan?' Hij keek hoe ik gehurkt de takken opraapte en ze in mijn schoot verzamelde. Ik keek omhoog, zijn blik was op de bloemen in mijn schoot gericht.

'Nee, bedoel je vanwege de bloemen? Die heb ik voor mezelf gekocht.'

'Voor jezelf?'

Ik knikte.

Albert stak zijn handen in zijn broekzakken: 'Kan ik je helpen?'

'Dank je wel, het gaat.' Ik probeerde de bloemen in één hand te krijgen om op te staan.

'Wacht, ik help je.' Albert haalde één hand uit zijn broekzak, boog zich voorover, ik liet het stuur van de fiets los omdat ik even dacht dat hij de fiets van me zou overnemen, maar Albert strekte zijn hand uit naar de bloemen die in mijn schoot lagen, de fiets kletterde tussen ons op de stenen, het zadel stootte in mijn rug, het stuur raakte Alberts hand, die op mijn knie belandde.

'Neem me niet kwalijk.' Albert deed zijn best om te glimlachen, hij stond op en trok de fiets recht. Een idiote toestand. Waar had hij zich bezeerd? Hij zette de fiets tegen de muur van het huis. 'Heb je je pijn gedaan?' Albert boog zich naar me toe. Ik schudde mijn hoofd. Alberts handen masseerden zijn knie, hij richtte zich weer op en keek links en rechts de straat af. Hoe overtuigend moest ik lachen om hem te laten teruglachen? Mijn rug deed pijn. Ik stond op en wreef over de plek waar het zadel tegenaan geknald was. Het huilen stond me nader dan het lachen. Albert raapte de tak op die wat verderop lag en gaf hem me. Ik liep naar mijn fiets.

'Weet je hoe laat het is?'

Ik keek op mijn horloge: 'Tien voor zeven.'

In mijn gedachten was Albert allang niet meer vreemd, niet meer vreemd genoeg om in de gauwigheid zulke frasen te moeten uitwisselen. Ik bedacht dat hij vast nog niet zoveel aan mij zou hebben gedacht.

'Ik wilde net boodschappen gaan doen. Heb je zin om straks beneden, naar me toe te komen?' vroeg Albert, hij hield de deur voor me open.

'Ja, wanneer dan?'

'Ik weet niet, wat je wilt, ik ga even vlug naar de overkant om wat boodschappen te doen. Over een uurtje of twee?'

Ik knikte weer, ik duwde mijn fiets langs hem heen naar de binnenplaats. Ik keek nog even naar hem om: 'Tot dan.'

'Tot dan,' antwoordde hij.

Ik voelde me triest. De manier waarop hij me had uitgenodigd, zijn eerste afspraak met mij, had volslagen onverschillig geklonken, alsof hij niet bang was, alsof hij niet beefde.

Terwijl ik de bloemen in het kokende water hield, probeerde ik aan iets anders te denken. Hoe heet is het water? Hoe heet wordt de stengel? Het uiteinde van de stengels werd glazig. Het was mogelijk dat ik te snel oordeelde en ook te veel verwachtte. Tenslotte hadden we elkaar, vanuit Albert gezien, amper drie keer ontmoet (geen enkele reden om aan mij te denken), op de begrafenis van Charlotte en gisteren twee keer, toen hij mij zijn fiets had aangeboden en toen ik hem de sleutel had teruggebracht. Was Albert, in tegenstelling tot zijn blik, onzeker? Wat verwachtte ik? Dat hij zich op mij zou storten?

Ik bedacht dat ik iets te eten zou kunnen klaarmaken om onze eerste ontmoeting belangrijker te maken. Zou dat opdringerig zijn? Overdreven? Doorzichtig? En wat dan nog. Hij had me gevraagd om 'beneden', naar hem te komen, het zou niet gepast zijn hem nu boven uit te nodigen. Ik kon iets klaarmaken en het meenemen, met het risico dat hij al had gegeten. Albert had sterke benen, die waren me al bij de begrafenis opgevallen, misschien had hij zelfs een buikje, daar had ik niet op gelet. Hij at vast graag noedels. De meeste mensen hielden van noedels. Maar dat was te simpel. Noedels kon je geen verdieping lager dragen om ze daar te verorberen. Ik wilde indruk op hem maken. Het moest iets speciaals zijn. Vis en zeevruchten waren riskant. Veel mensen houden niet van vis, je handen gaan ervan stinken, de graten zijn vervelend. Iets speciaals voor Albert. Ook vlees kon fout zijn, hoewel hij er niet uitzag als een vegetariër. Ik herinnerde me dat hij op de begrafenis van Charlotte van de Italiaanse ham had gegeten. Hij had de vrouw met de donkere huid ervan laten proeven, had haar de vork voorgehouden en in ruil haar lege vork genomen. Ze had instemmend geknikt. Toen ik Albert twee weken geleden in het appartement onder me had ontdekt, had er iets staan walmen en had het naar verbrand vlees geroken. Hij had iets laten aanbranden. Ik keek op mijn horloge. Het was twintig over zeven.

Ik kocht verse hartjes, kippenhartjes, die lagen bij Kaisers in grote verpakkingen in de aanbieding. Die had ik nog nooit klaargemaakt, maar ze zagen er goed uit, hapklaar en donkerrood. Ik kocht er een rode wijn bij, basilicum en een peer.

Ik kookte voor het eerst in de keuken van Charlotte. De knoflook stampte ik fijn, ik sauteerde de rijst in olie, overgoot hem met water en witte wijn, voegde er knoflook, zout en een beetje saffraan aan toe en waste de hartjes, en daarna grondig mijn handen. Ik wreef mijn handen in met citroen omdat ik bang was dat Albert niet van de vleeslucht zou houden. Later opende ik het keukenraam. Ik liep naar de grote kamer. Mijn kleren zaten nog altijd in de grote reistas. Ik ging op de vloer zitten en haalde het ene kledingstuk na het andere uit de tas. Geen enkel leek me geschikt. De koningsblauwe jurk leek me voor vandaag te elegant of opwindend, ik wilde niet dat Albert tijdens het eten de indruk zou krijgen dat ik meteen met hem naar bed wilde (ik wilde dat wel, maar wilde niet dat hij dat wist). De spijkerbroek was te hard, de zwarte jurk die ik op de begrafenis had gedragen was te klassiek en te kort, en bovendien zou hij hem aan de begrafenis van Charlotte herinneren, dat wilde ik niet. Ik ergerde me dat ik te weinig jurken had. Ik had er niet zo weinig omdat ik te arm of te gierig was. Het lag eerder aan mijn gebrek aan talent om jurken te kopen. Ik haatte de Wilmersdorfer Strasse, de Karl-Marx-Strasse, en sowieso alle winkelstraten, ook de Schlossstrasse en de begerigheid die daar onder de mensen heerst. Gejaagde mensen met propvolle tassen. Allemaal op zoek en in een roes waaraan ik nooit ten prooi viel. De begeerte naar iets nieuws, de begeerte naar bezitten, de begeerte, en ik daartussenin die met mijn gezicht in de spiegels word geconfronteerd. Neonlicht en blauwe veren op de kraag, en toch nog nuchter en zonder kans om te vallen voor de begeerte, zoals je valt voor een lied of een drug of een liefde – gewoon een buitenstaander. Dan komt bij Hallhuber een meisje me voor de voeten lopen, ze heeft ringen in haar wenkbrauwen en ook eentje tussen haar lippen en neus, twee, of zijn het er drie? Waarschijnlijk is ze een werkstudente, of is ze hier pas begonnen, ze doet twee stappen naast me, nu eens huppelt ze achter me en dan weer loopt ze, ze haalt me in en kijkt me heel onschuldig aan en vraagt vriendelijk of ze me kan helpen. Ik zeg neen, omdat ze me niet kan helpen, omdat ik niet eens weet wat ik zoek, omdat ik alleen maar weet dat ik iets nodig heb om aan te trekken en ook rust om iets te vinden, maar ik zeg tegen haar: dank je wel, ik kijk liever zelf wat rond, dan trek ik uit verlegenheid, alsof ik bewijzen moet leveren, iets van de kleerhangers, iets wat toevallig blauw is, met veren aan de kraag en ook een paar aan de zoom, en ik denk, niet slecht, helemaal niet slecht, denk ik, je kunt rustig iets proberen dat zelfs lelijk is zonder dat ik erin zit.

Ik liep naar de gang, waar het naar wijn en rijst rook, pakte een van de grijze vuilniszakken die ik nog steeds niet naar de tweedehandswinkel had gebracht, en maakte hem open. De geur van Charlotte sloeg me tegemoet. Ik sloot de zak meteen weer door er een dubbele knoop in te leggen. De geur van een dood mens maakt die mens opeens levend, je hebt het gevoel dat je hem zou kunnen aanraken, misschien omdat je niet gewend bent een geur te bewaren, zoals je dat met een beeld (foto's) of zelfs met stemmen (geluidsopnames) graag of zelfs onvrijwillig – ik dacht aan het antwoordapparaat van Charlotte – doet. Ik liep terug naar mijn tas en moest tot helemaal onderin graven om te vinden wat ik zocht. Ik trok de lange zwarte rok en een nauwsluitend shirtje met korte mouwen uit de tas, ik was te laf, ik wilde niet te veel en niet te weinig, ik wilde Albert, niet mezelf.

Ik besloot pas te douchen als ik klaar was met het eten klaarmaken, zodat mijn schone kleren en gewassen haar de braadgeur niet zouden opnemen. Toen ik het raam in de grote kamer opende, hoorde ik de lach al waarmee hij weer tegen zijn raam leunde, de lach die bedoeld was voor de telefoon en niet voor mij, nog niet, dacht ik, maar ik liet het raam open. Ik braadde de hartjes en bluste ze met wijn.

Na het douchen trok ik een van Charlottes douchemutsen, die ik op het schap had ontdekt, over mijn haren. Ik had zelf nooit douchemutsen gehad en er ook nooit een gebruikt. Maar vandaag was een douchemuts praktisch. Hij zou mijn haar schoon houden, geen knoflook en geen hartjesvet zou zich erin kunnen nestelen. De borstels met het haar van Charlotte erin gooide ik in de afvalbak. Ik waste en droogde het basilicum. Lippenstift gebruikte ik niet. Hoe kon ik weten of Albert ervan hield? Lippenstift zegt duidelijk: begeer me. Hij spreekt er zich echter niet over uit of de vrouw van haar kant ook wil, in ieder geval is hij ook een soort beschermend schild, omdat een man er vaak voor terugschrikt om geverfde lippen te kussen, uit angst dat het moment van samenzijn met de vrouw niet lang genoeg is om de sporen van de lippenstift op zijn lichaam of zijn kleding te verwijderen. De douchemuts hing ik aan de kleine haak naast de wastafel.

Voor Albert de deur opendeed, hoorde ik hoe hij de sloten openmaakte. Het waren er drie. Ik hoorde ook hoe hij, nog altijd achter de gesloten deur, een cijferreeks noemde, toen zei hij 'Tot dinsdag', en 'Tot ziens'. De deur ging open, Albert hield de telefoon in zijn hand, en mij begroette hij met: 'Ach, ja.'

Was hij mij vergeten? Was het hem ontschoten dat hij me had gevraagd om naar hem toe te komen? Voorzichtig, zodat de pan niet zou omkieperen, probeerde ik een blik op mijn horloge te werpen, maar ik moest het hebben afgedaan voor de douche en daarna vergeten. Albert bleef in de deuropening staan, alsof hij niet kon beslissen of hij me naar binnen zou vragen. Ik was hem een verklaring schuldig. De hitte drong door de pannenlappen en gloeide tegen mijn wijsvinger.

'Je had toch gevraagd of ik wilde komen?'

'Ik weet het, maar wat heb je daar bij je?' Hij klemde de telefoon onder zijn arm (ik was absoluut niet van plan om hem af te pakken) en wees op de pan.

'Een verrassing. Heb je al gegeten?'

Hij twijfelde, alsof hij erover moest nadenken of hij al had had gegeten. Hij deed een stap opzij en liet me binnen. Ik deed alsof ik niet wist waar zijn keuken was en wachtte tot hij de deur had gesloten. Dit keer vergrendelde hij de deur niet, en hij ging me voor door de gang. De telefoon zette hij op de vloer voor de keukendeur.

'Heb je eten gekookt?' vroeg hij, en hij draaide zich naar me om. Ik knikte. Hij bleef staan en keek in mijn ogen, toen heel even naar de pan en weer in mijn ogen, hij schudde zijn hoofd, zodat ik verlegen begon te worden. 'Dat is lief van je. Wil je de pan neerzetten?' voegde hij eraan toe. Hij schraapte zijn keel, en ik dacht, hij voelt zich overvallen, onaangenaam overvallen.

'Ja, graag, waar staat je tafel?'

'Is het nog warm?'

'Jazeker, ik heb het net klaargemaakt.'

Albert ging me voor naar zijn grote kamer. Daar stond de schommelstoel voor het raam, en een divan tegen de muur. Ik hou niet van divans, ik vind ze burgerlijk. Ik zette het eten op de tafel, waarvan de hoogte niet bij de divan paste, het was een gewone eettafel. Ik keek om me heen. In de hoek voor zijn kleine kamer stond de vleugel, hij was niet opengeklapt, alleen het deksel van het toetsenbord stond open, zodat je de gouden naam kon lezen: GOETZE. De maker moest een kleine firma zijn, waarschijnlijk bestond die niet eens meer, de vleugel zag eruit alsof hij een eeuw geleden was gemaakt. Albert legde me uit dat het een geluk was dat hij er nog op kon spelen en dat de vleugel de oorlog, of beide oorlogen, had overleefd. Albert wist zelf niet hoe oud hij was. De pianobouwer had de oorlogen beslist niet overleefd. De vleugel had een scheurtje in de klankbodem, maar dat was de afgelopen jaren niet groter geworden en veranderde niets aan de volle klank. Albert liep naar de keuken. Op de vloer stonden twee kandelaars, ik pakte degene waarvan de kaarsen nog het langst waren, zette hem op tafel en was er net in geslaagd de kaarsen aan te steken toen Albert terugkwam. Albert had borden, bestek, glazen en wijn gehaald. Ik schepte onze borden vol en ging op een van de twee stoelen zitten.

'Hoe ben je aan je naam gekomen, Beyla?' vroeg Albert, hij vertrok zijn mond bij de eerste hap en viste het basilicum uit het eten om het netjes op de rand van zijn bord te leggen.

'Mijn moeder heeft me zo genoemd. Dat is zo ongeveer het enige dat ik van haar heb. Ik ben niet bij haar opgegroeid.'

'Zijn je ouders gescheiden?'

'Neen, ze waren niet getrouwd.'

'Komt je moeder uit Scandinavië?'

'Neen, hoezo?'

'Het is een oude Noorse naam, Beyla, ik denk uit IJsland. Het eten is lekker.' Albert zocht nu ook de schijfjes peer uit de rijst en schoof die bij het basilicum op de rand van het bord.

Ik vond de hartjes niet lekker. Hoewel ze mals waren, kauwde ik een hele poos op het eerste, ik kreeg het niet door mijn keel. 'Ze heeft me naar een collega genoemd, dat beweerde mijn vader tenminste.'

'Dan was die collega misschien een IJslandse.'

Ik haalde mijn schouders op en probeerde een stukje kraakbeen kapot te bijten, toen schoof ik het naar de zijkant van mijn mond en antwoordde.

'Ze was in ieder geval een hoer, die collega van mijn moeder. Mijn moeder was een hoer, ik zou ook kunnen zeggen: een prostituee, maar dat klinkt zo theoretisch.' Ik dronk een slok wijn. Mijn hart roetsjte naar beneden. Ik vermeed het om naar Albert te kijken, ik wilde niet weten hoe hij die mededeling opnam. Albert gaf me over de tafel heen een servet, ik keek omlaag maar ik had niet gemorst. Misschien moest ik het

servet toch gebruiken, dat hoort zo, dat je je mond af-
bet, hoewel er niets naast is gegaan. Ik voelde me betrapt en vroeg me af of het Albert opviel hoe klunzig
ik aan tafel was en of je aan mij kon zien hoeveel moeite het me kostte om mijn vroegere onhandigheid kwijt
te raken. Ik lette erop dat ik de rijst met mijn mond
dicht kauwde en dat ik hem had doorgeslikt voor ik
verder sprak.

'En bovendien noemde mijn moeder zichzelf een
hoer of een beroeps, maar volgens mijn vader vond ze
het woord prostituee idioot.'

Albert knikte begrijpend. Ik wees naar mijn hartjes
en vroeg of hij ze wilde opeten. Hij knikte nogmaals,
dit keer begerig. Ik gaf ze hem. Ik vroeg me af of het
verstandig was om Albert dit soort verhalen te vertellen. Ik had hem net zo goed een ander verhaal kunnen vertellen, dit was niet bepaald het meest geschikte in het spel van de verleiding. Maar tenslotte had hij
me erom gevraagd, zei ik tegen mezelf, en wist hij over
mijn naam meer dan ikzelf. Albert keek me vragend
aan.

'Wil je nog wat?' Ik wees naar de pan, waarbij ik de
kaars omstootte. Albert ving de kaars op voor ze de
tafel raakte.

'Dank je, ik heb nog.' Zijn bord was in het midden
bijna leeggegeten, aan de rand stapelden de basili-
cumblaadjes en schijfjes peer zich op. Mijn bord was
nog halfvol rijst. Albert keek me nog een keer vragend
aan, dat dacht ik althans, en ik hield er wel van dat
Albert me vragend aankeek.

'Niet dat ik een arbeidsongeval was, nee, dat niet.
Mijn vader heeft me altijd verzekerd dat mijn moeder
nieuwsgierig was naar zwangerschap en dat ze alles

vooraf hadden afgesproken, dat hij mij bij zich zou nemen, en bovendien had ze zichzelf een rustpauze willen geven.'

Ik was er niet zeker van of dat wel waar was, het schijnt dat sommige mannen zwangere vrouwen bijzonder aantrekkelijk vinden, in zoverre was ik eerder een rekwisiet, geen arbeidsongeval, neen, dat zeker niet. Maar dat vertelde ik Albert niet, omdat ik dan het onderwerp seksuele voorkeuren ter sprake zou hebben gebracht, en daarover wilde ik het niet te veel hebben, nog niet, eerst wilde ik hem aanraken.

'Ik vind hoeren prima,' zei Albert alleen maar, en toen wist ik dat we elkaar verkeerd hadden begrepen. Hij glimlachte vrolijk en dronk me toe. Het ergerde me dat ik het thema had aangeroerd.

'Ken je je moeder?' vroeg hij, nadat hij vergeefs op een toast van mijn kant had gewacht.

'Nee, ik wilde haar niet leren kennen.' Ik zocht mijn moeder niet, ik zou niet weten waarom. Het kan zijn dat ik haar al op straat ben tegengekomen, ik zou haar niet herkennen, zij mij vast ook niet, ik weet niet eens of ze nog in Berlijn woont en óf ze zelfs nog wel leeft. Maar ik had geen zin om over moeders te praten, mij interesseerde iets heel anders, en dat was Albert.

'Woon je hier allang?' vroeg ik hem. Hij maakte een vage handbeweging, ik keek naar zijn handen, die korter waren dan ik had verwacht. Je denkt altijd dat pianistenhanden erg lang zijn. Alberts handen waren niet kort maar ze waren ook niet erg slank, het waren gelijkmatige handen, de vingers waren krom en desondanks even lang als de rug van zijn handen. Het waren krachtige handen waarop je niet alleen de knokkels maar ook vaag de aders zag. Ik hield van zijn handen.

'Zo'n twee jaar.' Hij had zijn hap doorgeslikt en met de volgende vork zou zijn bord leeg zijn. Hij wees naar zijn schijfjes peer: 'Wil jij die hebben?' Ik knikte en hij stond op om de peren op mijn bord te leggen. Ik hield van de manier waarop hij opstond en zich bewoog toen hij naar me toe liep.

'Beyla is een personage uit de *Edda*.'

'Ja?'

'Ja, en de *Edda* is de basis van de *Nibelungen*.'

Dat weet ik, had ik kunnen zeggen, maar ik zei het niet. Ik dacht erover na of Albert hiermee een schoolmeestertic verried. In dat geval, dacht ik, moest ik hem op andere ideeën brengen, omdat ik niet wilde dat hij mij ook maar iets minder leuk zou vinden, ik wilde niet dat er daartoe ook maar het geringste risico bestond.

'Ben je pianist?'

'Als je dat zo wilt noemen, ik heb ooit piano gestudeerd, maar ik ben niet goed genoeg om solopianist te zijn. Soms verdien ik er iets mee, jammer genoeg komt dat maar zelden voor. Je kunt er niet echt van leven. Wil je nog wat wijn?'

Ik hief mijn glas naar hem op en hij schonk het vol. In zekere zin waren musici meestal burgerlijk, dacht ik toen mijn blik weer op de divan viel. Ik dacht vroeger altijd dat musici uit kleine kamertjes komen, en dat de plafonds van zulke kamertjes laag hangen en de akoestiek er wel benauwd moet zijn, en ook dat uit elk instrument God moet klinken omdat de Kerk zich zo graag in de muziek herkent. Maar de musici maken van muziek niet hun taal omwille van God maar omdat ze niet anders kunnen, en het geloof komt hun dan af en toe goed uit. Dit was het beeld dat ik van musici had, afgezien van mijn vader. Maar dat zei ik Albert niet. Ik vroeg me af of ik hem zou durven zeggen dat ik naar hem had geluisterd en dat ik vond dat hij erg goed speelde. Anderzijds wist hij vast wel hoe goed je zijn spel in het huis kon horen, zelfs als je het raam dichtdeed – behalve ik zouden om te beginnen de mensen onder hem het pianospel hebben gehoord.

Nadat Albert ook zijn glas had bijgevuld, nam hij nog wat van het eten en zei hij nog eens hoe goed het hem smaakte.

'Waar leef je dan van?'

Albert maakte een vaag gebaar met zijn hand en ik betrapte me op de gedachte: typisch een oostblokker, dacht ik, spreekt niet graag over geld, zo'n mens uit het oosten, dat vindt hij pijnlijk. Ik dacht opeens aan Charlotte. Ik had graag geweten hoe goed hij haar had gekend, maar Charlotte was net zo ongeschikt als gespreksonderwerp voor onze eerste ontmoeting als het beroep van mijn moeder, daarom zag ik er maar van af om naar haar te vragen, en Albert begon er uit zichzelf ook niet over. Ik vroeg Albert of hij een mooie jeugd had gehad en hoe zijn eerste seks was geweest. Hij zei, jawel, dat hij een gelukkige jeugd had gehad en dat hij in ieder geval geen slechte herinneringen meesleepte. Rostock, waar hij het grootste deel van de tijd had gewoond, was een mooie stad, of althans de oude stad, een Hanzestad, zei hij, en de zee, die was ook fijn geweest, en er waren oude loodsen bij de haven, waar hij zijn vrienden ontmoette na het hengelen, zodat ze elkaar konden laten zien wat ze hadden gevangen. Zijn beste vriend. Albert lachte toen hij over hem vertelde, omdat hij twee hoofden kleiner was dan alle anderen, hij bracht een keer een meisje mee, dat al ouder was dan de jongens en ook groter. Het was niet echt een heldendaad, hoe de vriend aan het meisje was gekomen. Ze was een nichtje, al zeventien, en ze kwam uit de hoofdstad van de republiek. Ze verveelde zich en ergerde zich eraan dat ze door haar ouders in de schoolvakantie naar Rostock was gestuurd, ze was toch geen baby meer die je zomaar kon wegsturen. En terwijl ze dat vertelde aan de jongens, die bezig waren hun vissen uit de emmers te halen en die met bakstenen op de kop te slaan, zodat ze hun staart zouden stilhouden, had ze niemand zo lang aangekeken als hem, Albert. Albert had dat wel goed begrepen, maar hij was niet zeker van zichzelf. Hij liet het meisje zien hoe de kieuwen van de schollen opzwollen, het meisje wilde ze niet aanraken, ze keek verveeld opzij. Ze vertelde haar verhaal nog een keer, en daarbij keek ze almaar naar Albert, en zei hoe saai het hier met de jongens was en of er niet een van hen iets met haar wilde ondernemen. De jongens, die geen grotere ondernemingen kenden dan het hengelen en vissendoodslaan, lieten het ogenblik om toe te slaan voorbijgaan, allemaal, behalve één. Albert zei dat hij wel iets met haar wilde ondernemen.

En? vroeg ik Albert opgewonden. En? Hij glimlachte, dronk de laatste slok uit zijn glas en klakte met zijn tong. En? Ik kon nauwelijks afwachten wat hij me nu over zichzelf en over de nicht van zijn beste vriend ging vertellen. Ik zag visnetten en hengelhaken, knusse baaien met strandkorven voor me. Ik rook de zomerwind al, ik voelde hem zelfs bijna op mijn huid.

Maar Albert vertrouwde me nog niet echt. Ik leunde achterover en keek hem aandachtig aan.

Het eten had me een zwaar gevoel gegeven. Albert wilde me niet over zijn eerste nacht met een meisje vertellen. Ik vroeg hem piano te spelen, eerst wilde hij niet, hij schonk nog wat wijn in, maar toen ik moe werd en voor de tweede keer een geeuw niet kon onderdrukken, besloot hij het toch te doen.

Ik luisterde naar Albert, ik was op de divan gaan zitten, die aan één kant tegen de vleugel stond. Ik legde mijn hoofd op de leuning, ik keek naar het plafond. De hitte van het kaarslicht tekende zich daar af in lichtslierten en bewoog zich. Albert zat een halve meter van me af, hij boog zich over de toetsen. Ik hoorde Albert zonder naar hem te hoeven kijken, ik wist dat hij er was en ik voelde me goed omdat ik zo dicht bij hem was, en het stelde me gerust dat hij af en toe iets zei, eerder tot zichzelf dan tegen mij, misschien tegen de vleugel of de muziek.

Eventjes wenste ik dat Albert over iets meer aards zou beginnen te praten, zodat hij op het idee zou kunnen komen me te kussen. Ik durfde hem er niet midden in het gesprek mee te onderbreken. Hij zat naast me, zo dicht dat ik alleen maar mijn hand had hoeven uit te strekken om hem aan te raken. Ik draaide mijn nek, zodat ik naar hem kon kijken, hij had zijn trui uitgetrokken en zijn blote armen schemerden in het oranjegele licht, je kon alle haartjes afzonderlijk zien.

Albert stond op en bood me nog wat wijn aan. Hij haalde een tweede fles Barolo uit de keuken, ook weer in een scheve fles. Ik bedankte, ik wilde liever water drinken om niet nog vermoeider te worden en om beter van zijn aanwezigheid te genieten. Ik draaide me wat opzij en legde mijn benen op de divan. Hij haalde andere glazen voor ons en schonk water in. Terwijl ik hoorde hoe naast me het water in het glas klaterde, wilde ik hem aanraken, en ik overwoog of hij er geen gebruik van zou maken dat ik op zijn divan lag (als hij maar had geweten hoe erg ik divans haat, had hij zich misschien over mij ontfermd), op geen enkele divan was ik zo gaan liggen, alleen maar op die van hem, en ik zorgde ervoor dat de zwarte rok wat been onthulde, spiegelgladde huid, en ik dacht aan het ondergoed dat ik droeg, dun, zacht ondergoed van zijde en kant. Maar dat kon hij niet weten.

Of ik wilde roken? Hij had een asbak. Ik schudde mijn hoofd. Albert rookte ook niet. Hij ging weer op de draaikruk zitten en speelde voort. Ik hield van zijn spel: naar Albert luisteren. Ik wist dat ik hem graag zou aanraken, met de warme binnenkant van mijn handen over zijn koele schouders strelen, zijn botten voelen die zich onder de huid welfden, de spieren die tussen zijn schouderbladen lagen, mijn handen om zijn nek leggen, met mijn neus tegen zijn enigszins afstaande oren duwen, zijn lichaamswarmte door mijn kleren heen voelen, waarna we ten slotte naakt bij elkaar zouden gaan liggen, en hoe ik zijn opwinding zou voelen, die hem nog half toebehoorde omdat ik hem nog niet had gezien, laat staan aangeraakt, alleen maar gevoeld (of eerder geweten), of geweten dat hij erop hoopte dat ik zijn broek zou openritsen, hem zou aanraken. Albert aanraken. Ik vroeg me af of hij er iets bij zou zeggen, wat voor zich heen zou murmelen dat ik niet zou begrijpen en waarvoor ik ook geen moeite zou doen om het te begrijpen. Of hij misschien een naam zou roepen, die van de Maagd Maria of de mijne. Hij pauzeerde even en begon toen opnieuw, midden in het stuk. *Postulez en vous-même*. En toen hij bij zijn toetsen bleef en ik bij mijn gedachten, werd het me duidelijk (de duidelijkheid op zulke momenten is een van mijn best functionerende fantasieën), *Pas à pas*, dat het te vroeg was om hem te kussen, ik verzette me tegen de wens in mezelf en besloot, liever te vroeg dan te laat, naar boven te gaan.

Ik maakte gebruik van een ogenblik waarop hij in de partituren bladerde en ik vroeg Albert met zijn pianospel verder te gaan terwijl ik naar boven liep. De schaduwen op het plafond flakkerden. Hij schoof de partituren opzij, ik hoorde hoe hij zich op de kruk omdraaide, naar mij waarschijnlijk, en ik hoorde zijn stem, die me tegelijk vertrouwd en vreemd was: 'Ga je nu al weg?'

Ik glimlachte in mezelf, *je*, glimlachte ik, en *je*, verheugde ik me, zonder dat hij het kon zien, en dat *je* was een woord van hem aan mij geworden, dat tussen ons in stond (een heilig *je*? Nee, ik wilde niet spotten), een vertrouwd woord, geen obstakel tussen ons, eerder iets als een voorspel waaraan je je blind kon overleveren, en ik proefde van het geluk dat zich met zijn woorden in mij verspreidde, omdat ik opeens wist dat ik kon blijven, wanneer ik maar wilde, gewoon bij hem blijven.

En ik stond op en liet me naar de deur brengen. In de gang vroeg Albert waarom ik zo opeens wilde weggaan, of hij iets verkeerds had gezegd en of ik de volgende dag moest werken. Ik zei 'Nee', maar legde hem niets uit, gaf geen antwoord op zijn vraag, want ik wist het zelf niet. Toen we afscheid namen, vroeg hij of hij me nog eens mocht zien.

'Mogen?' vroeg ik terug.

'Ja, ik bedoel, wil je me nog eens zien?'

'Ja', ik draaide me snel om, zodat hij me niet alsnog zou kussen, want voor mijn gevoel was het voor die kus de eerste avond nu te laat, en ik verlangde naar een volgende avond waarop ik me kon verheugen en die hem ook de tijd zou geven om aan mij te denken en naar iets te verlangen dat hij nog niet in handen had.

Toen ik veilig boven was aangekomen, gleed ik geenszins in katzwijm langs de gesloten deur op de grond (hoewel ik moet toegeven dat ik het met een glimlachje had overwogen). Ik liep naar de keuken en opende de deur van de koelkast, waarin ik al een paar dagen een blik ijsthee bewaarde, precies voor dit moment (of een gelijksoortig). Ik dronk de ijsthee in één teug op, keek uit het raam en glimlachte voor me uit, ik neuriede de melodie mee die hij daar beneden speelde, voor mij.

Toen ik eindelijk in bed het dekbed over me heen trok, was het me duidelijk (weer zo'n duidelijkheid) dat ik bang was geweest om bij hem te blijven, bang dat hij me zou aanraken, bang dat ik hem zou liefhebben en bang dat de liefde eindig zou zijn. Maar omdat ik me met de angst al even weinig bezighield als met de dood, schoof ik de gedachte aan beide opzij. Ik troonde liggend op mijn bed, angst en dood liet ik links en rechts van de rand ploffen. Ik wilde liever liefhebben. Hier boven in mijn bed kon ik rustig en bedaard gelukkig zijn, ook al was ik niet meer moe. Pas toen het ochtend werd, sliep ik in (het zou me niet hebben verbaasd als ik in mijn slaap had gelachen). Alleen had ik het koud. Natuurlijk had ik het koud. Wat had ik anders moeten doen?

Naast me zit een meisje tegen de blauwe muur van de grot geleund, het is een zus, de mijne (die ik nooit heb gehad), die ik al jaren zoek en nooit heb gezien, ik weet dat zij het is maar ik verdenk haar ervan dat ze tegelijk Charlotte is, haar gezicht ziet er anders uit, de blauwe schaduwen vechten om gelijkenissen met mij en met Charlotte, haar ogen liggen soms verticaal en soms horizontaal, haar gezicht ziet er nu anders uit dan dat van Charlotte, maar het is Charlotte, ze kijkt om zich heen, angst in haar ogen omdat er behalve wij nog iemand in de buurt is, ze wil me vertellen hoe het was, zo onder de tram, en haar schaduwen trekken als wolken over de open ogen die niet meer dichtvallen, hoe het was en vooral wie, en als ze haar mond open- doet en ik allang weet waarover ze wil praten, komen er bloedbelletjes in plaats van woorden uit haar mond, en de bloedbelletjes glanzen als zeepbelletjes, zonder dat we er verbaasd over zijn, ze zweven ook, de bloed- belletjes, en ik moet me telkens weer bukken zodat ze niet tegen me aan openbarsten, maar één keer hef ik net mijn hoofd op en komt er een belletje neer op mijn mond, ik zie Charlotte (is ze blij?), en recht op ons af komt, nog maar twee of drie meter van ons verwijderd: de rode auto, en achter het stuur een lachende mens, de bloedbelletjes doen hem niets, ze barsten open op zijn voorruit, hij grijnst van zijn linker- tot zijn rech- teroor, zijn hele mond is één lach, een brutale lach, een dreigende lach, ik probeer mijn zus opzij te duwen, sta op, ruk aan haar arm, probeer haar voor de auto weg te trekken, maar ze is zo zwaar als cement, en pas nu zie ik dat ze vastzit op rails, ook ik zat erop, en de grot heeft ons verlaten, lang geleden al en zonder dat we het hadden gemerkt, de auto zal ons aanrijden, ik wil haar arm niet uittrekken, ik kan haar gezicht niet zien, ik hoor haar lachen en zie haar mond (zonder haar gezicht te zien), en hoe haar mond de bloedbelletjes uitstoot, dat ze naar boven zweven, als zeepbelletjes, ze is onbekommerd, ik weet het, zonder haar gezicht te zien, de schaduwen op haar gezicht worden nu rood, een oplichtend rood, rozerood, ik kan mijn zus niet verliezen, dat kan ik niet. Ik vat moed, kijk de bestuurder recht in zijn lach, tussen zijn tanden, die bij het lachen op elkaar slaan, in het keelgat, de mond klapt dicht, en ik kijk in het gezicht van Albert.

Ik wist niet of ik bedroefd was om de dood van Charlotte. Ik bedaarde en zei tegen mezelf dat ik het niet kon weten omdat ik haar nauwelijks had gekend, daarnet was ik bang geweest omwille van haar, maar toen was ze nog in leven, toen was ze mijn zus geweest die stierf, een zus die ik nooit had gehad maar naar wie ik altijd zo had verlangd, een leven lang, een kameraad die blijft, die zich door niets laat verdrijven, dat zou Charlotte zijn geweest. De zon raakte mijn bed aan, het moest rond halfelf zijn. Van de zus hield ik, om haar treurde ik. Ook ik was schuldig aan de dood van Charlotte, ik heb haar niet belet het huis te verlaten en de straat over te steken (met hakken struikel je makkelijk). Misschien knaagde daarom die vraag aan me hoe je je voelt als je iemands dood hebt veroorzaakt. Overdag probeer je aan iets anders te denken, je bent bang om in te slapen omdat je 's nachts de gedachten niet meer in de hand hebt, je leest in de kranten de pagina's met het plaatselijke nieuws niet meer, waarin de ongevallen en moorden worden vermeld. Misschien heb je er behoefte aan om de familie op te zoeken, sluip je binnen tijdens een begrafenis waar je niemand kent en niemand jou herkent, daar duik je misschien in de buurt van de plechtigheid op, gedraagt je alsof je terloops voorbijkomt, knielt neer voor een vreemd graf om niet op te vallen. Heb ik tijdens de begrafenis van Charlotte zo iemand gezien? Ik kan het me niet herinneren, maar ik heb er ook niet op gelet, er kunnen veel van zulke mensen zijn geweest, verdacht omdat ze bij andere graven knielden (of zomaar stonden), die niet bij Charlotte hoorden. Ik was bang geweest voor Albert, toen hij in zijn auto op mij en mijn zus toe reed, en ik was bang geweest om mijn zus, om Charlotte, die zo onbeweeglijk op de rails lag. 'Zeg, ben je dood?' had ik kunnen zeggen, en ik had haar een vriendelijk zetje met mijn voet kunnen geven. Zo'n kameraad blijft ook niet voor eeuwig, ze is sterfelijk. Ik moest het aan Albert vragen. Ik liet me uit bed rollen.

Na het ontbijt begon ik verhuisdozen uit te pakken. Ik dacht aan Albert. Mijn geluk was door de droom wat ingedeukt. Bij het goede gevoel had zich een klein slecht gevoel gevoegd. Ik overwoog of ik hem zou bellen, maar ik had zijn telefoonnummer niet, evenmin als ik iets anders van hem in handen had. Ik wist weinig. Behalve dat hij onder me woonde, dat ik hem in het oor had, dat ik hem kon horen als hij piano speelde, wat nu echter niet het geval was. Ik wilde Albert weer horen. Ik was te ongeduldig om op het juiste moment te wachten, op een (toevallig?) gesprek dat uit zichzelf misschien nooit zou plaatsvinden, dat ik eerst moeizaam moest aanzwengelen, met een list en stiekem op ongevallen in het algemeen of op schuld en nachtmerries moest brengen, neen, dat lag niet in mijn aard, zulke omwegen stuitten me tegen de borst.

Kort daarna, ik had geen tijd om erover na te denken, was ik de trap naar beneden af gesprongen, half gestruikeld, half gevlogen, toen gegrepen naar de leuning en naar wat dan ook, ik streek met de haren ook de opwinding uit mijn gezicht, en: ik belde lang aan en ergerde me aan mezelf dat ik niet eerst uit het raam of voor de deur had geluisterd. Ik wipte van het ene been op het andere, stak mijn binnenoor naar buiten, spitste het (zo zeg je dat toch?), kon echter niets horen aan zijn deur. Ik vroeg me af waar hij kon zijn. Was hij vóór mij opgestaan? Waarom speelde hij geen piano?

Terug in mijn appartement keek ik (als bij toeval) uit het raam. Beneden op de binnenplaats, naast de gele ton, stond zijn fiets, precies op dezelfde plek waar ik hem een paar dagen geleden had neergezet – waarschijnlijk had hij er sindsdien niet meer op gefietst. Misschien was hij thuis en durfde hij de deur niet open te doen omdat hij bang was dat de politie ervoor kon staan, om hem te ondervragen over het ongeval, om hem mee te nemen. Het was zo stil onder me dat ik geloofde dat hij uit pure angst misschien ook het pianospelen achterwege liet. Maar hij was toch niet schuldig, niet echt, ook als hij het wel zo moest voelen, als hij de man in de Ford was geweest.

Het was onmogelijk om in mijn appartement te blijven. Ik kon niet wachten. De stilte stak mijn oor. Ik kon naar de Alcaparra gaan om koffie te drinken, of ik kon een wandeling met iets nuttigs combineren. Met de handen in mijn broekzakken zocht ik langs de straatboorden naar een rode kleine auto. Ik was opgelucht toen ik er geen zag. Ik ging naar Drospa en kocht een dweil, stofdoeken, inlegkruisjes, een groot pak Du-

rex Feeling (gezinsverpakking?) en een onderhouds-
middel voor het parket, ik wilde Charlottes vloer een
hoogglans geven zodat hij van mij en niet langer van
haar was (onze vloeren moesten zich toch door iets
van elkaar onderscheiden).

'Albert!' Mijn stem brak, ze was niet gemaakt voor
afstanden, en Albert draaide zich niet eens om. Ik had
van verre gezien hoe hij net op dat moment onze huisdeur uit kwam, hij stond daar met zijn rug naar me
toe, misschien praatte hij met iemand die nog in de
deuropening stond. Ik rende naar hem toe. (De on-
beschaamdheid.) Hij was dus thuis geweest toen ik
daarnet bij hem had aangebeld (lieve Albert). Een paar
meter voor ik hem bereikte, vertraagde ik mijn pas,
ademde diep in en deed alsof ik slenterde, perste me
in de rol van iemand die net (ach, wat een toeval) terugkwam van boodschappen doen (wat trouwens waar
was). Ik stak de inlegkruisjes en de condooms wat dieper in de plastic tas en legde er de dweil (losjes) over,
omdat ik niet wilde dat hij ze meteen kon zien of dat
ik me zorgen moest maken dat de aanblik van mijn inlegkruisjes en condooms hem onrustig zou maken. Albert stond voor de huisdeur en hield een stapel post
in zijn handen, waar hij doorheen bladerde. Ik begroette hem, hij keek naar mij (geschrokken? wie weet
zoiets nu?), schoof met een snelle handbeweging de
brieven bijeen, kon ze echter nauwelijks in één hand
vasthouden, ze dreigden te vallen, hij probeerde ze onder zijn arm te klemmen en ik vroeg hem (onschuldig,
vanzelfsprekend) of hij ook correspondentievrienden
had, zoals het buurmeisje. Het buurmeisje? Hij wist
niet wie ik bedoelde (bleef stilstaan bij die benaming,
waaraan ik vlug wilde voorbijgaan), pas toen ik het uit-

legde (paardenstaart, puberteit), schoot het hem te binnen, en ik kreeg door de nietszeggendheid van deze aanloop van het gesprek het gevoel dat we nu veel van het speciale van onze ontmoeting de vorige dag verpraatten. Het was nu onmogelijk om gewoon te zeggen dat ik het was geweest die vanochtend had aangebeld. Maar het was nog minder mogelijk om te zwijgen. En dus vroeg ik hem of hij koffie bij me wilde komen drinken. Tot mijn vreugde stemde hij toe, maar hij kon niet zo goed tegen koffie, thee zou beter zijn, die had ik ook. Hij moest alleen maar even de post in zijn appartement leggen.

Terwijl ik boven het water opzette en op hem wachtte, vroeg ik me af of hij nooit hoefde te werken. Ik keek in mijn decolleté om te controleren welke beha ik droeg. Misschien had hij rijke ouders, zoals Charlotte (wier ouders wel niet meer leefden maar die toch rijk waren geweest). Ook dat zou ik hem niet kunnen vragen, probeerde ik mezelf te temmen, want ik merkte hoe mijn nieuwsgierigheid met me op de loop ging en ik gewoon niet genoeg van hem kon weten. Ik wilde ervoor zorgen dat ik hem met mijn vragen niet wegjoeg.

Hij had nauwelijks de tijd gehad om tegenover me te gaan zitten, tussen de spullen van Charlotte en van mij in het appartement rond te kijken en vier lepeltjes suiker door zijn thee te roeren, toen het uit mij losbarstte: 'Heb jij een auto?'

'Nee, waarom?'

'Ach, ik dacht alleen maar, ik moet een paar spullen wegbrengen', ik wees naar de grijze vuilniszakken en liet me opgelucht in de fauteuil van Charlotte neerploffen.

'Waarom lach je?'

Had ik gelachen? (Ik? Ja, waarom?) Ik slikte mijn glimlach in en voelde hoe mijn aders zich verwijdden en hoe het bloed dat naar mijn slapen was gestuwd naar mijn hart kon terugkeren. Er kriebelde iets op mijn huid: ik merkte dat Albert me aankeek, elke beweging van me volgde, hoe hij mijn pink zag, die nu een lok om zichzelf wikkelde, om die daarna achter mijn oor te klemmen, de zon scheen op mijn blote knie die ik over de andere had geslagen, de koningsblauwe jurk uit Brussel zou nu precies goed zijn geweest, maar ik was hem vergeten, wat er nu ook niet meer toe deed, hij kon hem zeker niet missen, overigens scheen mijn jurk hem minder te interesseren, misschien mijn schoenen? Ik liet de schoen los, wipte met mijn been op en neer, vermeed het nog altijd om hem aan te kijken, zijn ogen, die me verslonden, te ontmoeten, voelde het kriebelen in mijn buikwand, hoorde hem bijna, hoe hij dichterbij kwam, om mijn kleren af te rukken, mijn huid naakt, mijn borsten naakt, en alles onder hem te leggen. En hoe ik hem voor zou zijn, ik hoefde hem alleen maar aan te kijken, alleen maar aan te kijken, alleen maar dat.

Ik keek hem aan. Het gebeurde. Ook hij keek niet meer weg. Ik voelde hoe iets warms de stof vochtig maakte, en wist dat ik nu moest opstaan, niet om naar Albert maar om naar het toilet te lopen, om een tampon in te doen, het bloed te stelpen, ik mocht niet vergeten de inlegkruisjes naar de badkamer mee te nemen, misschien ook een schone slip? Ik moest me haasten, zodat er geen vlekken op de fauteuil van Charlotte zouden komen. Toen ik opstond, voelde ik zijn hand op mijn naakte dij, terwijl zijn blik de mijne niet losliet, ik raakte zijn arm aan, misschien trok ik hem recht, hij stond op.

De warmte van zijn borst raakte de mijne. Ik had hem niet meer kunnen loslaten, had het ook niet gewild, als er niet was aangebeld, en als ik niet had gevoeld hoe hij ineenkromp, heel licht – misschien was het alleen maar mijn verbeelding, ik had me tenslotte ondertussen gewend aan het idee dat hij door angst en schuld achtervolgd zou kunnen worden –, hoewel ik sinds daarnet veel beter wist (veel, veel beter). Ik vroeg Albert of hij de deur voor me wilde opendoen omdat ik naar de wc moest.

Ik hoorde dat Albert met iemand praatte, maar kon de stem van de ander met de beste wil van de wereld niet herkennen. Ik drukte op de spoelknop. Ik had al wel gedacht dat het een vriend van Charlotte kon zijn. En toen ik uit de badkamer kwam, zag ik aan het eind van de gang Albert staan met een man die ik niet kende. De man was ouder dan ik, ik hoorde het ook aan zijn stem, ik probeerde te bedenken of ik Albert alleen bij de deur zou laten staan of erbij zou komen. Albert draaide zich naar me om en ik liep naar hem toe. De man zette de tas die over zijn schouder had gehangen naast de koffer. Hij zocht steun bij de deurpost, liet de deurpost weer los, keerde zich om, en toen hij zich weer naar ons toe draaide – ik stond intussen naast Albert – zag ik dat hij tranen in zijn ogen had. Albert zei voor de tweede keer dat het hem speet. Hij moest hem over de dood van Charlotte hebben verteld. Ik vroeg me af wat hij erover kon hebben gezegd. Ik ging schuin achter Albert staan. 'Dood,' zei Albert zachtjes en nadrukkelijk, zodat de ander het beter kon geloven. Toen voelde ik Alberts hand op mijn dijbeen.

De man die voor mijn deur of voor die van Charlotte stond, was ongeveer vijfenveertig, zijn haar nog
niet dun maar aan de slapen een beetje grijs. Ik drong
langs Albert heen, maakte een gebaar alsof ik de man
aan de mouwen van zijn jas wilde trekken en nodigde
hem uit binnen te komen. De man verroerde zich niet.
Dus pakte ik zijn koffer, die zwaar was maar wieltjes
had, en trok hem met me mee het appartement binnen. Het schoot me te binnen dat deze man Ted moest
zijn, die een boodschap had ingesproken op Charlottes antwoordapparaat en door haar van het vliegveld
wilde worden afgehaald.

Ted ging in de fauteuil zitten waarin Albert had gezeten voor we waren opgestaan. Ted vermeed het ons
aan te kijken, en dus deed ik nog meer mijn best om
mijn aanwezigheid hier te verklaren. Ik zei hem dat de
tante van Charlotte, die hij misschien wel kende (hij
schudde zijn hoofd), had gevraagd of ik het appartement had willen overnemen. Albert stond besluiteloos
in de deuropening en keek naar mij en naar de oudere man, die helemaal in elkaar was gezakt. Ik wilde de
man in mijn armen nemen, hem troosten. Albert zei
dat hij er jammer genoeg vandoor moest. Ik bracht
hem naar de deur en hij vroeg of ik de volgende dag,
een zondag, tijd had. Albert raakte me niet meer aan,
ik wachtte, en toen ik merkte dat hij geen eind zou
maken aan mijn wachten, knikte ik. 's Middags had ik
wel een voorstelling, maar dat mocht geen beletsel zijn.

Ik kon Ted niet wegsturen, ik deed mijn best om
hem in het appartement van Charlotte onder te brengen, alsof ik het haar en hem verschuldigd was, op z'n
minst dat. Tot mijn verbazing accepteerde hij de uit-
nodiging. Ted zei dat ik hem Teddy moest noemen,

maar dat kreeg ik niet over mijn lippen, ik hield niet van afkortingen en koosnaampjes.

's Avonds maakte ik spaghetti al pesto voor Ted en mezelf. Ted vertelde me tijdens het eten hoe en wanneer hij Charlotte had leren kennen. Ted was bankier en werkte als correspondent voor de Dresdner Bank en twee Amerikaanse banken waarvan ik de naam ben vergeten. Hij woonde in New York. Ik nam aan dat hij ongeveer vijf jaar een verhouding met Charlotte had gehad. Hoewel Charlotte me niet over hem had verteld (zo goed hadden we elkaar niet gekend) en ik hem nooit eerder had ontmoet, wist ik dat ze haar tweede wereldreis had gemaakt toen ze twintig was, nadat ze de eerste vanwege een virusinfectie in Bombay had moeten afbreken. Ted zei ook dat Charlotte mooie borsten had, een grote en een kleinere, dat hij van allebei had gehouden. Hij deed haar graag beha's cadeau, die ze uitsluitend voor hem droeg, cup 75C, soms zelfs D. Ik was verbaasd, zulke grote borsten zou ik uiers hebben genoemd, maar het was me bij Charlotte nooit opgevallen. Ted vertelde dat hij Charlotte inderdaad sinds haar tweede wereldreis kende en dat hij haar ook op een derde had begeleid, maar dat was niet echt een wereldreis geweest, alleen maar van Duitsland naar Sydney en vandaar naar Mexico. 'Houden van' was het verkeerde woord, onderbrak Ted zichzelf, hoe moest je dat zeggen? Geil, hij had haar tieten geil gevonden. Ze zagen elkaar maar twee keer per jaar, Charlotte en Ted, als Ted in Duitsland was of hij Charlotte naar Londen, Tokio of New York liet komen, naar gelang waar zijn werk hem op dat ogenblik heen voerde. Ted vertelde mechanisch, zonder dat ik in zijn stem een emotie kon bespeuren. Toen lichtten zijn ogen op. 'Soms cup D,' mompelde hij zacht en verzaligd, daarna sprak hij mechanisch voort. Zijn geld had zij nooit nodig gehad, waarschijnlijk mocht ze hem gewoon graag. Ted glimlachte voor zich heen en dronk een slok wijn. Maar ze had de beha's alleen maar voor hem gedragen, dat had ze althans beweerd, waren de vrouwen in Duitsland het niet gewend beha's te dragen? Ik wist niet of Ted dit als een constatering bedoelde of dat hij een antwoord verwachtte. Wat moest ik hem zeggen? Dat kraaksters geen beha droegen? Dat het een kwestie van milieu kon zijn? Dat de mode net nu aan het veranderen was? Dat ik me dat niet kon voorstellen bij de maten waarover hij het had? Sinds dat eerste moment, toen Ted in de deuropening had gestaan en van Albert had moeten vernemen dat Charlotte dood was, had ik hem niet meer zien huilen, en ik had ook voor de rest geen tekenen van rouw meer gezien.

Ik bood Ted de ene helft van Charlottes grote bed aan. Er was geen andere slaapgelegenheid in het appartement. Mijn eigen matras had ik al aan mijn zwangere vriendin cadeau gedaan.

De eerste nacht naast Ted lag ik wakker omdat ik hem hoorde ademen en omdat ik al lange tijd niet meer naast iemand in bed had gelegen, zodat ik er onrustig van werd hem te horen en elk kuchje (hij kuchte vaak) me ineen deed krimpen. Ik staarde naar het plafond en dacht aan Albert, die onder me lag (een verdieping lager), wiens eerste aanraking nog warm aanvoelde op mijn lichaam. Ik voelde me, bepaald anders dan met Ted, plots heel vertrouwd, ongewoon vertrouwd met Albert. Ik vroeg me af of hij naar mij zou verlangen. En telkens als ik bijna wegleed in een diepe slaap, schrok ik weer wakker, omdat Teds adem toch niet helemaal rustig was. Tegen halfvier draaide Ted zich om, klom uit bed, verliet de kamer en ging naar de badkamer. Maar in plaats van het doorspoelen van de wc hoorde ik de stem van Ted, die met iemand sprak. Ik vermoedde dat hij zijn mobiele telefoon had meegenomen naar de wc. Ik luisterde stiekem naar hem, hij sprak Engels en hij sprak hartelijk en op een toon die duidelijk vertrouwd zo niet teder was, met degene aan de andere kant van de lijn, hij wenste die persoon welterusten en vroeg naar de post. Aan het eind van het gesprek vroeg hij de ander hello te zeggen tegen een zekere Little Boy. Maar misschien sprak hij wel niet met zijn vrouw en liet hij niet zijn zoon groeten, maar vroeg hij de buurman naar de huiselijke dingen, waarbij Little Boy zijn hond, zijn schildpad of wat dan ook kon zijn. Ik wist niet zeker of Ted een gezin in New York (of waar dan ook) had.

De volgende avond probeerde ik niet eens om naast Ted (de ademhaler) te slapen. Ik deelde hem mee dat ik naar Albert moest, en Ted glimlachte, alsof hij wist waarom. 's Middags al, toen ik van mijn werk kwam, had ik bij Albert aangebeld. Hij had niet opengedaan (ik geef toe dat ik aan zijn deur had staan luisteren, vast wel twintig minuten). Ik deed Ted een paar ideeën aan de hand waar hij zijn avond kon doorbrengen. Ik keek voortdurend uit het raam. Ted had geen zin in de bios of het theater. Hij wilde de stad niet zien. Hij verzekerde me dat hij zich niet zou vervelen en dat hij er totaal niet mee zat om alleen te blijven in het appartement van Charlotte en televisie te kijken. Toen ik na weer een blik uit het raam zag dat er licht brandde in Alberts keuken, stak ik twee condooms in mijn jaszak en sloop als een inbreekster mijn appartement uit. Een verdieping lager belde ik aan. Albert nam de tijd. Ik hoorde hem weer praten, waarschijnlijk telefoneerde hij, toen hoorde ik zijn stappen die door de lange gang naar de deur toe kwamen, hij bleef even binnen bij de deur staan, stil, ik wilde hem bijna toespreken maar was bang dat ik hem zou laten schrikken, toen hoorde ik hoe hij de sloten openmaakte en hoe hij, voor hij de deur opende, voorzichtig vroeg: 'Wie is daar?'

Ik zei mijn naam en Albert deed open. Ik meende vreugde op zijn gezicht te zien. Ik hielp hem bij de vreugde en kuste hem in plaats van lange woorden te gebruiken. Ik hoefde niet veel uitleg te geven over hoe vreemd ik me voelde in Charlottes appartement of in bed naast een vreemde man die Charlottes minnaar was geweest en die misschien nog een echtgenote en een kind in New York had, ik hoefde me niet te verontschuldigen voor de nachtelijke storing, want hij vatte dit duidelijk niet als een storing op, of althans geenszins als een onaangename storing, en in het begin praatten we niet veel, we raakten elkaar aan, dat ging ons makkelijk af.

'Au!' Ik had in Alberts schouder gebeten (ondanks het grijze ochtendlicht), ik vond het niet prettig dat hij naast me sliep en ik wakker lag, uit liefde.

'Slaap je?'

'Ja.'

'Waarom slaap je als je me nog zoveel zou kunnen vertellen?'

'Om je beter te kunnen beminnen.'

'Vertel je me over de liefde?'

Albert knorde. Hij keerde zich naar me om en legde zijn hand op mijn middel. 'Op een nacht bijt een jonge vrouw in de schouder van een man en wil weten wat hij denkt. Hij dacht nergens aan omdat hij sliep. De vrouw is nog heel jong, een meisje, ze is pas zestien, haar moeder heeft er niets op tegen dat de man bij haar is, integendeel, ze heeft het beste met haar dochter voor, ze heeft haar kamer van buitenaf op slot gedaan. Misschien heeft ze de man gevraagd om naar haar dochter toe te gaan. De dochter voelt zich onzeker over wat ze met de man aan moet en over wat hij met haar aan moet en wat ze allebei willen. Ze laat hem haar cd's zien, ze is een groot meisje met heel lange benen, haar heupen zitten hoger dan de lendenen van de man. Na de cd's weet ze niet meer wat ze de man nog moet laten zien en ze besluit moe te zijn. Ze zegt tegen de man dat ze moe is en ze gaat naar bed. De man denkt dat hij haar dan gewoon wat later zal beminnen en hij zegt niets terug maar kijkt hoe ze haar kortste been in bed trekt. Ze voelt zich goed in bed, daar vallen haar benen niet op, daar ligt ze goed, ze vindt het niet prettig als er naar haar benen wordt gekeken. De man wil haar niet overvallen, hij gaat op het zijden gebedskleedje voor haar bed liggen. De vloer is hard, hij drukt tegen zijn schouders. Als hij hoort dat haar ademhaling rustig is geworden en hij kan aannemen dat ze slaapt, komt hij overeind, knielt op het gebedskleedje voor haar bed neer en schuift haar dekbed opzij. Ze heeft een nachthemd aan, eentje met roze roosjes, zoals hij nooit zou dragen en ook nooit zou laten dragen, maar hij kijkt over de roze roosjes heen, en ze houdt een kussen in haar arm, en ook naar het kussen kijkt de man niet lang, hij tast alleen maar boven haar knieën tussen haar dijen, ze krimpt ineen, keert zich naar hem toe en knijpt haar ogen dicht, ze wil dat de man denkt dat ze slaapt. De man denkt dit helemaal niet, hij tast hoger tussen haar dijen, ze klemt haar dijen dichter tegen elkaar, met zijn andere hand schuift de man haar nachthemd over haar buik, haar dijen zijn stevig, en de man ziet dat ze onder het nachthemd met de roze roosjes niets aanheeft, waarschijnlijk heeft de moeder haar gezegd dat slapen in je ondergoed ongezond is, haar zachte lichaam heeft lucht nodig, voor de man maakt het niets uit. Hij kust de buik, hij voelt haar hartslag onder haar navel en kust voort, jaagt haar hartslag omhoog, ze beweegt zich niet, zijn hand tussen haar dijen omknelt het vlees om vooruit te komen, ze houdt haar adem in, hij haalt het kussen uit haar arm, raakt daarbij haar borst aan, als bij toeval, er heeft zich te veel adem in haar opgehoopt, ze dwingt de arm bij haar te blijven, in haar, haar niet te verlaten, hij behoort haar toe, het is het enige wat ze (van zichzelf) nu nog bij zich heeft, maar de lucht moet eruit, die benauwt het meisje, doet haar ontploffen, nog een keer de man, nog een keer de borst, het meisje ademt uit, een lange zucht. En, verschrikt door het geluid dat uit haar is ontsnapt, vergeet ze een ogenblik haar dijen samen te drukken, en de hand van de man, verdord in haar hitte, wordt nat. Het meisje jammert, ze huilt niet, ze jammert alleen maar, en de man gaat naast haar liggen, de matras kraakt, de man vlijt zich tegen haar rug, strijkt haar haren, die nat zijn van het zweet, uit haar nek, blaast in haar nek, houdt haar in zijn armen, en zijn hand houdt haar hoge heupen vast. Haar heupen sidderen, de hele vrouw siddert, haar jammeren wordt sidderen en haar handen liggen voor haar borsten, stevige borsten met zachte welvingen, roze welvingen die geen man ooit heeft aangeraakt, haar handen liggen voor die borsten en de man opent haar handen, streelt elke vinger apart, met zijn tong, hij sabbelt op haar meisjeshanden, die naar Nivea smaken, en zijn lendenen drukt hij tegen haar billen aan, de man vraagt zich af wat hij het meisje achteraf zal zeggen als ze vraagt wat hij denkt, hij zal zeggen dat het meisje hem bevalt, dan stoot hij weer tegen haar billen, tot ze zich omdraait, de armen met de gekuste handen nog beschermend voor haar borst houdt, de man doet haar armen uiteen, gaat ertussen liggen, en ook tussen haar benen en, voorzichtig, hij mag haar geen pijn doen, gaat hij in haar liggen en bemint haar.'

'Nou nou,' lachte ik (opgelucht?), 'dat was een mooi verhaal.' Ik lag op Albert en ontspande mijn lichaam op zijn opwinding. Ik had plezier gehad in zijn verhaal, tussen ons kleefde gemeenschappelijk zweet, dat een smakkend geluid maakte wanneer ik me bewoog.

Het was avond, de warme wind voerde stof, vochtigheid en motorgeluiden aan. Het begin van de zomer. We liepen hand in hand, af en toe konden we flarden muziek van het Tempodrom horen. Sinds die nacht vier dagen geleden zag ik Albert iedere dag. Ik kwam erachter dat Albert er weliswaar vastberaden uitzag, maar helemaal niet droevig. Hij had de neiging om schaduwen onder zijn ogen te hebben van een wat geelachtige en ook wat lila tint. Kringen onder zijn ogen, die alleen maar donker waren, zonder gezwollen te zijn. Die kringen gaven hem de wat droeve aanblik die ik bij de begrafenis had menen te ontwaren. Het motorgeluid kwam van de Entlastungsstrasse en van de Grosser Stern, die in de Tiergarten blonk en fonkelde, schijnwerpergeel. Vanuit de ster reden de mensen in de vijf richtingen van de stad, en sommigen hielden er halt om een vrouw te vinden. De hoeren daar hadden allemaal lange haren en laklaarzen tot aan hun kruis, maar ze konden ze uittrekken, de laarzen en de haren, daaronder waren ze dan niet meer zo eender, misschien maakte juist dat hen aantrekkelijk. Albert en ik gingen wandelen, zoals je dat graag doet wanneer je nog aan het begin staat en elkaar nog niet alles hebt gezegd, en geen moeite en tijd je te veel is om met de ander te delen. We hadden de Italiaanse ambassade, waar 's nachts kleine bestelwagens naast parkeerden, achter ons gelaten, kleine bestelwagens waar mannen vrouwen vonden of vrouwen iets gingen drinken, in de winter iets warms, nu in de zomer iets fris, of waar vrouwen in alle rust hun geld konden tellen, misschien waren er ook emaillen of plastic emmers in de bestelwagentjes waarin de vrouwen konden plassen, achter een gordijn dat provisorisch was aangebracht zodat de andere vrouwen (of de man) in de bestelwagen zich niet gestoord zouden voelen. Ik was nog nooit in een bestelwagen geweest. Ik vroeg Albert of hij al een keer in zo'n wagen was geweest. Hij deed alsof hij niet wist wat ik bedoelde. Ik moest het hem uitleggen. Ze losten vast ook kruiswoordraadsels op tijdens het wachten. Ik legde het hem uit terwijl we voorbij de concertzaal van de Philharmonie liepen, toen wilde ik zijn hand pakken maar pakte (als bij toeval?) zijn broek en merkte dat het hem had opgewonden, wat ik over de bestelwagentjes had verteld. In de concertzaal was vanavond een concert met Michel Petrucciani. Ik porde Albert in de zij en zei hem dat ik graag wilde gaan luisteren, maar Albert had nog nooit van Petrucciani gehoord. En toen ik naar binnen ging en aan de kassa op goed geluk beweerde dat ik twee kaarten had besteld op naam van Schmidt (zo heet bijna iedereen), wisten ze ook daar nergens van en stuurden ze me weg, want het concert was uitverkocht en al tien minuten geleden begonnen. Albert bestudeerde het programma. Ik zei hem dat ik niet kon begrijpen hoe hij pianist kon zijn en nog nooit van Petrucciani kon hebben gehoord. Voor mij was Petrucciani een van de grootsten, dat stak ik niet onder stoelen of banken. Albert gaf me gelijk, maar herinnerde me eraan dat hij geen pianist was. Ik nam hem bij de hand en liep met hem de straat op, naar de Potsdamer Platz. Ik vroeg me af waarom hij mij het verhaal van de maagd en haar moeder had verteld. Een kort en een lang been. Charlotte had een grote borst en een kleinere gehad, geen kleine, een kleinere. Ik geef niets om maagden. Ik keek naar Albert. Albert vond het prettig als ik hem aankeek, dat had ik meteen al gemerkt (ik was niet van gisteren).

Albert zei dat hij het mooi zou hebben gevonden als ze in het midden van de Potsdamer Platz een meer om te zwemmen hadden gemaakt, geen gebouw, alleen maar een meer, misschien met her en der wat strohutten, voor eetkraampjes en toiletten, een windscherm en een weide. Een windscherm? Een windscherm. Een meer voor iedereen. We liepen langs de omheining rond de werf naar het midden, dat geen midden was. De nog holle gebouwen werden door schijnwerpers verlicht, misschien om te vermijden dat er een of andere onbevoegde op de stellingen zou klimmen, maar vast ook om 's nachts geen duisternis meer op deze plek toe te laten. We kwamen bij de eerste afgewerkte trottoirs, brede trottoirs waarop behalve wij niemand liep, en de zilverachtige en groenachtige lichten van de schijnwerpers wierpen schaduwen op de trottoirs, schaduwen van Debis en Sony. De toren die binnenkort verschillende bedrijven moest vertegenwoordigen en die hun aanzien in de wereld moest verschaffen, verkreeg zijn hoge effect vooral door de grote gaten, aardgaten. Ik boog me over de leuning en keek naar beneden. IJzeren steunbalken, beton, en helemaal daar beneden rails. En zelfs de gaten waren belicht. Er werd staal verplaatst. De arbeiders riepen niet, de kraandrijver, die zo'n twintig meter onder me op zijn stoel ineengedoken zat, hield een mobiele telefoon tegen zijn oor. Ik voelde het warme lichaam van Albert achter me.

'Ik hou van die plooi,' zei Albert, en ik voelde hoe hij zijdelings over mijn middel en over mijn heupen streek, 'als je loopt, probeer ik soms achter je aan te lopen om te zien hoe ze elkaar afwisselen, de twee plooien, soms is de plooi links te zien, en als je je linkerbeen naar voren zet rechts, links, rechts.' Albert lachte, hij legde zijn handen op mijn heupen en trok afwisselend links en rechts aan mijn jurk. Toen stond hij stil, ik voelde zijn kin op mijn schouder, naast mijn rechteroor. Ik wachtte nog even of hij iets wilde zeggen. Maar Albert wilde niets zeggen.

'Hou je van kinderen?'

Ik spitste mijn oren. Albert antwoordde niet. En dus herhaalde ik mijn vraag: 'Hou je van kinderen?'

Zijn kin bewoog op mijn schouder. 'Ik doe graag alsof. Maar als je me het zo vraagt, moet ik eerlijk bekennen dat ik er nog nooit over heb nagedacht.'

'Nooit?' Ik schraapte mijn keel (tja, waarover dacht Albert eigenlijk wel na?), ik keerde me half naar hem om maar kon hem niet in de ogen kijken, en daar was ik ook wel blij om.

'Waarom, wil je dan kinderen?'

'Ik hou van kinderen.'

'Zo in het algemeen?' Hij lachte. Op dat ogenblik vond ik zijn ironie helemaal niet grappig (ook als hij alleen maar probeerde me te slim af te zijn), ik bleef ernstig.

'Neen, niet in het algemeen, maar van mijn kinderen zou ik houden.'

'Hoe kun je dat nu weten?'

'Ik weet het gewoon. Bovendien ben ik ooit zwanger geweest.'

Albert luisterde naar me, ik kon het aan de stilte

achter me en naast me horen. Ik stelde me voor dat hij spottend zou vragen: ach, en door die ene keer zwanger zijn weet je dat je van kinderen houdt? Geen wonder dat ik die wetenschap niet kan delen, nooit zal kunnen delen. Weet ik veel wat Albert nog allemaal had kunnen zeggen, maar hij zweeg, hij wachtte op meer uitleg of hij was in gedachten alweer ergens anders, bij mijn kont bijvoorbeeld, waar hij zich verdacht stevig tegenaan drukte. En zijn wachten liet me alleen met mijn gedachte, hij kwam me althans niet tegemoet, kon dat ook helemaal niet.

'Ik wilde ze, heel graag, ik had me al op ze verheugd, maar...'

Albert beet in mijn oor. Hij wilde het niet weten, geen 'maar' en geen 'wilde', dat deed hem niets, had niets met hem te maken.

'Ik heb ze gedood.'

'Dus toch? Een abortus?' Albert vroeg het alleen maar retorisch, om in alle rust aan mijn oor te blijven sabbelen terwijl ik verder praatte.

Ik knikte: 'Eruit laten schrapen.'

Ik was blij dat Albert achter me stond en de tranen niet kon zien die zonder dat ik het wilde langzaam uit mijn ooghoeken liepen.

'Het komt niet altijd uit,' wilde Albert zich naar mijn woorden voegen.

'Niet elke man wil kinderen,' wees ik hem af.

'Wilde je vriend niet? Waarom heb je het dan niet toch gekregen?'

'Ik was verliefd. Bovendien heb ik nooit alleen een kind gewild.' Mijn stem was vast. Omdat Albert me nog niet goed genoeg kende, kon hij niet horen dat ik huilde. Ik dacht aan mijn hand op mijn buik, waar ik wist dat er twee kinderen zaten, ook aan de foto die ik van hen had gezien, een zwart-witfoto, ze hadden als kikkervisjes bewogen. Ik dacht eraan dat ik iets in mij had gedood, geen compleet kind want dat was het nog niet geweest, alleen maar datgene wat tot die twee zou zijn uitgegroeid zonder dat er een wil aan te pas kwam, van mij noch van hen, gewoon zomaar, maar ik had mijn liefde voor hen verstikt, en dat was niet makkelijk geweest, want de liefde voor de kinderen was er al, stak haar tongen naar me uit, en hoe meer ik probeerde om haar te verstikken, hoe meer pijn het deed. Maar ik had het Iets in mij gedood, misschien omdat het een deel van mijn toenmalige vriend was en hij het zo wilde, hij niets liever wilde dan dat wat er in mijn buik groeide zou verdwijnen, en omdat hij plechtig smeekte om het te doen, en de liefde in zijn ogen samenhing met het verdwijnen van het groeien in mijn buik, en zijn ogen vochtig waren omdat ze zo aangedaan waren door die wens, en hij me smeekte het te doen, voor hem, voor ons, voor de wereld, alleen maar dat Iets in mij te doden, zodat het geen kinderen zouden worden, die dan uit mij zouden komen, zouden zuigen en kakken en huilen, niet nog twee, we hadden er toch al te veel (mensen), schoot hem te binnen, en we wisten niet eens wat we met onszelf aan moesten. Ik geloofde hem niet, de verklaringen niet en de redenen niet, maar ik geloofde wel de afkeer van het groeien in mij, geloofde de angst ik bij hem voelde, en met die angst wilde ik geen kind krijgen, niet voor mezelf, niet voor de kinderen en voor niemand anders. Punt uit. Ik was van nature geen moeder, alleen maar vrouw. Beneden me flikkerde het vuur van een lasapparaat op, gouden vonken sproeiden uit de

draagbalken, een kometenstaart, het gat van Merce-
des, een van hun gaten, ze hadden er veel, en in de gaten kleine Mercedessen, en uit de gaten grote, en veel
sterren, die zouden zich ook nuttig kunnen maken in
de betonbochten van de Potsdamer Platz. Kijk naar
hier. Mijn pupillen verwijdden zich. Dan moest mijn
netvlies maar worden stukgesneden, of losgaan, waarvoor had ik mijn ogen nodig, ik had Albert toch (wat
wilde ik nog meer?), ik keek niet weg, hoewel me als
kind was geleerd dat je er blind van werd, net als van
de zon. Ik voelde Alberts armen op mijn buik, hij drukte zich tegen mijn billen aan als wilde hij mijn zitvlak
in tweeën delen, maar ook tegen mijn rug, en ik boog
mijn hoofd enigszins achterover, zodat ik hem ook daar
voelde. Ik hoefde niet meer te huilen en had niets meer
te verbergen, tenslotte stond Albert achter me, en zelf-
medelijden is niet bepaald aangenaam (nietwaar?).

'Maar je bent nog jong', Albert sprak teder, ik wist
dat hij niet anders kon dan de situatie heel luchtig op
te vatten, hij sprak heel algemeen en onschuldig, niet
over zichzelf of over ons, maar over mij en over de jaren, ik wist zoals gezegd zeker dat hij me niet goed genoeg kende om mijn droefheid te hebben gehoord, hij
kon me niet willen troosten, en het was ook beter zo,
er is niets wat ik meer verafschuw dan medelijden, hoe
onschuldig het ook moge wezen. Ik was bang dat ik
geen kinderen meer zou krijgen, dat moest ik Albert
niet vertellen, maar het was een risico waarover ze me
hadden ingelicht voor het uitschrapen, ik had het
A4'tje niet precies gelezen, ik wist wat er stond, ik zette er alleen maar mijn handtekening onder, want die
ontbrak nog op het blad voor ze me een klein blauw
scheermesje in de hand konden geven waarmee ik al-

le haren moest wegscheren, en voor ze me konden verdoven en met me konden doen wat ik had gewild.

'Kom, laten we hier weggaan, hier is niet eens een kroeg.' Albert greep mijn ellebogen vast, ik rende weg (later, toen de haren weer aangroeiden, leek het wel of er een gladharige cavia tussen mijn benen zat), we renden. Het rennen had ik mezelf ooit aangeleerd, zo spontaan mogelijk, helemaal onverwacht, daar kon je gelukkig van worden, soms in elk geval, het lichaam krijgt het gevoel dat het ergens om gaat, en dat is goed, het denkt alvast even niet (je denkt toch met je lichaam?), het gelooft ook niet, maar is geloof, beweging geworden geloof. Dat is ruimschoots voldoende.

Ted wist dat mijn liefde voor Albert net was begonnen. Ted had een kleine kogelronde buik, anders dan die van Charlottes tante, maar ook kogelrond, en hij wees ernaar, lachte snaaks en zei dat zijn buik hem alles vertelde. Al zijn zaken had hij al met zijn buik gewonnen, en dat ik van Albert hield, wist zijn buik. Hij streelde er liefkozend over. Nadat hij een week in de in zekere zin geërfde helft van Charlottes bed had doorgebracht, het bed dat nu van mij was, wilde hij de volgende dag terugvliegen naar New York. En ik prees zijn buik en zei dat ik die voor een etentje wilde uitnodigen, zo'n buik moest je te vriend houden.

Ted had niet veel woorden vuilgemaakt aan de achterlijkheid en de onvriendelijkheid van de dienstverlenende sector in mijn land, niet veel, maar toch een paar. Van Amerika en Japan had hij wat dat betreft een hogere dunk. In dit land zijn de mensen in de dienstensector hopeloos, had Ted me al in de taxi gezegd, ze zouden in de rest van de wereld geen baan krijgen, zonder glimlach, zonder alsjeblieft, zonder dankjewel, hopeloos. Aan de Savignyplatz stapten we uit en liepen door de passage naast de S-Bahn. Ik kon niet verhinderen dat Ted voor de ingang van de sushibar, waar ik hem en zijn buik naar binnen wilde duwen, een ogenblik bleef staan en de doorgang versperde. Ted aarzelde, hij ging ervan uit dat iemand ons zou verwelkomen en ons naar onze plaatsen zou brengen. Toen ik merkte dat hij bleef stilstaan, liep ik om hem heen, stapte naar binnen, draaide me om en lokte hem met mijn vinger, alsof ik Baba Jaga was. Dat was nog veel ongewoner voor hem, hij sloeg de jas die hij net had opengedaan weer dicht en schudde glimlachend zijn hoofd, hij bleef in de ingang staan alsof hij probeerde te bedenken of we niet ergens anders heen konden gaan. Ik merkte dat hij zich ongemakkelijk want onbeleefd voelde. Je gaat nooit gewoon zomaar zitten, hoorde ik hem al zeggen met zijn lichte accent, behalve op banken, bijvoorbeeld in het station of in een park. Als je ergens te eten wordt gevraagd, dan brengt de gastheer zelf of iemand van zijn personeel je naar je plaats. Als dat niet gebeurt, ben je niet welkom. Ted voelde zich niet welkom. Daar kon ik niets aan veranderen. Ik nam zijn jas van hem aan en draaide een stoel in zijn richting, zodat we aan het uiteinde van het ovaal konden plaatsnemen. Op schuitjes dobberden de hapjes voorbij. Magere en bloedrode tonijn, iets vettere tonijnbuik, zoetwatergarnaaltjes. Er werd wasabi en sojasaus gebracht, Ted goot zijn schaaltje vol sojasaus en streek met zijn hand over zijn buikje, een gebaar dat ik de afgelopen week vaak had gezien.

'Ken je Albert al lang?' durfde hij te vragen. Hij durfde het, hoewel we het tot dusver nog helemaal niet over mij hadden gehad. Alleen dat ik van Albert hield, dat had zijn buik hem verteld, maar voor de rest hadden al onze gesprekken plaatsgevonden in het kader van de verhouding tussen Ted en Charlotte.

'Nee,' zei ik, en ik voegde eraan toe: 'Ik heb hem voor het eerst tijdens de begrafenis van Charlotte gezien.'

'Heb je me niet verteld dat je daarvóór ook al in het pand woonde?'

'Dat klopt, maar eerst woonde ik in het souterrain en daar kom je de andere bewoners zelden tegen. Neen, ik had hem nog nooit gezien. Waarom glimlach je?'

'Niets, neen, heus, het is niets.'

'Kom op, vertel.'

'Je weet toch dat Charlotte en Albert elkaar kenden?'

Mijn adem stokte, mijn aders vernauwden zich, mijn bloedsomloop vertraagde, de zoetwatergarnaaltjes smaakten niet meer vers, maar tranig, en zo mochten ze niet smaken. Ik slikte. Ted had een bord met rolletjes zalmkuit van het schuitje genomen en propte het eerste rolletje in zijn mond. Hij bespaarde me een onderzoekende blik, wenkte de serveerster en vroeg of hij bij de groene thee ook sake kon krijgen. Of ik ook wat wilde, vroeg hij, en ik knikte en liet hem bestellen. Ik moest het gesprek zien te hervatten voor dat door een al te lange stilte moeilijk zou worden.

'Weet je waar ze elkaar van kenden?"

'Nou, dat ligt toch voor de hand. Ze woonden in hetzelfde huis, dan ken je elkaar immers.'

'Weet Albert dat jij weet dat ze elkaar hebben gekend?'

'Geen idee. Ik heb hem eerder nooit gesproken, ik ken hem alleen uit de verhalen van Charlotte. Weet ik veel of zij hem evenveel over mij heeft verteld als mij over hem.'

'Wat bedoel je daarmee?'

Maar Ted maakte een afwijzend gebaar en deed alsof het hem niet meer interesseerde.

'Wat bedoel je daarmee?' herhaalde ik.

'Ik bedoel dat ze telkens weer probeerde om mij met hem jaloers te maken.'

'Jou met hem wat?'

'Jaloers. Ze had het gevoel dat ik niet genoeg of niet op de juiste manier van haar hield. Voortdurend probeerde ze me jaloers te maken. Ze dacht dat ik haar niet nodig had. Dat was ook zo. Ik heb haar nooit nodig gehad. Maar voor mij was het ook geen kwaliteitsgarantie, haar nodig hebben. Dat was alleen voor haar belangrijk. Charlotte twijfelde aldoor aan mijn liefde. En ze beschouwde mijn gebrek aan jaloezie als een bewijs dat ik niet van haar hield.'

'Oké, maar wat denk je dat ze hadden samen?'

'Weet ik veel, daar kan ik je geen antwoord op geven. Zoals ik al zei, ik ben geen jaloers type. Hoe zou ik dat moeten weten? Ik heb er nooit naar gevraagd.'

'En wat vertelde Charlotte je dan? Waarmee probeerde ze je jaloers te maken?'

'Hé, Beyla, je bent helemaal van de kook. Ik wilde je niet van je stuk brengen. Ben jij ook jaloers?'

Ik deed mijn best om rustig te worden, zowel vanbinnen als vanbuiten.

'Wat betekent jaloezie? Ik ken Albert nauwelijks. Hoe zou ik moeten weten of ik jaloers ben als ik bijna niets over hem weet? Alleen maar dat ik van hem hou.'

'Dat is al behoorlijk wat,' zei Ted en hij klopte vriendschappelijk op mijn schouder, waaruit ik afleidde dat het me nog niet helemaal gelukt was om rust uit te stralen.

Om wat dichter in de buurt van die rust te komen en weer wat bloed naar mijn maag en dus ook naar de rest van mijn lichaam te dirigeren, nam ik een nieuw bordje waarop inktvis lag, waar ik anders dol op was. Met tegenzin probeerde ik een hapje tussen de eet-stokjes te krijgen, mijn hand beefde, hoewel ik het helemaal niet koud had, dat was me althans tot dusver niet opgevallen, en ik bracht het hapje naar mijn mond, waarbij ik het gevoel had dat ik er met weinig speeksel uren op zou moeten kauwen omdat ik gewoon niet kon slikken en me moest inspannen om niets uit te spugen (misschien was de rijst niet genoeg aange-zuurd?). Ted behoorde tot het soort mensen die graag veel praten en met wie het moeilijk was langer dan vijf minuten te zwijgen. Waarschijnlijk kreeg hij dan het gevoel dat hij iets miste of was hij bang dat hij zijn ge-sprekspartner zou vervelen, zo goed had ik hem die week al wel leren kennen.

'Heb je prettig werk?' vroeg hij terloops, en ik dacht alleen maar: nu wordt het leuk, wat heet 'werk'? Ten-slotte was ik de miskende artieste, die de paljas moest uithangen omdat het grote publiek daar meer van hield dan van types zoals ik. Miskend zijn was al erg (erg, heel erg), daar kon je maar beter niet te lang over na-denken, maar echt erg werd het miskend zijn pas als je gesprekspartner ook dat miskende en er met een lichtzinnige vraag overheen ging. Meestal althans. Ik merkte dat de vraag uit de mond van Ted me minder stoorde dan uit andere monden, en ze bood ook de ge-legenheid om Charlotte en Albert eventjes te vergeten.

'Het gaat wel, maar ik zou graag iets anders doen.'

'Wat dan wel?' Ted was de eerste die niet met be-wondering op mijn beroep had gereageerd en die ook niet verbijsterd leek dat ik dat 'werk', zoals hij het noemde, niet zo leuk vond.

'Weet ik niet, ik denk er nog over na. Misschien iets

met muziek. Mijn vader was zanger, maar toch heb ik ooit overwogen om muziek te gaan studeren. In het circus heb ik ook veel met muziek te maken.'

'En Albert speelt piano,' vulde Ted aan. Ik knikte.

'Heb je hem gehoord?'

'Natuurlijk heb ik hem gehoord. Iedereen die niet doof is hoort hem.'

'Denk je?'

'Zeker weten. Speel jij een instrument?'

'Tot dusver niet. Ik haatte mijn vader. En met hem ook de muziek. Ik bad voortdurend. 's Avonds lag ik in bed, naast me kraakte de ligbank en op de ligbank lag een vrouw, mijn vader gaf geen kik, hij duwde de ligbank met de vrouw alleen maar tegen de muur, ik vouwde mijn handen zoals ik op school in de godsdienstles had geleerd, en bad de hele tijd hetzelfde: lieve God, als je bestaat en als je me hoort, zorg er dan voor dat papa sterft. En vlug wat, alsjeblieft.'

Ted lachte: 'En heeft Hij je verhoord?'

'Pas veel later.'

'En sindsdien weet je dat er een God is?'

'Neen, door al dat wachten ben ik God vergeten.'

Ted lachte niet meer. Ik vermoed dat hij God wel mocht. Hij keek ernstig voor zich uit, toen zei hij: '75C, en soms D, dan moest ze er links iets in stoppen. Speciaal voor dat doel heb ik kleine zijden zakjes voor haar laten maken.'

'Wat?'

'Zijden zakjes. Ik liet ze in New York maken en bracht ze mee.'

'Je bedoelt kleine kussentjes?'

'De linker keek me altijd aan, de grote rechter keek vaak beschaamd weg, vooral als ze opgewonden was.'

Ik wist niet wat ik moest zeggen.

'Misschien was de rechter ook jaloers omdat ik voor de linker zijden zakjes had meegebracht.'

'Kussentjes.'

'En de linker richtte zich op, dat kon ik bijna horen, hoe ze opgewonden werd in haar beha. Dat ik dat niet meer kan horen. Dat maakt een bepaald geluid – daarvoor moet je verdomd goed luisteren, anders hoor je het niet.'

'Het geluid van de opwinding? Een opgewonden borst?' Ik kon mijn lachen niet houden.

Ted keek me goedmoedig aan, het deed hem absoluut niets dat ik zo om zijn herinneringen lachte. 'Wil je niet liever geluiden verzamelen of maken – in plaats van muziek?' vroeg hij.

'Geluiden verzamelen of maken?'

'Ja, die hebben ze toch overal nodig, in de filmindustrie bijvoorbeeld. Er zijn specialisten die uitsluitend voor de geluiden verantwoordelijk zijn. Ze reizen met twee koffers de halve wereld rond, en in die koffers zitten alle geluiden die je je maar kunt voorstellen. Bij ons in Amerika hebben we in ieder geval zulke mensen. Hoewel er natuurlijk ook meer en meer met de computer wordt gedaan. In Duitsland vast nog niet zoveel, hier zou je nog een kans maken. Bovendien hebben computers ook geluiden nodig.' Ted lachte zijn vriendelijke ondeugende lachje.

'En waarmee maken ze geluiden?'

'Ze lopen met halve kokosnoten rond voor het hoefgeklepper van paarden, ze klappen koffers dicht voor een heleboel dingen, vooral voor autoportieren. Als twee lichamen tegen elkaar wrijven, met zweet of zonder, net wat nodig is, neemt de geluidenmaker een beetje olie of vaseline en wrijft hij in zijn handen. Ze hebben ook kleine zandzakjes die ze met hun voet bewerken, soms met blote voeten, of met hun vuisten. Dan denk je dat je stappen in de sneeuw hoort.'

'En de borsten van Charlotte, wat zou een geluidenmaker voor haar borsten gebruiken?' Ik voelde me opeens heel teder worden terwijl ik op Teds antwoord wachtte.

'Dat is een geluid dat je niet kunt imiteren.'

Ik kauwde op het stuk vis dat ik tijdelijk in mijn wang (aan de kant waar Ted niet zat) had opgeslagen zolang ik moest praten en antwoorden. De serveerster bracht de sake en twee glaasjes. Ze schonk in en ik dronk het eerste glaasje in één teug leeg, zo gleed de inktvis ook makkelijk naar binnen. Toen de serveerster weer weg was, legde Ted zijn handen weer op mijn schouder, dit keer klopte hij er niet op alsof ik een goed stuk vlees of een oude kameraad was (voor zover dat niet hetzelfde is), maar streelde hij me bijna, hij boog zich naar me toe en zei zachtjes in de richting van mijn oor: 'Het was een goed idee van je om hier te gaan eten. Mag ik straks met je mee naar huis?' Hij lachte, had een schalkse blik in zijn ogen. Ted had ondanks zijn leeftijd iets van een kleine jongen, iets dat ik zelden in mensen aantref maar graag zie: het plezier in het plezier, hij was een schelm. Sommige mensen maken plezier, maar niet iedereen heeft daar plezier in. Ik vond het niet belangrijk of dat plezier oppervlakkig, gespeeld, gezocht, afgedwongen, opgedrongen of wat dan ook was, zoals men zo vaak veronderstelt bij Amerikanen. Ted wist dat ik hem die laatste nacht zeker niet uit het appartement zou gooien, integendeel, alleen al uit beleefdheid zou ik deze nacht met hem in hetzelfde bed doorbrengen, nadat ik de hele week bij Albert had geslapen (en wakker was geweest) en Ted alleen in het bed van Charlotte had achtergelaten. Misschien vermoedde hij ook dat mijn nieuwsgierigheid naar Albert me te veel bezighield om zijn toespeling verkeerd te kunnen begrijpen (wat heet verkeerd in deze fase?). Ik lachte met hem mee.

'Je mag alleen mee als Albert jaloers is.'

'Alleen dan? Je bedoelt dat ik nu een kamer moet gaan zoeken? Toen we hier binnenkwamen, zag ik hiernaast een bordeel, denk je dat je daar korting krijgt als je de hele nacht blijft?'

Ik haalde mijn schouders op (wat wist ik ervan?). Ted schonk me zonder iets te vragen nog wat in. Ik dronk ook het tweede glaasje sake in één teug leeg. Charlotte en Albert, en even verging het lachen me.

'Zeg, heeft Charlotte niet verteld waarom je jaloers moest zijn?'

'En of!' Ted wreef over zijn buik. 'Ze heeft me kreunend voorgedaan hoe goed Albert was in bed, en zei dat je hem kon geloven, in tegenstelling tot mij.'

Ik lette op Teds mimiek om er zeker van te zijn dat hij niet loog en zich niet ten koste van mij amuseerde. 'Hoe goed was hij dan?'

'Nou ja, zo zei ze het.'

'Bedoel je?' Ik keek Ted vragend aan.

En Ted keek mij vragend aan.

En ik hem.

En hij mij.

'Neuken?' vroeg ik.

Het is echt niet zo dat ik dat woord voortdurend gebruik, om het middelpunt van de avond te zijn of om te laten zien hoe vlot ik wel ben, of om andere mensen te verrassen met de tot dan toe niet voor mogelijk gehouden grofheid van mijn actieve woordenschat. Het was het enige woord dat me te binnen schoot, want eigenlijk schoot me helemaal niets meer te binnen, en ik zocht naar woorden die moesten verbergen hoe geschrokken ik was, en zelfs al had ik het gewild, dan had ik me nog niet kunnen voorstellen of en hoe Charlotte en Albert één vlees waren geworden, ik wist alleen, en dat dus meer instinctief, dat het vreselijk moest zijn, althans voor mij, althans áls het zo was geweest, althans sinds ik van Albert hield.

'Ik weet niet of ze het hebben gedaan of niet,' zei Ted diplomatiek, waarschijnlijk vooral omdat hij de uitdrukking op mijn gezicht zag, die hem vast niet kon zijn ontgaan. Ook al had hij me niet lang en onderzoekend aangekeken en het duidelijk niet gezegd om te zien hoe ik erop zou reageren. 'Ik weet alleen maar dat Charlotte me meer dan eens heeft gezegd dat ik niet zo zeker van mezelf moest zijn en dat ze wist dat er mannen waren die, in tegenstelling tot mijzelf, overtuigend de liefde konden bedrijven, zoals Albert bijvoorbeeld, en dat er ook andere mannen waren die er knap uitzagen, zoals Albert bijvoorbeeld, en dat er ook jongere waren, zoals Albert bijvoorbeeld, en ook mannen die dichter in de buurt woonden, zoals Albert bijvoorbeeld, verdomd, ik weet niet waarom ze zijn naam telkens weer noemde, en neem maar van mij aan: hoe vaker ze het over hem had, hoe minder zin ik had om haar naar de reden te vragen. Ik heb je al gezegd dat ik geen jaloers type ben. En, Beyla, als je het mij vraagt, ik vond het ook niet belangrijk om zeker te zijn van haar. Ik mocht haar zoals ze was, twee, drie keer per jaar. Het was leuk om met haar op reis te gaan.' Ted kuchte en ik was opeens bang dat hij nu huilerig zou worden, en ik moest meteen aan mijn vader denken, misschien ook vanwege het leeftijdsverschil tussen mij en Ted, en ik vond het vanavond niet eens erg aan mijn vader te moeten denken, die graag huilerig werd, vooral na zijn driftbuien.

Na zijn driftbuien kroop mijn vader op handen en voeten naar me toe, ging dronken (zoals altijd) met zijn kont op de koude keldervloer voor me zitten en smeekte om vergeving. Ja, daarom haatte ik mijn vader ook. Hij maakte zichzelf klein en hulpeloos en griende, en probeerde mij groter te maken dan ik was, terwijl ik toch zijn kind was, zijn kleine dochter, en omdat ik me er voortdurend zorgen over maakte hoe ik de sporen van zijn aanvallen kon doen verdwijnen, wat ik de volgende dag aan de andere kinderen of de leraren op school zou vertellen. Als mijn vader zich niet meer kon of wilde beheersen, piste hij (in zijn broek, als hij er een aanhad). Later stierf hij.

Maar Ted beheerste zich op eigen kracht, ik hoefde hem niet te helpen en geen ellenlange verhalen over mijn vader te vertellen, en dat luchtte me geweldig op. Ik spande me nog wat meer in om hem niet te laten merken hoe radeloos ik na zijn mededeling was. Ondertussen dronken we, tot we bijna meer sakeflessen dan bordjes voor ons hadden staan. Later rekende ik af en bestelde een taxi, Ted moest nog wat slapen voor hij om vier uur moest opstaan om zijn vliegtuig van Tegel naar New York te halen.

Toen ik met Ted de trappen op klom, moesten we ons aan de leuning vasthouden van het lachen. Op de tweede verdieping aarzelde ik of ik bij Albert zou aanbellen. Maar ik bedacht dat dit geen goede indruk zou maken op Ted. Na zoveel vertrouwelijkheid zou Ted vreemd opkijken als ik hem gewoon in het trappenhuis liet staan (overhaast, vanwege Albert). En Ted zou het niet leuk vinden als hij de laatste nacht van zijn reis naar Berlijn alleen in het appartement van zijn overleden geliefde moest slapen – ook al leek hij daar de rest van de week geen probleem mee te hebben gehad.

En wat zou Albert van me denken als ik midden in de nacht dronken voor hem zou staan en hem om liefde zou smeken? Ik wilde eerst eens nadenken over dat ene, de relatie tussen Charlotte en Albert, en er ook over nadenken of Albert jaloers zou kunnen zijn op Ted, en niet vanwege Teds aanwezigheid in mijn bed maar vanwege zijn relatie met Charlotte. Die gedachten gingen mijn horizon te boven, die sowieso al wankelde omdat ik dronken was.

’s Nachts lag ik wakker naast Ted, die mij zijn rug had toegekeerd. Ik was duizelig en dus wilde ik mijn ogen niet sluiten. Ik staarde naar het plafond. Iemand deed het licht op de binnenplaats aan, de schaduw van het vensterkruis viel op het plafond. Ik hoorde stappen, de stappen van een vrouw op hoge hakken, het openen van een deur, en ook stappen in het trappenhuis. De stappen kwamen naar boven, waarschijnlijk was het de moeder van het buurmeisje, die misschien uit was geweest met haar vriend of een vriendin. Toen verstomden de stappen. Ik had niet gehoord of ze langs mijn deur waren gekomen of in een van de appartementen onder me een onderkomen hadden gevonden. Mijn hart bonsde. Ik vroeg me af of Albert me miste. Het was misschien te vroeg om me dat af te vragen, maar zolang ik het alleen mezelf en niet hem vroeg, maakte ik me er geen zorgen om. Wat me wel zorgen baarde, was het gekuch van Ted en het feit dat ik me nu, alleen in het donker, zonder een gesprek te hoeven voeren of aandacht te hoeven schenken aan iemand anders, niet meer kon verzetten tegen de beelden van Charlotte en Albert als liefdespaar. Ik draaide me op mijn zij, weg van Ted, en staarde naar de muur naast me, waarop nog het onderste uiteinde van de schaduw van het vensterkruis hing. Het licht op de binnenplaats ging uit. Ik hoorde hoe Ted zich bewoog. Draaide hij zich om? Er werd even aan mijn dekbed getrokken (gelukkig had ik twee dekbedden). Had Albert Charlotte met opzet aangereden? Bijna had ik hardop gelachen, van schrik en hilariteit, om die absurde gedachte. Nu voelde ik een hand op mijn middel, vlak boven mijn bekken. Ik hield me stil. De hand tastte naar voren tot aan mijn navel, toen schoof ze omhoog, in de richting van mijn borsten. Ik legde mijn onderarm zo onder mijn borsten dat de hand niet verder kon, en duwde hem naar beneden. 75C of D, moest ik denken, mijn borsten waren even groot. De hand van Ted gleed nu over mijn navel naar beneden, zodat me niets anders restte dan de hand vast te pakken en weg te duwen. Het duurde niet lang of ze probeerde het weer, die hand, die mij buitengewoon groot leek. Ik was heel duizelig en ook misselijk, mijn hoofd stond hier allesbehalve naar. Ik was bang dat de hand me zou opwinden. Ik greep de hand weer vast en draaide me nu om, zodat ik Ted aan kon kijken. Mijn ogen waren gewend aan het donker, zijn gezicht zag er 's nachts anders uit, de schaduwen van zijn oogkassen maakten zijn ogen groot en tegelijk kinderlijk en begerig, en ik verbaasde me over de ernst op zijn gezicht.

'Ik wil niet,' fluisterde ik.

'Heus niet?' vroeg hij, hij deed geen moeite om te fluisteren. Ik schudde mijn hoofd, zo goed als ik dat liggend kon, en mompelde mijn neen. Hij aanvaardde het. We lagen een tijdje naast elkaar en keken elkaar aan. Ik hoorde hoe een raam werd geopend dat uitkeek op de binnenplaats, toen rook ik sigarettenrook. Ik vroeg me af welk raam het kon zijn. Rook stijgt gewoonlijk van beneden naar boven. Ik luisterde of ik stemmen kon horen. Ik hoorde stemmen maar ik kon ze nauwelijks herkennen. Ik keek weer naar Ted.

'Ruik je dat?' fluisterde ik.

'Wat?' vroeg hij luidop.

'De rook.'

Ted haalde een paar keer diep adem door zijn neus, snoof. 'Misschien, ja,' zei hij.

We zwegen.

Ted richtte zijn hoofd op. 'Rookt Albert niet?'

Ik zag dat hij een grapje wilde maken, maar het was niet echt geslaagd. Ted legde zijn hoofd weer neer en nam mijn linkerhand in zijn warme handen.

'Maak je geen zorgen', nu fluisterde Ted, 'hij is zeker geen slecht mens. Het is niet de moeite dat je je zorgen maakt.'

Ik probeerde Ted te geloven. Ik wist dat ik niet kon opstaan en uit het raam gaan hangen om te kijken of het Alberts raam was dat zonet was geopend. En dat was maar goed ook. Ik had mijn hand uit de handen van Ted moeten terugtrekken. Ik moest al een hele poos nodig naar de wc en waagde het zelfs niet daarvoor op te staan. Ik was nog altijd duizelig en wist niet zeker of ik het tot aan de wc zou halen. Ik luisterde naar de stemmen. Er was een diepe stem, waarvan je de melodie nauwelijks kon herkennen, en een hogere, de stem van een vrouw die, hoe langer ik luisterde, almaar duidelijker werd. Ze lachte de hele tijd. Ik kon de woorden niet verstaan, de twee mensen praatten zachtjes. Ik maakte mijn hand uit Teds handen los en stond op om naar de wc te gaan. Onderweg kwam het idee bij me op om uit het keukenraam te kijken, van waaruit ik een betere blik op Alberts kamer had. Maar ik was bang. In de badkamer hoorde ik ver weg iemand zingen, gedempt, het gezang brak af, en ik hoorde een vrouw iets roepen, haar stem kende ik van de afvoerbuis van de wastafel. Ik kon niet verstaan wat ze zei, er werd een kraan open- en dichtgedraaid. Toen hoorde ik niets meer. Voorzichtig, alsof iemand me kon zien, boog ik me over de afvoer, maar het bleef stil. Ik keerde terug van de wc en ging weer naast Ted liggen, die intussen misschien zijn handen op zijn buik had gelegd, ik vroeg me af of Ted de opwinding van mijn borsten hoorde, of dat hij alleen maar die van Charlottes borsten had kunnen horen, of dat hij had gelogen of zich had vergist, ik luisterde tot Ted rustig en gelijkmatig ademde, luisterde tot de stemmen onder mij wegstierven en het daaropvolgende hese liefdesgeluid van een vrouw was verstomd, en luisterde naar het tikken van de wekker, die over een goed uur zou aflopen. Die nacht sliep ik niet meer.

Ik wilde graag meer weten over Albert, ik wilde graag alles weten. Ik wilde elke seconde van zijn leven kennen. Nooit zou ik hebben gevraagd of hij de nacht met andere vrouwen doorbracht, en of hij behalve met mij ook met andere vrouwen sliep, waartoe leidt dat? Ik wilde niet eens iets van die strekking denken. Zolang ik Albert zag, lukte het me geen twijfels te hebben. En als er al twijfels rezen, verjoeg ik ze met geklets. Ik ging er liever van uit dat Albert op mij had gewacht. Zijn hele leven al. Dat was toch zo? Had hij niet laatst nog gezegd dat hij op mij had gewacht? Een paar dagen nadat Ted was vertrokken, had ik 's avonds met Albert afgesproken. Er was een vertraging geweest in het circus, ik kwam bijna twee uur te laat bij Albert aan. Toen ik aanbelde en hij naar de deur kwam, spreidde hij zijn armen en zei dat hij op me had gewacht, en niet alleen maar twee uren maar al vele jaren. Sindsdien geloofde ik dat Albert van me hield. Hij had het nog niet gezegd, maar ik voelde het. Ik las het af aan zijn lippen. Zijn liefde is groter dan hij kan zeggen, dacht ik, en ik voelde me goed. Ik vergaf hem ook dat hij me niet uitvroeg over mijn verleden, een periode die tenslotte bij je hoort en waardoor hij me beter had kunnen leren kennen, ik vergaf het hem door mezelf voor te houden: Albert is iemand die in het nu leeft. Albert weet wat hij aan me heeft, hij hoeft me alleen maar te zien, en ik hoef alleen maar naar hem te luisteren, hoe hij piano speelt, de Gnossienne of de Vexations, en ik kus zijn oogleden, dat doe ik alleen maar bij iemand van wie ik hou. Albert kan dat weliswaar niet weten, maar hij zal wel voelen dat ik van hem hou (zoals hij van mij houdt), dat dacht ik. Ik had hem al over zijn verleden uitgevraagd, maar hij zei dat er niets bijzonders te vertellen viel. Hij had een gelukkige jeugd gehad, inclusief *Jugendweihe* met alles erop en eraan.*

'Geen problemen', hij had zijn schouders opgehaald, gelachen en me verontschuldigend aangekeken. Ik had hem gezegd dat zoiets niet kon. Iedereen heeft moeilijkheden, al was het maar om zijn vrouw of vriendin te plezieren, zodat die zich nuttig kan maken of zich tenminste nuttig kan voelen. Daar kon hij in komen. Kort daarna gaf hij toe dat hij als kind had gewild dat hij met zijn moeder naar bed had kunnen gaan. Vol verwachting keek hij me aan, en ik hem. Tja, is dat geen probleem? vroeg hij, en ik zei: ik denk het niet, het schijnt dat veel jongens dat willen. Nou goed, gaf hij toe, bij mij klopt het niet. Mijn moeder is een lieve dame op leeftijd, helemaal een moeder en geen object van mijn begeerte. Ja, misschien was dat het probleem wel.

Ik dacht bij mezelf dat Albert me voor de gek hield. En ik dacht ook: laat hem toch met rust. Maar telkens als ik aan hem dacht, schoot me weer te binnen hoe weinig ik over hem wist.

---

* In de voormalige DDR moesten jongeren, als ze op 14-jarige leeftijd plechtig werden opgenomen bij de volwassenen, de gelofte afleggen hun leven geheel en al in dienst van hun land te stellen (noot vertaalster).

Wat veroorzaakte die angst? Waarvoor schaamde hij zich? Waar hield hij van? Ik stelde hem die drie vragen.

Ik deed dat op een zondagochtend toen we samen in de Alcaparra zaten. Eerst vroeg ik hem: 'Waarvoor ben je bang?'

Albert roerde in zijn espresso met veel suiker.

'Ik ben bang jou te verliezen.'

Ik glimlachte. Daar had ik niet op gerekend. Ik wist niet dat ik eraan te pas zou komen. Maar ik voelde me vereerd. Het gaf me de moed om de andere vragen te stellen. 'Schaamte. Wanneer heb je je het diepst geschaamd?'

'Dat kan ik niet zeggen.'

'Weet je het niet meer?'

'Jawel. Maar ik kan het je niet zeggen. Dat gaat niet', hij grijnsde.

'Alsjeblieft.'

'Aandringen heeft geen zin.'

'Nog een laatste vraag: waar hou je van?'

'Van wakker worden.'

''s Ochtends?'

'Wanneer anders, meestal word je toch 's ochtends wakker?'

Albert steunde met zijn kin op zijn handen en keek me aan. Ik dacht: zo kijkt iemand naar me die van me houdt. Geen twijfel mogelijk.

'Breng je me nog naar het circus?'

'Ik dacht dat je me net de laatste vraag had gesteld. Wanneer moet je beginnen?'

'Om vier uur. Het is nu drie uur.'

'Ik wil je beminnen.'

'In de toekomst?'

'Ik bedoel nu, voor je gaat werken – met je naar bed.'

Albert stootte me onder tafel aan, toen keek hij naar het tafeltje naast ons, weer naar mij en weer naar het tafeltje naast ons. Hij bracht zijn hand omhoog voor een groet: 'Hallo.'

'Wie is dat?'

'Een oude kennis.'

Ik keek naar de oude kennis, het was de eerste kennis van Albert die we ontmoetten. Ze was begin twintig (hij moest haar al wel heel lang kennen), had oogschaduw op, een gebruinde huid, pasgekapte haren, geblondeerd, oranje gelakte vingernagels, ze trok haastig aan een sigaret en keek de andere kant op, alsof ze op het punt stond om weg te gaan. Voor haar stond een cola, ze dronk de laatste slok met het rietje, drukte haar sigaret uit en wenkte de kelner. Haar sandalen bestonden uit gouden riempjes en dikke plateauzolen van kurk. Onder haar strakke witte T-shirt droeg ze een push-up, die nu weer in de mode was.

'Ze ziet er goed uit, maar ze is niet bepaald slim.'

'Wat?'

Albert fluisterde: 'Niet slim.'

Ik had het wel begrepen, maar ik vond helemaal niet dat ze er goed uitzag. Ik schrok van wat Albert 'goed' noemde, omdat ik hem daarin niet kon volgen.

'We hebben geen tijd meer om naar huis te rijden.' Ik keek op mijn horloge, om te checken of het echt zo was. Ik dacht: Albert is niet bang, althans niet voor de dood, niet voor de dood van Charlotte en voor de ontmaskering. Hij gaat liever met mij naar bed, dat is leuker dan aan de dood denken. Albert drukte zijn knie tegen de mijne.

'Zal ik meegaan? Hoe is het in de tent voordat de toeschouwers komen? Hebben we daar een paar minuten?'

'Je zou kunnen meekomen in de kleedwagen.' Ik glimlachte om mijn aanbod en zocht in mijn rugzak naar mijn portemonnee. Albert legde zijn hand op de tafel, zodat ik de mijne erin kon leggen.

'Dan kun je je omkleden en daarna bemind de piste in struikelen.' Albert hield zijn rechterhand nog steeds op de tafel, met de linker hief hij zijn kopje op en dronk trots van de espresso. In zijn blik was niets droevigs meer te bespeuren, alleen nog maar vastberadenheid. Ik gaf hem mijn hand. Ik vroeg me af of hij de opwinding van mijn borsten hoorde – maar waarschijnlijk kon hij die niet horen. Albert wenkte de kelner.

'Ik betaal,' zei Albert tegen mij, de kelner gaf een teken dat hij dadelijk zou komen.

'Ik heb meer zin om je in mijn armen te houden.'

Albert keek me niet-begrijpend aan. Hij tastte in zijn broekzak en haalde een biljet van honderd mark tevoorschijn, hij draaide zich weer om naar de kelner: 'Wanneer komt die man eindelijk?'

'Ik zou graag met je wegrijden.'

'Wegrijden? Waarom?'

'Zomaar, om op een plek te komen die alleen wij tweeën kennen, alleen jij en ik.'

'En waar mag dat dan wel zijn?'

'In het zuiden.'

'Meneer?' De kelner boog zich voorover naar Albert. Albert gaf hem het biljet van honderd mark. De kelner hield de honderd mark vast en bladerde door de biljetten in zijn portefeuille. 'Een ogenblik, ik moet mijn collega even vragen of ze wisselgeld heeft.' De kelner legde het biljet terug op onze tafel en liep naar voren. Zijn collega stond aan de toog en rookte een sigaret. Ik drukte op de vingertoppen van Albert, zodat het hem pijn moest doen.

'We zouden bij de zee kunnen slapen en naar de sterrenhemel kunnen kijken, en ons klein voelen.'

'Ik voel me niet graag klein.' Albert maakte zijn vingers los.

'Maar dat is juist heel prettig, een opluchting. Je bent opeens de last van het grote kwijt, je voelt dat het helemaal niet nodig is die last zelf te dragen, dat je in wezen van alles af bent als je wilt. En dan hoor je het geruis van de zee. En dan voel je je geborgen, thuis, aangekomen.'

Albert klemde het biljet van honderd mark tussen zijn wijs- en zijn ringvinger, hij rolde met zijn ogen alsof hij wilde zeggen, hou toch op, Beyla, dat zijn domme verhaaltjes, hij verdraaide zijn ogen vol spot, en ik dacht dat hij mijn voorstel zeker heel sentimenteel of toch op z'n minst eigenaardig vond, hij wreef met zijn handen over zijn gezicht, lette erop dat het geld niet uit zijn hand viel, toen streek hij zijn haar achterover (hij was supercool, Albert, en zo helemaal niet te treffen, zo onaanraakbaar, cool).

'Nu kan ik wisselen.' De kelner hield de biljetten voor Alberts neus. Albert gaf hem de honderd mark.

'En het nummer? Hebt u dat niet meer nodig?' De kelner glimlachte en schoof het biljet terug. Albert pakte het op en keek naar het nummer dat met een balpen op een kant van het biljet stond geschreven. Hij haalde zijn schouders op en tastte in zijn broekzak. Hij had nog munten, die hij aan de kelner gaf. Het biljet van honderd mark stak hij in de binnenzak van zijn jasje en hij stond op.

'Zullen we gaan?'

Ik staarde naar zijn jaszak. Ik kon toch wel vragen wiens telefoonnummer erop stond? Albert deed alsof hij mijn nieuwsgierige blik niet zag. We gingen weg.

Mijn vriendin haalde een wafeltje uit het pak en beet erin. We waren samen naar de Schlachtensee geweest en zaten nu met druipend haar in mijn keuken. De wafeltjes had ze onderweg gekocht en het pak lag nu tussen ons in op de tafel. Mijn vriendin spuwde onder het praten kleine stukjes wafel uit. 'Het geslacht! riep hij, en ik zei, nee, zei ik, dat wil ik niet weten. En hij: maar jawel, en ik: nee, en hij: hoe moet ik het dan noemen? Ik zei hem dat hij baby kon zeggen, of kleintje, of wurmpje.' Mijn vriendin hikte van het lachen en streelde haar buik, pakte nog een wafeltje en stak het in één keer in haar mond.

'Wurmpje?'

'Nou ja, zo ziet het er toch uit. En de dokter zei ook dat ik degene was die akkoord moest gaan of niet. Dan heb ik het toch voor het zeggen, keigoed, toch?'

Ik haalde mijn schouders op.

'Waarom grijns je aldoor zo gek?' vroeg ze.

'Ik?'

'Ja, je je zit maar te grijnzen alsof je verliefd bent.'

Ik haalde mijn schouders weer op.

'Die kerel uit je huis? Met wie ik je vorige week heb gezien?'

Ik zei niets.

'Ja dus? Zeg toch wat! Zijn jullie verliefd?'

'Misschien. Wat hij voelt, weet ik niet. We praten er niet over. Ik ben inderdaad verliefd, hij speelt goed piano.'

'Dat is vast niet alles, neem ik aan? Als je het mij vraagt – de beste garantie is seks. Ik was algauw zwanger. Maar als je het mij vraagt, is jouw kerel niet zo'n vaderlijk type.'

'Wat is een vaderlijk type dan?'

'Nou, zo een die verantwoordelijkheid wil. Iemand die zich aan een vrouw wil en kan binden.'

'Waarom zou Albert dat niet kunnen?'

'Albert? Heet hij zo? Misschien kan hij het wel. Maar hij verandert vaak van vrouw.'

'Hoe kom je daarbij?'

'Ik heb hem een paar maanden geleden gezien. Als mijn geheugen me niet bedriegt, was dat op de dag dat jij bent verhuisd en ik je heb geholpen. Je kon er gewoon niet naast kijken, hij stond voor het huis en stak zijn tong in de mond van een vrouw.'

'Kom, blijf nou even serieus.' Ik moest lachen.

'Ik ben serieus,' lachte mijn vriendin terug, 'maar ik weet echt zeker dat hij het was, omdat ik eerst dacht dat er twee mannen elkaar stonden te kussen, en ik vond dat mooi om te zien, twee mannen op klaarlichte dag die voor je huis staan en wild tekeergaan.'

'Haha.'

'Wees nu niet meteen beledigd, toen kenden jullie elkaar toch nog niet, of wel? Pas toen ik heel dichtbij was, zag ik dat die ene toch een vrouw was – ik weet nog dat ik net had gehoord dat ik zwanger was. En toen dacht ik, hopelijk krijg ik een echt meisje of een echte jongen.'

'Een écht meisje? Of een échte jongen? Ik wist helemaal niet dat jij iets tegen homo's hebt.'

'Heb ik ook niet', mijn vriendin lachte schril en stak nog een wafeltje in haar mond, 'maar op die manier, lieve help, ik was echt geschrokken. In ieder geval was het die kerel. Albert.'

'Dat geloof ik niet.'

'Maakt ook niet uit.' Mijn vriendin trok het plastic schaaltje helemaal uit het pak en nam de laatste twee wafeltjes. Eentje hield ze me voor, ik bedankte, en ze at ze allebei op.

'Jij weet toch niet echt hoe hij eruitziet. Behalve toen bij de bios hebben jullie elkaar nooit gezien.' Toevallig was ik de week voordien mijn vriendin samen met haar moeder tegengekomen bij de Delphi, toen ik daar met Albert naar de film was gegaan.

'Maakt niet uit,' zei ik, 'het gaat me niets aan, dat is jouw zaak, echt.' Ze plukte wafelkruimels van de legging die ze onder haar jurk had aangetrokken. Sinds ze zwanger was, droeg ze de hele tijd leggings. 'Zo. En nu?' Ze vroeg niet of ze de peer mocht hebben, ze nam hem gewoon. 'Houdt hij van je? Denk je dat je zwanger wordt?' Ze beet in de peer.

'Hé, doe eens kalmaan.' Zo zoetjesaan begon mijn zwangere vriendin me te ergeren. Ik kon haar gehik en haar kauwgeluiden niet meer verdragen.

'Misschien wil ik wel helemaal niet zwanger worden, wat dacht je daarvan?'

'Voor mijn part. Hoef je ook niet. Maar het is toch niet serieus tussen jullie, hè?' Het sap liep langs rechts uit haar mond, ze slurpte, maar het liep toch nog op haar joggingjack. Sinds kort droeg ze ook joggingjacks, dat hoorde zeker bij de zwangerschapsgym, dat modieuze. En met de peren en de wafeltjes hoorde dus ook het joggingpak bij haar geluk, amper zwanger dacht ze dus over de ernst van mijn liefde voor Albert te mogen oordelen.

'Wat bedoel je daarmee?'

'Niets bijzonders, ik bedoel, het kan toch niet zo serieus zijn, jullie kennen elkaar nauwelijks, of niet?'

'Toch al zo lang als jullie elkaar kenden toen je zwanger werd.'

'Nou ja, met ons was het anders, dat weet je toch?'

'Hoe moet ik dat weten?'

'Doe niet zo overgevoelig. Ik heb echt het gevoel dat je uit je humeur bent. Misschien kan ik maar beter gaan?' Ze stak het klokhuis van de peer in haar mond en legde het korte steeltje voor mij op tafel.

De goede vriendin maakte me woedend. Ze dreef de spot met mij en met de ernst die ze in mijn gelukzalige lachje moest hebben gezien (moest!), en mat de ernst van mijn en Alberts gevoelens af aan mijn niet-zwanger zijn. Ze stond op, wreef over haar buik en kwam naar me toe, ze legde haar hand op mijn schouder, masseerde die heel eventjes, alsof haar buik al zo zwaar was dat ze steun moest zoeken. Haar buik was sinds enige tijd wat gewelfd, hij werd al een beetje opdringerig, hij overschreed de mate waarin de buik van vrouwen welft die alleen maar graag wafeltjes en peren eten. Ze steunde dus met haar volle hand op mijn schouder en zei: 'Ach, wurmpje, dat zijn me hier een gesprekken, wat jij?', en toen iets harder en zakelijker tegen mij: 'Nou ja, zie het maar niet zo somber in, Beyla, ik ben blij voor je dat je zo gelukkig grijnst, dat is tenminste al iets. Het hoeft ook niet meteen wereldschokkend te zijn, vind je niet?'

Ik grijnsde allang niet meer, maar dat leek mijn vriendin niet te zijn opgevallen, ze zorgde er alleen maar voor dat ze met zo min mogelijk kleerscheuren uit het gesprek kon wegvluchten.

'Wil je je haar niet föhnen?' vroeg ik haar.

'Bah, met de föhn van die dode vrouw?'

'Ze heette Charlotte.'

'En wat dan nog, ze is in ieder geval dood.'

'Stoort dat je?'

'Dat ze dood is niet, ik kende haar immers helemaal niet. Ik wil alleen mijn haar niet drogen met haar föhn.' Mijn vriendin huiverde.

Ik stelde me voor hoe Albert die mannelijke vrouw zou hebben gekust en ik ergerde me aan mijn vriendin, wier schuld het was dat ik me dat voorstelde. Ik wilde die gedachte tenietdoen.

'Albert houdt van me,' zei ik.

'Ik dacht dat jullie daar niet over praatten.'

'En wat dan nog, ik weet het gewoon. Hij houdt van me, hij wil de hele tijd met me naar bed.'

'Poeh, Beyla, met elkaar naar bed gaan en van elkaar houden zijn twee heel verschillende dingen. Niet dan?'

'Bij jullie misschien.' Ik deed alsof ik het serieus meende, ik wilde wraak nemen op mijn vriendin. Zij maakte zich vrolijk over de ernst van mijn gevoelens. Waarom probeerde ze mijn geluk zwart te maken? Het kostte me toch al zoveel moeite om erin te geloven. Mijn vriendin had mijn schouder losgelaten en onderzocht het vochtgehalte van mijn planten in de keuken. Haar haar, dat nat was van het zwemmen, had de rug van haar joggingjack doornat gemaakt. Toen draaide ze zich om en zei: 'Kijk eens, dit heb ik trouwens gisteren gekocht! Wat vind je ervan?' Ze hield het joggingjack open, zodat je de grote margriet op de gifgroene jurk met klokrok kon zien. Ik knikte even, ik had me al de hele dag verbaasd afgevraagd wat haar ertoe had bewogen om een jurk in die kleur te kopen. Ze keek langs haar lichaam omlaag. 'Het was een koopje, bij H&M. Ze hebben nu alleen nog maar dit soort jurken, gifgroen, knalviolet en babyblauw – allemaal met verschillende bloemen. Wil jij er geen?' Ik knikte weifelend, ik wilde haar nu ook weer niet beledigen. Ze ging weer op haar stoel zitten, sloeg het joggingjack voor haar gezwollen borsten en legde haar armen in haar nek, zodat het jack weer openviel en haar boezem oprees in mijn richting. Ze keek naar de vlieg die onder mijn keukenlamp bromde.

'Weet je,' geeuwde ze, 'sinds ik zwanger ben, merk ik pas hoe agressief de mensen om me heen zijn. Ik ben vreselijk gevoelig geworden de laatste tijd. Ik vraag me af of de mensen hier altijd zo agressief zijn en ik het nu pas in de gaten heb, of dat het iets te maken heeft met zwangerschap in het algemeen. Of mensen iets tegen zwangere vrouwen hebben – wat denk je?'

Mijn hoofd stond echt niet naar de verscherpte gevoeligheid van mijn vriendin. Haar uitgesproken ontspannenheid werkte me op de zenuwen.

'Nou, wat denk je, Beyla? Heb je iets tegen zwangere vrouwen?'

'Nee.' Ik overwoog of ik haar zou zeggen dat ik alleen maar iets had tegen haar en tegen haar gewichtigdoenerij. Het ergerde me dat ik die niet over me heen kon laten gaan.

'Weet je, als je zwanger bent, wordt je waarnemingsvermogen aangescherpt. Je proeft beter, ruikt beter, ziet beter, hoort beter. Het is echt te gek. Je hebt werkelijk het gevoel dat je verandert, ik bedoel, niet alleen qua buikomvang, maar ook qua gedachten en zo.'

'O ja?'

'Ja. En je kunt ook beter hoofd- en bijzaken onderscheiden. Weet je, je merkt dan pas hoe kapot de meeste relaties zijn, en zo. Ik bedoel, kijk eens om je heen.'

Ik zuchtte om haar scherpzinnigheid. 'Neem me niet kwalijk, maar ik denk eerder dat je terugvalt in je kindertijd, dat je opeens jezelf en je gedachten en indrukken voor de enige waarheid aanziet en er geen moment aan twijfelt, aan niets.'

'Waarom ook? Als je nou de dingen ziet zoals ze zijn? Moet je dan voortdurend twijfelen? Ik weet toch of iets goed smaakt of rot. Zo zie je maar weer, de waarheid komt uit een kindermond,' giechelde ze, 'en uit die van zwangere vrouwen. Ik kan heus wel zien of het goed met je gaat of niet. Dat is mijn waarheid, dat geef ik toe. Maar zelfs als je nu zou beweren dat je gelukkig bent, dan is dat toch alleen maar jouw waarheid, Beyla, de mijne is gewoon een andere.'

'Ach, en jij denkt dat ik niet gelukkig ben?'

Mijn vriendin twijfelde. 'Nou ja, ik bedoel, je grijnst wel voortdurend. Maar als je het mij vraagt, echt gelukkig lijk je me niet. Hebben jullie dan plannen?'

'Wat heeft het geluk met plannen te maken?'

'Nou, dat je ook in de toekomst gelukkig wilt zijn.'

'Weet je, er zijn mensen die zich voortdurend bezighouden met het verleden en met de toekomst. Albert is anders. Hij geniet ervan als hij met me samen is en van het hier en nu, en dan komt de toekomst vanzelf wel.'

'Is hij goed in bed?' Mijn vriendin grinnikte, ze streelde haar buik en fluisterde naar omlaag: 'Niet luisteren, wurmpje!', en keek me nieuwsgierig aan. 'Nou?' probeerde ze nog eens. Ik heb mijn vriendin zelden zo onbeschaamd zien glimlachen.

'Best wel.'

'Best wel? Dat klinkt niet echt overtuigd.'

'O, ja hoor, ik bedoel, hij geeft je het gevoel dat hij van je houdt, dat hij van mij houdt, als hij me kust slaagt hij erin dat zo te doen alsof hij nog niemand vóór mij heeft gekust, als hij kreunt geeft hij me ook het gevoel dat hij nog nooit om iemand zo heeft gekreund, ja, hij is goed in bed.'

Mijn vriendin giechelde.

'Klaar?' Ze gaf haar gegiechel niet op.

'Soms verzint hij verhaaltjes voor me,' schepte ik op.

'Erotische?'

'Ja.'

'Dan moet hij je al goed kennen, als hij weet welke verhalen jij erotisch vindt. Ik geloof niet dat de mijne mij tot dusver al echt erotische verhalen heeft kunnen vertellen,' giechelde mijn vriendin, 'nou ja, hij is dan ook niet zwanger. Maar de jouwe lijkt wel iets te presteren.'

Presteren? De mijne? De jouwe? Ze sprak over haar vriend en over Albert als over 'mijn pik, jouw pik'. Daarnet had ik nog het idee gehad dat ik haar van mijn geluk kon overtuigen. Terwijl het haar niets aanging, mijn geluk.

Mijn vriendin stond weer op en zette haar handen in haar rug. Ze fluisterde tegen haar buik: 'Nou ja, onze papa heeft ook al alles gedaan, nietwaar, wurmpje?' Ze keek op alsof ik het niet had kunnen horen (ze was listig, mijn vriendin), en ik bedacht dat het haar helemaal niets aanging welke verhalen Albert me vertelde. Ze maakte een holle rug, ontspande, holle rug, ontspande, holle rug. Ik zag het aan haar blik, ze gluurde, ze wilde maar al te graag en precies weten wat Albert me vertelde.

'Maar die verhalen van hem winden je op?'

Ik bewoog mijn hoofd zo dat het alles kon betekenen. Ik wilde geen antwoord geven, ik wilde die kleine triomf voor me houden, anders was het geen geheim meer, en ook geen triomf.

'Ze belde de man niet op, ze wilde zijn stem niet horen, ze stuurde hem een e-mail, ze wilde niets over hem
weten, hoe hij klonk noch hoe hij eruitzag, en in geen
geval hoe hij heette – alleen maar naar welk adres ze
de sleutel mocht sturen, niet naar zijn adres maar naar
dat van een tussenpersoon. Ze wilde haar huissleutel
aan de vreemde man geven. De man moest de sleutel
binnen een maand gebruiken. Ze gaat op z'n laatst om
twaalf uur naar bed, heeft ze hem laten weten, door
de week moet ze om halfzeven opstaan. Ze is lerares.
Verkrachting? vraagt de man in zijn e-mail. Ze ant-
woordt niet meer. De maand is begonnen. Tijdens een
koude nacht neemt hij de sleutel en gaat naar haar toe.
Ze woont in een straat die evenwijdig loopt aan de zijne, zonder het te weten, want ze wilde zijn naam noch
zijn adres weten, niets. Hij loopt door de straat naar
haar huis, hij weet dat ze vierhoog woont, hij contro-
leert of het licht brandt, maar de lichten zijn uit, het
is halfdrie 's nachts. Hij heeft in zijn hoofd geprent
waar precies in het appartement haar slaapkamer zich
bevindt, ze heeft hem een schets gestuurd. Hij komt
op de vierde verdieping, het licht in het trappenhuis
laat hij uit. Hij wacht een poos voor de deur en luistert of er in het appartement iets te horen is. De man
kan niets horen. Hij steekt de sleutel in het slot en
draait hem heel zachtjes om. De deur gaat open. Binnen ruikt het naar dennengroen. De vrouw heeft waar-

schijnlijk een bad genomen, een afkoelingsbad in de winter. Hij hoeft de lichtschakelaar niet te zoeken, hij kan goed zien, het licht van de straatlantaarns valt door het raam naar binnen. De deuren van de kamer staan open. De vloer kraakt. De man duwt de deur naar de slaapkamer verder open. Eerst denkt hij dat het grote bed leeg is, hij komt dichterbij, hij hoort de gelijkmatige ademhaling van de vrouw. Hij gaat op de vrouw liggen en streelt haar. Ze wordt wakker. Ze pakt zijn hand en legt die op haar mond, ze drukt zijn hand tegen haar mond. Hij houdt haar mond dicht, rukt haar nachthemd van haar lichaam, dat nog op bad-temperatuur is, en dringt in haar binnen. De vrouw probeert te gillen of te kreunen, maar de man houdt haar mond dicht en stoot in haar, de vrouw zweet, hij voelt hoe ze onder hem kronkelt van begeerte. Na twintig minuten gaat hij weg. Hij heeft het licht niet aangedaan. Een paar dagen later ontmoet hij de vrouw op straat, hij herkent haar. Ze kijkt hem aan, herkent hem niet, loopt door. Hij wacht op een e-mail. Hij zou graag willen weten of hij nog een tweede keer mag ko-men, moet komen. Kort daarna stuurt ze hem een be-richt. Hij moet nog eens komen. En hij komt nog eens. Zo gaat het diverse weken, steeds weer bestelt ze hem, en hij komt. Op een keer komt hij bij haar en liggen er twee vrouwen in bed. Voor het eerst praat de vrouw tegen hem, ze vertelt hem dat de tweede vrouw haar nicht is. De nicht moet toekijken hoe hij zijn gang gaat met de eerste. De nicht kreunt. Hij moet ook de nicht beminnen, eist de eerste vrouw. Hij stoot in de nicht, die een slap lichaam en een vette huid heeft, alsof ze zich met olie heeft ingewreven. De volgende nachten is de nicht er telkens bij. Het vette kleeft ook aan het beddengoed. De eerste vrouw richt voor de tweede keer het woord tot de man, ze zegt dat haar nicht zo ruikt omdat ze ziek is, maar daar moet de man zich niets van aantrekken. De man trekt er zich niets van aan. Hij beslaapt haar evengoed. Op een nacht stoot hij in de eerste vrouw, hij heeft een knevel in haar mond gestopt, dat doet hij al een poosje. De vrouw kronkelt van verlangen en lust. Uit de nicht komt geen geluid, haar lichaam ziet eruit alsof iemand het heeft laten liggen, er komt geen beweging in haar als hij per ongeluk tegen haar aan stoot of als het hoofd van de eerste vrouw bij het liefdesspel op de buik van de nicht terechtkomt. Nadat hij de eerste heeft bevredigd, wil hij zijn plicht nakomen en ook de tweede nemen. Maar de eerste houdt hem tegen. Voor de derde keer zegt ze iets tegen hem, en dat zal ook de laatste keer zijn: ze zegt dat haar nicht nu is gestorven. Hij hoeft niet meer te komen. Ze bedankt hem, ook uit naam van haar nicht. De man kleedt zich aan en gaat weg. Hij komt nooit meer terug.'

'Dat verhaal vind ik niet leuk. Het is griezelig.'

Albert lachte.

'Vind jij het leuk?'

Albert ging onverstoord door met lachen. Ik lachte niet. Ik schudde aan Alberts schouders en zei zachtjes: 'Dit verhaal is walgelijk', en toen schreeuwde ik hem toe: 'Hou op met lachen!', en Albert lachte. Ik schreeuwde: 'Hou op! Hou op!', ik trommelde op zijn borst. Ik voelde me een idioot. Albert hield op met lachen. Ik streek even met mijn vlakke hand over zijn gezicht, toen legde ik mijn oor op zijn borst en luisterde naar zijn hart. Ik controleerde of zijn hart nog stilletjes voortlachte. Ik genoot ervan de huid van zijn borst en de gekroesde haren te voelen tegen mijn slapen, mijn oor en mijn oogkassen. De opdrogende tranen en zijn borstharen kietelden. Ik legde mijn hand voor mijn gezicht op zijn borst, ik streelde hem. Ik had hem graag gebeten, had mijn tanden in zijn borst willen zetten en zijn lach eruit willen bijten. Dan had ik die lach uitgespuwd, gewoon naast het bed gespuwd, daar waar de angst en de dood al lagen.

Als hij lag, zag Albert er oud uit. Als zijn gezicht boven mij was, hing het in kleine plooitjes, als het naast mij was, hing de slappe roodachtige huid van zijn wangen over zijn oor. Albert streelde mijn hoofd. Hij rook lekker. Ik wilde dat hij iets liefs zei. Hij zei: 'Het is schattig als je je zo opwindt.' Hij zei dus een zin die hij beter niet had kunnen zeggen, omdat hij me niet beviel. En met die zin beviel me de hele Albert even helemaal niet meer. Ik deed een beroep op mijn liefde om het ogenblik van onbehagen achter me te laten, en het lukte me. Ik ademde zijn geur in.

De telefoon ging. Albert en ik lagen in bed. Het was zijn telefoon en we lagen ook in zijn bed.

'De telefoon gaat al voor de vijfde keer over,' stelde ik vast.

'En wat dan nog? Laat maar bellen.'

'De telefoon bezorgt me een slecht geweten. Ik vind dat je moet opnemen, dan maak je een afspraak en ga ik met je mee. Weet je dat we elkaar al vier maanden kennen en dat ik nog geen een van jouw vrienden heb gezien?'

'Die vrienden van me zijn ook niet zo interessant.'

'Vast wel, ik vind ze interessant. Ik wil er graag een keertje bij zijn als je met anderen praat. Vind je niet dat de mensen zich van een heel andere kant laten zien als ze met hun dierbaren, vrienden, familie of kennissen praten?'

'Weet ik niet.'

'De telefoon gaat weer.'

'Ik ben niet doof.'

'Waarom neem je dan niet op?'

'Hoor je me soms niet? Ik ben nu bij jou. Ik wil met niemand anders praten.'

'Waarom trek je de stekker er dan niet uit?'

'Goed idee, Beyla. Dat heb ik al te vaak gedaan, de stekker is kapot.'

'Als ik met mijn werk in het circus stop, denk ik niet dat ik geluidenmaker word, of wat dan ook dat je eerst moet leren. Ik word bewaakster. Jouw bewaakster.'

'Dank je wel', Albert lachte.

'Ja, en dan neem ik je telefoon op en zeg: Hallo? Albert? Het spijt me zeer, die is verhinderd. Kan ik een boodschap doorgeven?'

'Zover komt het nog wel een keer.'

'Ja, en dan heb jij je rust.'

'Maar dan moet ik jou voortdurend om me heen dulden.'

'Is dat zo erg?' Ik kuste Alberts pols.

We staarden een tijdje in de schemering die voor het raam van Alberts slaapkamer hing. Ik zei Albert dat ik graag zo'n gezicht van hem wilde zien, een gezicht dat hij aan de andere mensen toonde. Ik herinnerde me de grimassen van de man die Charlotte had laten schrikken en daardoor haar dood had veroorzaakt. De grimassen die hij trok toen ik met de fiets uit mijn huis kwam. En het feit dat ik er tijdens de begrafenis van Charlotte de hele tijd aan had moeten denken dat Albert me bekend voorkwam, alleen maar omdat ik in de loop van die dag diverse keren naar hem had gekeken. Albert stond op. Ik volgde hem. Hij ging naar de badkamer en ik keek toe hoe hij zich schoor. Ik hoorde het schrapen. We praatten niet. Hij gebruikte een aftershave, deed er ook wat van op zijn borst, en ik keek toe, ik wist hoe onaangenaam scherp het daar zou ruiken en hoe het me de adem zou benemen. Zo erg, dat ik hem niet meer kon ruiken. Hij liet het water voor zijn bad lopen. Ik keek toe. Hij haalde een schone handdoek uit de muurkast in de gang. Ik keek toe. Hij keerde zich om en plaste rechtop staand in het toilet. Ik keek toe. Zo meteen zou hij vragen of ik niets te doen had. Zover wilde ik het niet laten komen. Hij draaide zich naar me om en kuste me in het voorbijgaan op de mond. Ik wilde niet dat hij me in het voorbijgaan kuste, zoiets doe je niet, en zeker niet met een vrouw die je pas vier maanden kent. Hij had slechte gewoonten. Waarvandaan? Nog nooit had hij me over zijn vroegere vriendinnen verteld. Ik had het hem wel verteld, alles over mezelf, alles, van voor naar achter, nachtenlang, dagenlang, hele ochtenden en middagen, en ik was nog niet helemaal klaar. Maar hij? Hij wilde zich niets herinneren, hij kon zich nooit iets herinneren. Albert had *Der Spiegel* uit de grote kamer gehaald en kwam nu weer de badkamer binnen. Zijn badkuip was bijna vol. In het voorbijgaan pakte hij mijn arm vast en zei: 'Je staat hier zo besluiteloos. Weet je niet wat je met jezelf moet beginnen?'

Ik kuste hem.

'Wil je mee in bad?'

Ik kuste hem nogmaals. Ik was dankbaar. Ik kuste hem dankbaar omdat hij me had gevraagd of ik met hem in bad wilde. Ik trok mijn korte hemd uit, legde het op het deksel van de wc en stapte in het bad. Albert legde het tijdschrift op mijn hemd en kwam bij me zitten.

'Ik weet iets,' zei ik, 'we spelen een spel. Jij doet je ogen dicht en je raadt wat ik voor je neus hou.'

'Maar niet iets om te eten, niet in bad, daar hou ik niet van.'

'Nee, goed, niets om te eten. Akkoord dan?'

'Zoals je wilt.'

Ik stapte uit het bad, wikkelde de handdoek die Albert voor mij uit de muurkast had gehaald om mijn lichaam en liep naar zijn grote kamer. Daar had ik mijn rugzak gelegd. En in de rugzak zat een brief van Ted die ik die ochtend had gekregen. Het was een dikke brief. Ik had er al in gekeken, er zat een cassette bij. Ik dacht: eens kijken wat Ted zoal te vertellen heeft. Misschien iets over Charlotte, misschien eindelijk iets over zijn gezin, en misschien zelfs over datgene wat Charlotte hem over Albert had verteld. Op het papiertje dat hij bij de cassette had gestopt, stond: 'Beginning'. Ik pakte de cassetterecorder met het snoer en de koptelefoon op en liep terug naar de badkamer. Voor ik de deur openstootte, riep ik: 'Ogen dicht!'

'Zijn al dicht.'

Ik zette de cassetterecorder naast de badkuip, stopte de cassette in de gleuf en keek rond. Het stopcontact bevond zich naast de spiegel. Op het rekje boven de wastafel stond een glas met Alberts tandenborstel erin. Ik pakte het glas en stak de koptelefoon erin, zo goed als het ging.

'Nu moet je met je hoofd onder water.'

'Hoe lang?'

'Kom, doe nu maar.'

Albert dook onder. Ik klom weer in de badkuip en hield het glas met de koptelefoon tussen ons in, vlak boven zijn pik. Ik boog me uit de badkuip en drukte op 'play'. Albert proestte. Hij kneep zijn ogen dicht, kwam even boven water en snakte naar adem.

'Hoe lang nog?'

'Nog langer. Je mag met je neus boven water komen, maar je oren moeten erin blijven.'

Hij deed wat ik hem opdroeg.

'En nu?'

Ik zei niets meer. In het glas hoorde ik een soort getuf, als van machines. Albert luisterde. Het tuffen ging heel gelijkmatig, als een machine die lekker loopt, misschien was het wel het opnameapparaat van Ted.

'Schepen,' stelde Albert vast, 'dit zijn scheepsmotoren. Waarschijnlijk de African Queen, zo'n oude raderboot.'

Hij kwam met zijn oren boven water: 'En nu?' Ik duwde met mijn vrije hand (in de andere hield ik het glas onder water) zijn hoofd weer onder.

'Verder, het gaat vast nog verder.'

We luisterden een poos, maar het geluid veranderde bijna niet.

'Een embryo in het moederlichaam,' lachte Albert, 'echt, dat moet je eens horen.' Hij dook op, pakte het glas uit mijn handen. Albert wachtte tot ik onderdook.

'Albert, de telefoon gaat.'

'Maakt niet uit, duik nu maar gewoon onder water, kom, probeer het eens,' lachte Albert, 'onder water hoor je de telefoon niet, daar hoor je alleen de hartslagen van het embryo, daar kun je je groot voelen, of klein, wat je wilt, kom, daarvoor hoef je helemaal niet naar zee te rijden en naar de sterrenhemel te kijken, die is meestal toch bedekt.' Hij raakte mijn borst aan en probeerde me te laten onderduiken. Ik bood geen weerstand. Onder water sloot ik mijn ogen en hoorde ik het embryo. Ik herinnerde het me. Maar meer dan dat ik het me herinnerde, verontrustte het me hoe Albert op het idee kwam en waar hij dat eerder kon hebben gehoord. Misschien was een van zijn vroegere vriendinnen zwanger geweest? Het was vast degene die hem vandaag voortdurend probeerde te bereiken. En het hart van het embryo sputterde. Albert streelde mijn knie. Ik kreeg water in mijn neus en keel, ik moest hoesten en ging rechtop zitten.

'Hè, nu zit er water in het glas.' Hij prutste aan de koptelefoon en haalde hem uit het glas, toen legde hij ze allebei voor de badkuip neer en zette de cassetterecorder uit. Hij ging aan mijn kant liggen. 'En, vond je het leuk?'

Ik wist niet of ik stomweg moest knikken of hem vragen hoe hij op het idee van de hartslagen van een embryo was gekomen.

'Wat was het nu eigenlijk?' vroeg hij.

Ik pakte het doosje van de cassette en las. Ted had erop geschreven dat het de scheepsmotoren van New York op 4 juli waren.

'Raderboten varen alleen maar op rivieren, niet op zee,' zei ik, 'ik kan me niet voorstellen dat ze in New York raderboten hebben. Dat is toch een zeehaven.'

Albert ging achter me zitten. Hij trok zijn rubberkussen, dat ik er bij het instappen achteloos uit had gegooid, weer in het bad en legde het goed. Dat hij van rubberkussens in de badkuip hield, vond ik pervers. Rubberkussens horen thuis in dezelfde categorie als divans.

'Nu is het jouw beurt,' zei ik hoopvol. Ik deed alvast mijn ogen dicht.

'Waarmee? Wat moet ik doen?'

'Jij moet mij ook iets ongewoons laten ruiken, proeven, horen, voelen...' (ik dook wat dieper onder water om aan Alberts hand te ontsnappen) 'nee, ik bedoel iets bijzonders, iets wat ik nog niet heb gevoeld.'

Albert schoof zijn hand hoger en liet haar op mijn buik rusten. 'Dus je wilt zeggen dat je dat allemaal al kent, dat het voor jou met mij niet meer bijzonder genoeg is?' Hij lachte. 'Goed, doe je ogen dicht.'

'Nu al? Moet je niet eerst nog iets voorbereiden?'

'Nee.'

Mijn borsten kregen het koud omdat Albert vergat me aan te raken.

'Je had die actrice, die in Duitsland zo beroemd is als Wynona Ryder in Amerika...'

'Wie?'

'Dat zeg ik je niet, maar ze was knap, heel knap zelfs, een beetje Oost-Europees, alleen had ze een aardappelneus. Ze had een lange nek en vanaf haar oren kon je de fijne pezen van haar hals zien. Ze was nog tamelijk jong, misschien midden dertig. Haar mond stond een beetje open, niet omdat ze dom was of zo, maar omdat haar tanden zo waren gegroeid, de bovenste stonden wat naar voren. Ze lispelde een beetje. Ze had iedere man kunnen krijgen maar ze wilde er maar één, en van die man verlangde ze veel. De man had haar graag willen aanraken. Maar ze liet het niet toe. Hij mocht niet. Ze wilde dat hij met haar naar de jaarmarkt ging, misschien was het tijdens het Oktoberfeest of het feest van de Duits-Franse vriendschap, en de man moest ijs voor haar kopen. Dat deed hij. Daarna wilde ze met hem door het Hasenheidepark lopen, dat deed hij ook. En later, thuis, hij zou er nog altijd niets op tegen hebben gehad om haar aan te raken, moest hij haar in bad doen, haar met een spons in de vorm van een eend over haar hele lichaam inzepen. In de badkuip stond het schuim zo stijf dat je het als eiwit had kunnen snijden. Hij gebruikte de zachte snavel van de eend om de wat moeilijker bereikbare plaatsen van haar lichaam te wassen. Ze wilde ook boterhammen in de badkuip hebben, op een plankje, speciaal daarvoor had ze bierworst, Philadelphia en Babybelkaas met rode was eromheen gekocht. Je weet wel, die kleine bolletjes die je afzonderlijk moet pellen. En de man maakte de boterhammen voor haar klaar en dacht erover na wanneer ze hem dan wel wilde verleiden of zou willen dat hij haar verleidde. Hij moest haar koffie van Caro serveren uit een kan. Die koffie had ze al gezet voor hun afspraak. Maar de man wilde niets uit de kan schenken omdat hij ooit iets afschuwelijks had gehoord. Over een vrouw die zich door haar minnaar had laten vergiftigen. Dat wilde hij liever niet meemaken, daar wilde hij niets te mee maken hebben. Hij wilde niets uit aangebroken verpakkingen geven, zeker niet aan deze vrouw, die hem tenslotte heel erg beviel. En vervolgens moest hij haar afdrogen, tot haar huid helemaal rood en zij heel warm werd. Hij dacht dat het ogenblik nu was aangebroken. De vrouw trok hem mee naar de slaapkamer, waar een hele verzameling pluchen beesten op het bed zat. De man aarzelde om dichterbij te komen. De vrouw, die nog altijd zijn hand vasthield, ze had een kleine hand, zei dat het allemaal Monchichi's waren, die verzamelde ze. Er was ook een witte Monchichi bij, een albino. Ze liet de man de albino zien, die inderdaad precies hetzelfde gezicht had als de andere. De man prees haar verzameling omdat hij vermoedde dat het haar plezier zou doen. En het deed de vrouw plezier. Hij moest een slaaplied voor haar zingen, terwijl hij op de rand van het bed zat, en haar hand vasthouden. Op haar hoofdkussen lag mooi opgevouwen haar pyjama. De pyjama was helemaal roze en aan de binnenkant van flanel, ze liet hem het flanel zien. Het flanel was zacht. De man knikte instemmend. Hij moest aan de snavel van de sponseend denken. De vrouw ging op haar rug liggen en hield zijn hand vast en luisterde, ze onderbrak het luisteren nog even snel om hem te zeggen dat hij haar moest vragen of ze warme voeten had, hij vroeg of ze warme voeten had, ze glimlachte en knikte en luister-de, hij mocht beginnen, en hij zong "Slaap kindje slaap, daar buiten loopt een schaap", de hele nacht, omdat hij geen ander slaapliedje kende, in feite was dit het eerste slaapliedje dat hij ooit had gezongen, en hij zong het de hele nacht, tussendoor neuriede hij het ook omdat zijn keel pijn begon te doen, de hele nacht, tot ze 's ochtends wakker werd. Ze glimlachte toen hij er nog steeds zat. Ze zei dat hij gerust naar de kamer ernaast had kunnen gaan. Alleen had hij de deur op een kier moeten laten, zodat ze het lichtschijnsel had kunnen zien en had kunnen horen hoe hij de krant doorbladerde, die hij dan zou hebben gelezen.'

'En toen?'

'Toen mocht ik gaan.'

'Jij?'

'Nu, ja,' Albert schoof me naar voren en stond ach-ter me in de badkuip op, 'kom, het wordt hier onge-zellig.'

De telefoon ging weer. Ik zei niets meer. Albert hield de grote handdoek voor me op en ik kroop erin.

'Wat zou er nu in godsnaam aan de hand kunnen zijn? Iemand probeert me te bereiken, en wat dan nog? Dan probeert hij het morgen wel weer.'

'En als het nu iets ergs is, iets dringends?'

'Wat kan er nu dringend zijn?' Albert glimlachte me toe. 'Dringender dan opnieuw met jou naar bed te gaan?'

'Ik kan niet, ik heb een voorstelling om zeven uur.'

Albert droogde me af, hield mijn slipje voor me op zodat ik erin kon stappen, trok mijn hemd over mijn hoofd zodat ik alleen maar mijn armen hoefde te strekken, trok me later mijn schoenen aan en zei nog dat ik ze eens naar de schoenmaker moest brengen, de zolen waren behoorlijk versleten, en dat ik maar eens moest ophouden met mijn schoenen uit te trekken zonder de veters los te maken, daar rekten de schoenen van uit, en hij liet me zien wat hij bedoelde, maar ik begreep hem niet.

Albert bracht me, zelf nog naakt, mijn rugzak uit de grote kamer, hing hem op mijn rug en bracht me naar de deur van zijn appartement. Daar drukte hij een kus op mijn mond, die ook zo'n kus-in-het-voorbijgaan zou zijn geweest als Albert langs me heen was gelopen en er bedaard of melancholiek had uitgezien in plaats van eerder gekweld te lijken, en hij glimlachte me toe.

Tot ongeveer dat moment was ik gelukkig met Albert. Het was begin september. Geluk? Daarover viel niets te zeggen, en juist daaruit bestaat het wezen van het geluk, onder andere. Ik zou mijn geluk met Albert aantasten als ik geprobeerd zou hebben het te vatten, ik zou het beledigen als ik het hier, voor mijn vriendin of mijn broer, zou uitspreiden om het voor iedereen toegankelijk te maken, en dat wilde ik niet. Ik twijfelde niet aan het geluk. In gedachten liep ik met een grote boog om het geluk heen, zoals ik dat met de stervende Charlotte had moeten doen, om haar met waardigheid, met name alleen, te laten sterven. Er waren ook momenten waarop ik er anders over dacht. Ik dacht aan Charlotte. Ik paste haar kleren aan, die op mijn borst altijd te ruim zaten en die vooral aan de mouwen, waar haar oksels de stof hadden aangeraakt, zurig naar haar zweet roken. In de commode vond ik haar beha's, ze waren glanzend rood en turkoois en met kant versierd, gemaakt van zwarte zijde en nylon, haar slipjes zeegroen met koraalkleurige ruches, het waren de cadeaus van Ted. Ik vond de zijden kussentjes in verschillende kleuren. Ze roken naar Charlotte. Ik waste haar ondergoed, ik streek het omwille van Charlotte, voor mezelf had ik nog nooit gestreken. De kleren deed ik in een grote zak en die bracht ik naar een kledingcontainer waarvan de inhoud naar andere landen werd gestuurd. Als de telefoon ging, dacht ik dat het de tante van Charlotte was die, met de beste bedoelingen, wilde horen hoe het ermee ging. Met een telefoontje kon ze me eraan willen herinneren dat op het graf van Charlotte geen bloemen van mij lagen en dat ik er sinds de begrafenis niet meer was geweest. Maar de tante belde niet. Het circus wilde me een contract geven voor nog twee jaar. Ik zou sollicitatiebrieven moeten schrijven als ik weg wilde. Que Cirque of Cirque Baroque, dat zouden alternatieven kunnen zijn. Sarrasani had het na de grote brand in Dresden tot in Buenos Aires geschopt, de Argentijnen waren ervoor gevallen. Nee, weg wilde ik niet, althans niet van Albert. Ik had Albert kunnen vragen of hij met me wilde weggaan, naar Amerika, waar we geluiden voor films zouden maken. Maar ik wist dat Albert voor dat soort ideeën niet te vinden was.

Het buurmeisje kwam op bezoek en liet me haar nieuwe fototoestel zien. Dat had ze met Pasen gekregen. Ze lachte naar me, haar mondhoeken trilden. Ik vermoed dat ze alleen was boven in het appartement en dat ze zich verveelde. Misschien was het kind bang als ze alleen was en zocht ze mijn gezelschap. Ze liet zich in Charlottes fauteuil vallen, klemde haar knieën tegen elkaar en draaide de riem van het fototoestel, die uit zilveren pareltjes bestond, tussen haar vingers rond. Ze had ook foto's meegebracht, zei ze, die ze had gemaakt. Ze wilde graag dat ik ernaar keek. Ze sloeg het mapje open en haalde er een paar foto's uit. Ze had de foto's vanuit haar appartement gemaakt. Het buurmeisje drukte me de foto's in de hand en kwam naast mij staan. De auto's zagen er als matchbox-auto's uit en de mensen als poppen. Dit was per ongeluk gebeurd, zei het meisje. Ze liet me de foto's zien met de tram, met de drie rode brandweerauto's, met 112 op de daken, en witte daken met 110, je kon ook de brancard zien. En de trambestuurder, die zijn pet in zijn handen hield. Alles was klein. Van Charlotte zag je een been en ook wat haar, de rest was verstopt achter de rug van de kinderarts en andere mensen die over haar heen gebogen stonden. Het buurmeisje zei dat ze het ongeluk niet echt had gezien. Ze pakte de foto's uit mijn handen, de meisjeshanden lieten vochtige vingerafdrukken op de glanzende foto's achter. Of de politie de foto's zou willen hebben, vroeg het buurmeisje me. Ze dacht dat ze een schat bezat en een belangrijke taak had volbracht. Ik wilde haar van die gedachte afbrengen. Ik deed alsof ik me verveelde. Ik geeuwde en zei haar dat niemand voor dit soort foto's belangstelling zou hebben. Of ze chocolademelk wilde, vroeg ik haar. Ik wilde de Nesquick van Charlotte niet gewoon maar in de vuilbak kieperen. Het kind wilde chocolademelk en liep achter me aan naar de keuken. Ik vroeg of ze Charlotte goed had gekend. Het buurmeisje twijfelde, ze stotterde, alsof ze bang was om iets verkeerds te zeggen. Toen ik zo oud was als zij, was ik op een middag ook bang geweest om iets verkeerds te zeggen. Het buurmeisje was echter tegelijkertijd trots omdat ik iets van haar wilde weten, iets dat met de foto's en met de dood van die vrouw te maken had. Ik gaf het kind haar chocolademelk, ze verbrandde haar mond aan de te hete drank.

Die middag toen ik zo oud was als zij en bang was geweest om iets verkeerds te zeggen, stapte ik over de angst heen door alles te zeggen wat mijn vader zou ruïneren. Ik was bang om iets verkeerds te zeggen, omdat ik niet wist wat juist was, niet wist of ik het juist vond om hem voor schut te zetten of juist om hem te verdedigen, en me afvroeg welke woorden het best naar het ene of het andere doel zouden leiden. Mijn broers dachten niet veel na, zij waren degenen die waren begonnen.

Het buurmeisje wees naar de muur en vroeg waar de roos naartoe was die altijd I love you zei. Ik zei dat ik de roos had weggegooid en vroeg of ze me geen antwoord wilde geven. Het meisje blies op de hete chocolademelk. Ze strekte haar benen uit en kromde haar tenen.

Ik zei dat ze moest opletten dat ze geen chocolademelk morste.

Werkt je moeder, vroeg ik, en het meisje proestte in plaats van te blazen, zodat de chocolademelk in grote en kleine druppels op haar wijde broek spatte. Ze zette de chocolademelk voor zich op de grond en herinnerde me eraan dat het zondag was, dan werkte haar moeder nooit. Het buurmeisje had zich verslikt en kuchte. Maar de moeder was bezig, ze had visite. Het buurmeisje leek niet echt blij met de visite van haar moeder. Ik kende dat gevoel, door bezoek uit je eigen huis verjaagd te worden, niet uitdrukkelijk, mijn vader stuurde ons niet weg, hij vergat ons gewoon meteen als er anderen op visite waren, maar voor ons was het moeilijk hem te vergeten, en dus zorgden we ervoor dat we hem alleen lieten. Ik keek het buurmeisje meelevend aan en vroeg of ze de bezoeker van haar moeder niet mocht. O, ja hoor, zei het meisje, Albert was best een geschikte man, maar ze wilde niet storen. Albert? Ja, die kende ik vast ook wel, die met dat gekke haar. Het buurmeisje pakte haar lange haar vast en liet het van haar hoofd afstaan, zodat ik zou lachen. Maar ik vergat te lachen, en ik wilde het ook niet. Niet dat me niet was opgevallen hoe Alberts haar af en toe overeind stond. Albert, de buurman. Het meisje zei het luchtigjes en was verbaasd omdat ik verbaasd was. Zo, troffen die twee elkaar wel vaker? Het meisje schudde haar hoofd, van haar linker- tot haar rechterschouder, wat er net zo gek uitzag als wanneer ze twee treden tegelijk nam, alsof ze te veel tijd met volwassenen had doorgebracht en er te zeer naar uitkeek om ook eindelijk bij ons te horen, en het kind wiegde haar hoofd, en de schijnbare kalmte van haar overweging werd alleen maar weersproken door haar mondhoeken, die trilden alsof ze bang was iets verkeerds te zeggen. Ze pakte de chocolademelk, dronk de hele kop in één teug uit, stond op en nam afscheid.

Of ze niet nog wat koekjes wilde, vroeg ik het buurmeisje. Maar ze zei nee, ze moest nu dringend naar boven. Waarom opeens die haast? vroeg ik. Het meisje had de deurklink al in haar hand en grijnsde naar me, ze moest naar de wc. Ik pakte haar hand van de klink en zei, wacht, wacht. Het buurmeisje liep de trap op, ze kon al wat vlotter twee treden tegelijk nemen, maar elegant zou het er nooit uitzien. Ik pakte mijn sleutel en volgde het meisje. Nog voor we op de vijfde overloop kwamen, hoorden we boven een deur in het slot vallen. Albert kwam ons tegemoet. Het buurmeisje zei Hallo Albert, tot binnenkort, Albert, en ik keek Albert vragend aan, en Albert glimlachte naar de rug van het meisje. Wat hij daar had gedaan, vroeg ik hem, hij zei dat hij de moeder van het meisje al jaren kende, hij mocht haar toch wel een bezoekje brengen? Ja, maar dat heb je me nooit gezegd, dat je haar kent, hield ik hem voor. Albert trok verbaasd zijn wenk-brauwen op, daarbij sprongen zijn oren naar achteren. Wat moet ik jou allemaal opbiechten, lieve Beyla, je bent toch geen detective? Albert lachte me uit. Ik haak-te mijn arm in de zijne en dacht, nu kan ik niet meer zeggen wat ik wilde zeggen: dat ik toch alleen maar van hem hou, alleen maar dat.

Het verontrustte me dat ik Albert nooit aansprak op een mogelijke band tussen hem en Charlotte. Telkens bracht ik onze gesprekken als bij toeval op haar, maar Albert spendeerde geen woord aan Charlotte en ik haat-te het door hem detective te worden genoemd, en dus stelde ik mijn vragen niet zo precies als ik wel had ge-wild. Enerzijds zei ik tot mezelf dat de liefde die ik voel-de het verbood, anderzijds wilde ik dat hij er uit zich-zelf over zou beginnen. Ik wilde hem niet uitvragen.

Albert zweeg. Hij zweeg ook over de koude sigaret-tengeur die ik af en toe in zijn appartement rook als ik 's middags of in de vooravond naar hem toe ging. In mijn aanwezigheid rookte hij nooit en hij beweer-de ook dat hij het nooit deed. Ik dacht vaak aan de nicht van zijn beste vriend in Rostock, aan de ster-vende vissen, de verveling van de nicht en aan dat wat opwindend was, wat zou volgen, wat ging komen, het allereerste, en ik onderdrukte de opwelling om er Al-bert naar te vragen. Uit zichzelf vertelde hij het niet. Alberts aanwezigheid maakte me erg opgewonden, of geprikkeld, of gewoon maar nieuwsgierig. Als ik bij hem was groeide mijn nieuwsgierigheid als een zweer die elk moment kon openbarsten. En telkens als ik voelde dat die op openbarsten stond, vroeg ik iets on-belangrijks omdat ik me schaamde, ik schaamde me voor mijn nieuwsgierigheid, schaamde me voor het feit dat ik vragen had, die hij overduidelijk niet had. Omdat ik mijn liefde voor hem echter niet zonder meer wilde opgeven, wat ik ook niet had gekund, zei ik bij mezelf dat het niets uitmaakte dat we zo verschillend waren. Maar er waren ook momenten waarop ik voelde dat mijn nieuwsgierigheid binnen een paar seconden in wantrouwen zou kunnen omslaan.

Toen op een ochtend de telefoon ging en ik op de divan van Albert zat, de divan waar ik niet van hield omdat hij burgerlijk was, en ik aandachtig naar Alberts pianospel luisterde en hem vroeg of hij één keer niet eens iets anders dan de Gnossienne kon spelen (zelfs nu ik nog maar zelden aan de conciërge en mijn medestudente uit Châlons dacht), en hij overschakelde op de sonate nr 16 in G-dur van Beethoven, toen had ik bijna het gevoel dat ik eruit werd gegooid door zijn muziek, hij schepte een ijdel genoegen in de gebaren waarmee zijn bovenlichaam zijn razendsnelle vingers volgden, om dan in een afgehakt ritme en met een wiegend hoofd de toetsen en mijn oren te mishandelen. Zijn rechterwijsvinger was vlugger dan zijn linkermiddelvinger. Het stoorde me dat hij niet snel en niet precies genoeg met de toetsen omsprong. En net toen hij er na het eerste zachte deel weer flink tegenaan wilde gaan, ging de telefoon. Hij klampte zich aan de toetsen vast, de telefoon er schril tussendoor, hij over de toetsen, de telefoon, ik: 'Waarom neem je de telefoon niet op?' schreeuwde ik.

Albert sprong op van de piano, rende naar de telefoon en: hij nam hem niet op maar trok de stekker uit de muur. Met het losse eind van de draad in zijn hand zag hij er bepaald vertwijfeld uit. Ik moest lachen. Zijn antwoordapparaat sprong aan, hij had het heel zachtjes gezet.

'Wat is er?' lachte ik.

'Ik haat het als de telefoon gaat terwijl ik piano speel en met jou samen ben.'

'Maar je neemt de telefoon nooit op als ik er ben, is dat je al opgevallen?'

'Neen?'

'Neen, is het je nog niet opgevallen?'

Albert legde het snoer van de telefoon weg. 'Waarom zou ik de telefoon opnemen als alles wat ik wil hebben al hier is?'

'Maar het zou toch kunnen dat het om iets belangrijks gaat.'

'Nee, niets is belangrijk zolang jij er bent.' Albert liep naar me toe (aha, hij wilde bij me in het gevlij komen, zijn vurig gemoed een beetje tonen, kijk eens naar mij, op zijn voorhoofd hadden zich zweetdruppels gevormd), hij liep naar me toe om me in zijn armen te nemen. Ik ontweek hem. Hij ging naast me zitten.

'Bovendien telefoneer ik niet graag,' zei hij en hij wilde zijn hoofd op mijn schouder leggen. Ik wist dat hij loog (de schoft), want telkens als ik bij hem aanbelde, hoorde ik hem telefoneren en moest hij nog vlug zijn gesprek beëindigen voor hij de drie sloten opende en me binnenliet. Hoe je als muzikant zo het feit kon negeren dat deuren geluiden doorlaten was me een raadsel. Soms zag ik hem ook terwijl hij telefoneerde, wanneer hij, zoals helemaal in het begin, tegen zijn vensterbank leunde en ik uit het keukenraam naar beneden keek. Ik duwde met mijn hand zijn hoofd van mijn schouder weg.

'Is er niemand met wie je graag telefoneert?'

'Niemand,' zei hij, schudde zijn hoofd, glimlachte en keek me vastbesloten in de ogen. Vastbesloten om me te laten geloven, om me te zien geloven.

'Ook niet met je familie?'

Hij schudde zijn hoofd en merkte dat, hoe meer moeite hij deed om me te overtuigen, des te bezorgder ik werd. Ik wilde hem niet zeggen dat ik al had gehoord hoe hij telefoneerde, hoe vriendelijk, liefdevol, teder zijn stem dan klonk, ik wilde niet dat hij dacht dat ik hem afluisterde, hem controleerde, maar ik voelde mijn wantrouwen tegen zijn zachte woorden en tegen de vastberaden blik.

's Middags haalde hij me af van de repetitie en ik probeerde hem te zeggen dat de waarheid voor mij heel belangrijk was, zeker tegenover mensen die ik liefheb. We liepen naast elkaar omdat hij zijn fiets niet bij zich had. Ik begon het gesprek plompverloren met deze zin: 'Ik zou willen dat je me altijd de waarheid zegt en dat we nooit tegen elkaar liegen.'

'Hoe kom je daarbij?'

'Omdat ik het belangrijk vind.'

'Waarom is dat belangrijk voor je?'

'Waarom? Is het voor jou dan niet belangrijk?'

Albert antwoordde niet. Hij liep zwijgend door alsof hij me niet had gehoord. Op de Winterfeldtplatz werd de markt net afgebroken, het was woensdag, en een van de laatste kramen waar ze nog niet alles bijeengeveegd hadden was de bloemenkraam, die tegen de achterkant van de kerk stond. Op de grond lagen her en der vooral oranjerode gladiolen. Een klein kind was ze aan het oprapen, het droeg ze als een fakkel voor zich uit naar de nieuwe metalen omheining met de planeetkogeltjes en stak ze in de omheining die de struiken rond de kerk omzoomde. Albert liep een paar passen voor me uit en ik zag hoe hij iets kocht aan de open wagen waar de handelaar met emmers zeulde. Hij kwam met een reusachtige bos zonnebloemen naar me toe. 'Voor jou,' zei hij. Ik was blij. Maar met zonnebloemen kun je bij niemand iets verkeerds doen. En er was nog iets, ik wilde de waarheid en niets dan de waarheid.

Toen we doorliepen, vroeg ik: 'Is de waarheid voor jou dan niet belangrijk? Ik bedoel, dat is toch de basis voor vertrouwen, of niet?'

'Voor mij niet. Vertrouwen is iets heel anders, dat heeft weinig te maken met de waarheid, eerder met echtheid. Als ik je zeg dat ik je niet altijd de waarheid kan vertellen en dat het soms beter is geheimen voor jezelf te houden, wat stoort jou daar dan aan?'

'Wat me eraan stoort?' Ik dacht na. 'Alles – dat ik je dan minder goed ken.'

Albert antwoordde niet. We liepen naar het S-Bahnstation Yorckstrasse. De Yorckstrasse was lawaaierig, er stonden veel auto's in de file, misschien was dat de reden waarom Albert geen zin meer had om te praten.

'Het is toch mooi als er iemand is die je door en door kent, met wie je over alles kunt praten en aan wie je je geheimen kunt toevertrouwen!' riep ik, omdat de bus die ons voorbijreed veel lawaai maakte en het geluid nog versterkt werd door de brug waar we net onderdoor liepen. Pas toen we het station binnengingen en de trappen op liepen, hij de fiets van me overnam en ik de zonnebloemen droeg, zei hij: 'Vind je?'

'Wat?'

'Vind je het echt mooi als iemand je door en door kent? Dat is toch niet mogelijk.'

Dit keer antwoordde ik niet. Net toen we boven kwamen, reed de S-Bahn binnen. We moesten hollen om met de fiets te kunnen instappen.

'Is het niet mooi als degene die van je houdt alleen maar bepaalde kanten van je leert kennen die je zelf uitkiest? Waaruit bestaat anders het voorrecht?' (Albert)

'Het voorrecht bestaat eruit dat je, in tegenstelling tot andere mensen, niet alleen de mooie kanten maar ook de pijn, de hoop, de angst van de ander meemaakt' (ik ging er nu helemaal in op).

'Dat is onzin, je wilt toch ook niet naar me kijken als ik op de wc zit?'

Het kwetste me een beetje dat Albert me niet wilde begrijpen, maar meer nog dat hij er absoluut een andere mening op na wilde houden. Desondanks was ik vastbesloten om gelukkig te zijn, en ik was ook gelukkig, want ik troostte me met de gedachte dat je het niet in alle opzichten met elkaar eens hoefde te zijn.

Dat ik hem beschaamd maakte met mijn liefde, had Albert gezegd, en dat ik hem nauwelijks kans gaf om adem te halen (alleen maar omdat ik iedere dag aan zijn deur klopte en daar zo lang bleef staan tot hij zijn drie sloten opende). Kon ik het helpen dat hij drie sloten had en er niet genoeg van kon krijgen (adem, bedoel ik)? Ik geef toe, soms klopte ik twee keer per dag aan. En dan zei hij dat hij zich eerst graag zelf wilde ontplooien. Wat dat nu weer te betekenen had, vroeg ik hem. Nou, gewoon, had hij gezegd terwijl hij een zwaai met zijn arm maakte en naar de deur van zijn appartement had gewezen, zodat het me vooral duidelijk zou zijn dat ik hem alleen moest laten, omdat hij zag dat het gesprek me dreigde te gaan interesseren. Maar midden in de deuropening bleef ik staan. Ik onderdrukte een paar tranen en schreeuwde hem toe wat dit alles te betekenen had. Hij schreeuwde terug dat ik me niet met hem moest bemoeien, hij zou zich wel om zichzelf bekommeren. En ik draaide me om en zei dat die voortdurende bekommernis en dat gedraai om zichzelf heen volgens mij dom was. Ten slotte, waar was ik dan als het niet bij hem was, en waar wilde ik heen als het niet naar hem was? Hij hield me niet tegen toen ik wegging. En ik dacht alleen maar bij mezelf: wacht maar, schoft, zo meteen vraag ik je naar Charlotte, en dan trek je wit weg. Maar het idee op zich was al voldoende en ik voelde dat ik niet eens meer wilde weten of en hoe hij Charlotte bemind en ten val had gebracht. Ik geef toe, soms klopte ik wel drie keer per dag aan zijn deur. Maar ik had altijd een reden. Ik bracht hem iets te eten, niet altijd in een mandje en bijna nooit met een rood kapje om mijn hoofd, maar toch, ik bracht hem voedsel in zijn appartement, hij hoefde alleen maar de drie sloten te openen, zodat ik kon binnenglippen en een picknickdeken op de grond uitspreiden. En daarop legde ik kersen en appelwijn en vers gebakken brood uit de Franse bakkerij die in augustus in de Fehrbelliner Strasse was geopend. En Albert kreunde. Zijn telefoon ging, hij wilde niet opnemen. Niet zolang ik er was. Ik moedigde hem aan, was lief tegen hem, voor mijn part mocht hij ook langer blijven praten, ik zou ondertussen de kersen wassen en het brood snijden. Maar Albert wilde niet. Nee, zei hij, nee, dat wil ik niet. Maar: ik heb weinig tijd, schatteboutje... wilde hij verdergaan. Ik liet hem niet uitpraten. Wie had mij ooit schatteboutje genoemd? Niemand. En dat hoefde ook niet, heus niet. Dat heb je toch nog nooit gezegd, zei ik hem, en Albert keek verwonderd, niet zozeer over mijn verontwaardiging als wel over het feit dat hij mij nog nooit zo zou hebben genoemd. Ik zei hem dat dat me anders beslist zou zijn opgevallen. Lieveling, ja, ook liefje, misschien had hij zelfs liefste mogen zeggen zonder dat het me boos had gemaakt. Maar schatteboutje had ik nog van niemand geduld. Het belsignaal van de telefoon stopte en Albert wilde het gezellig maken bij mijn gaven. (Nou, en die keren dat ik had aangeklopt en dat hij niet had opengedaan, die telde ik nog niet eens mee, waar zou dat goed voor zijn geweest? Dat waren de keren dat ik meestal door vaak uit het raam te kijken en in het trappenhuis te luisteren zeker wist dat hij thuis was geweest maar me niet had willen horen. En die keren, die ik dus niet wilde meetellen, had ik hem ook al beschaamd gemaakt.)

'En waarmee maak ik je dan beschaamd, zou je me dat kunnen zeggen?'

'Met je aanhankelijkheid,' zei Albert.

'Ben je gek, ik ben niet aanhankelijk. Ik ga werken, in tegenstelling tot jou, jij bent de godganse dag thuis en speelt piano en weet ik veel wat je allemaal doet. Ik en aanhankelijk, laat me niet lachen!'

'Lach dan maar, dat maakt me niets uit.'

'Maar waarmee maak ik je dan beschaamd?' smeekte ik Albert.

Albert sprak luider. Hij sprak zo luid dat ik niet meer begreep wat hij zei.

Ik huilde, daar hield hij niet van, maar ik deed het toch. En snikkend riep ik: 'Wat? Ik begrijp er geen woord van. Alsjeblieft, zeg het me, wat maakt je beschaamd?'

'Je hele liefde, die euforie, dat willen, merk je dan niet dat je te veel voor me bent?'

Nou, die man maakte zich gewoon te veel zorgen, hij maakte zich druk over zichzelf en over mij, en dat ik hem van al die zorgen wilde afhouden maakte hem pas goed bezorgd. Hij schaamde zich omdat hij zich geliefd voelde en geen liefde teruggaf. Daar was ik van overtuigd. Maar me zo van zich afschudden, neen, die vlieger ging niet op. Dat pikte ik niet. Ik zei hem dat we het voortaan anders zouden doen. Ik zou hem met rust laten zo lang hij wilde. Maar hij mocht niet vergeten me een teken te geven als hij me nog eens wilde, me wilde zien welteverstaan. Hij knikte en bracht me naar de deur. Ik dacht aan wat Ted over de geluidenmakers had gezegd en dat ik Albert nu een poos niet zou horen, en dat het misschien zinvol zou zijn om uit te kijken naar afluisterapparaten, of hoe die verborgen microfoons ook mochten heten. En één ogenblik lang vond ik het vreemd dat doorgaans alleen vijanden of andere verdachten werden afgeluisterd, want tenslotte is de belangstelling voor diegenen van wie je houdt veel groter, dat dacht ik maar ik vergiste me alweer, althans wanneer ik het woord 'doorgaans' in deze context gebruikte. Áfluisteren. Bovendien, bekende ik mezelf, praatten vrienden graag met elkaar en luisterden ze graag naar elkaar – alleen, Albert mocht me nu eenmaal niet. Daarover kon ik nu gaan nadenken, als ik weer boven zou zijn, om Albert zo lang met rust te laten als hij wilde. Ik kon mijn oren op de vloerplanken leggen en wat voor zijn deur rondhangen, ja, dat ook. En er zouden vast nog andere dingen zijn die ik zonder hem kon doen. Albert deed de deur van zijn appartement voor me open en hield haar open, bijna een beetje te ver, zou ik zeggen (als ik iets zou hebben gezegd). Ik vroeg me af of ik een paar kersen kon meenemen. Maar dat zou hij alleen maar verkeerd hebben geïnterpreteerd. Zo belangrijk waren de kersen nu ook weer niet.

Het teken van Albert liet niet lang op zich wachten. Hij belde en vroeg of we samen een uitstapje zouden maken. Ons plan was om Berlijn noordwaarts uit te rijden, naar een van de meren, en te gaan varen en een kamertje in een pension te huren, om voor het eerst langer dan tien of twaalf uur aan één stuk met elkaar door te brengen. Albert had me de avond tevoren beloofd dat hij voor een huurauto zou zorgen, het enige wat ik hoefde te doen, was om stipt tien uur voor mijn deur staan en instappen. (Mooi, dacht ik, ik had al lang geen auto meer gereden, en nog nooit met Albert. Hij zou verbaasd zijn over hoe goed ik kon autorijden.)

Toen ik 's ochtends wakker werd, lag er al een lied op mijn lippen dat ik niet meer kwijtraakte. Ik zong *Summer Time*. En om me daarvan af te brengen, probeerde ik het steeds weer met *The Israelites* en *My Funny Valentine*, en vervolgens met een koude douche en hete thee, en ten slotte trok ik de koningsblauwe jurk uit Brussel van het droogrek, en omdat hij nog vochtig was, streek ik voor het eerst voor mezelf. De koningsblauwe was die zomer mijn lievelingsjurk geworden. De jurk kleefde aan mijn huid, die was ook (van de koude douche) nog een beetje vochtig. En mijn haar, dat ik zoals altijd wilde laten drogen zonder het te föhnen, maakte de koningsblauwe nat, zodat hij zwart werd op mijn borsten. Ik had mijn haar naar voren gelegd, zodat het niet (zoals onlangs bij mijn vriendin) mijn hele rug nat zou maken. Ik had het parfum van Charlotte kunnen gebruiken, maar schoof het idee als een flauwe grap terzijde, tenslotte moest het vandaag om ons gaan, Albert en Beyla, Beyla en Albert, om ons, omdat Albert zijn door hem verlangde stilzwijgen en zijn mij-niet-meer-kunnen-zien en zeker ook het me-nog-niet-kunnen-liefhebben had opgegeven toen hij me gisteren had gebeld en het uitstapje had voorgesteld. *Summer Time*. Het moest alleen om ons tweeën gaan, en geen enkel parfum van Charlotte mocht daarbij storen, en ik genoot van de verwachting, het twijfelen tussen binnen-en-buiten-zichzelf-zijn. De telefoon ging. Ben je klaar, vroeg hij, ik zei alleen maar ja en hing op en dacht: als hij eens wist dat zijn stem alleen al genoeg is om me op te winden, om me tot de liefde te drijven.

Toen ik de trap af liep en door de gang naar de deur schreed (niet minder dan majesteitelijk in de koningsblauwe), het trapje af struikelde, deed alsof ik bedeesd (want voornaam) op hem toe kwam, stond Albert over de kofferbak van een kleine rode en glanzende auto gebogen.

Hij keerde zich niet naar me om. Ik liep naar hem toe en gaf hem mijn tas, die hij naast de zijne zette. Hij kuste de lucht net boven mijn wang, hij wenste me goedemorgen. De notitie die hij van me nam, leek me te vluchtig, mijn uitgebreide voorpret en de kou die de ongetwijfeld zwarte stof op mijn borsten veroorzaakte in aanmerking genomen. Ik nam kennis van het rood van de nieuwe kleine auto en dacht aan Charlotte en stevende op het portier aan de bestuurderskant af.

'Moet ik niet rijden?' hoorde ik Albert achter me.

'Nee,' zei ik, 'ik rijd.'

'Ach kom.' Albert sloeg het kofferdeksel dicht, liep om de auto heen en hield zijn hand op, opdat ik hem de sleutel zou geven die ik van het autodak had gepakt. Ik schudde mijn hoofd en hield mijn hand op de greep van het bestuurdersportier.

'Zeker weten?' Hij glimlachte. Ik schudde mijn hoofd en hij haalde zijn schouders op, liep voor de auto langs en ging op de passagiersplaats zitten. Ik wachtte tot hij zijn portier dichtsloeg, toen stapte ik ook in. In het midden van het stuur stond in het karakteristieke krullerige gouden handschrift op blauwe achtergrond: Ford. De ochtendzon had het stuur en mijn stoel verwarmd, maar ik had het des te kouder aan mijn blote armen. Huurauto's stinken, hun geur is alleen opwindend omdat je die meestal op reis te ruiken krijgt. Charlotte had haar laatste reis met zo'n auto ondernomen (een voetreis, die eindigde in de val).

Toen we via Hermsdorf Berlijn uit reden, zei Albert: 'Soms ben je raar, Beyla.'

'Jij ook.'

'Ben je niet blij dat we wegrijden?'

'Jawel.' Het was duidelijk dat mijn jawel niet echt blij klonk. Ik hield vaker dan anders mijn voet op het rempedaal en vroeg me af of Albert ook dat onaangename gevoel had (of althans kende) dat me nu overviel. Ik keek in de achteruitkijkspiegel, achter me reden de auto's mooi in de rij. Ik dacht bij mezelf, Albert had een relatie met Charlotte, daarom zag hij er op haar begrafenis zo triest uit, maar ook zo vastbesloten. Hij wilde zijn hele leven lang geen woord aan het ongeval verspillen. Vandaar ook al dat gedraai om de waarheid in het algemeen. De vraag was alleen of hij haar opzettelijk had aangereden (ja, zover was ik al, dat ik dit dacht en die gedachte kon verdragen zonder hem, die naast mij in de wegenatlas bladerde, er iets van te laten merken). Ik dacht aan de telefoongesprekken die hij zogenaamd nooit voerde omdat hij er niet van hield. Als hij had geantwoord dat hij ze niet had gevoerd maar het wel had gewild, dan had ik me tenminste kunnen voorstellen dat hij gewoon graag telefoontje speelde en op die manier opgewonden en teder met zichzelf sprak. Of in gedachten met Charlotte. Met wie belde hij? Met Charlottes vrienden? Met een psychiater die van alles op de hoogte was en die hem telkens weer vriendelijk vermaande er vooral niet met zijn nieuwe vriendin (ik), die toch al veel te nieuwsgierig was, over te praten? Ik dacht aan de woorden van Ted, zoals hij had gevraagd of Albert misschien rookte. Natuurlijk rookte Albert niet, maar er zouden andere mensen in zijn leven zijn van wie ik niets wist en van wie ik ook niets wilde weten, en in geval van twijfel waren het vrouwtjes. Ik kende mezelf niet als een jaloerse vrouw, ik wilde mezelf ook niet zo leren kennen. Nieuwsgierig, dat wel, maar niet jaloers.

'Waar denk je aan?' Albert sloeg de wegenatlas op zijn knieën dicht. Het werd warmer in de auto, hoewel de zon achter ons stond.

'Nergens aan.'

'Nergens aan? Ik dacht dat vrouwen altijd dachten.'

'Dat klopt niet.' (Natuurlijk loog ik, soms zelfs over belangrijke dingen, maar welke dingen belangrijk waren, bepaalde ik nog altijd zelf, en bovendien was dat hele streven naar waarheid nu absoluut niet aan de orde.) 'Trouwens, wat weet jij dan van vrouwen?'

'Ben je uit je humeur, Beyla?'

'Ik vraag me alleen af wat jij van vrouwen af weet, en vooral van welke vrouwen. Ik dacht dat de waarheid voor jou niet echt belangrijk was?'

'Natuurlijk is de waarheid voor mij belangrijk.'

'Laatst zei je dat die niet belangrijk voor je was, weet je nog?'

'Nee, ik heb gezegd dat ik het niet belangrijk vind om iemand alles te zeggen. Maar wat is er eigenlijk met jou aan de hand? Heb ik iets verkeerds gedaan?'

Hij moet niet proberen bij mij in het gevlij te komen, dacht ik bij mezelf, mij met zijn (ach zo mooi treurige) ogen aan te kijken, en: ik geloof niets van hem, niets, helemaal niets meer. Ik zette de radio aan. Albert draaide zich om en graaide in een tas op de achterbank.

'Hier, dat heb ik speciaal vanmorgen nog opgenomen.' Hij duwde de cassette in de gleuf, mompelde nog iets over Monk, en de cassette zat er nauwelijks in of ik drukte op de knop, zodat ze er weer uit sprong. Albert leunde achterover. Ik reed rechtdoor over de R96. Het koren op de velden links en rechts naast de weg was bijna allemaal geoogst. We reden door Fürstenberg, en bij de eerstvolgende afslag knipperde ik naar rechts, op het bordje stond RAVENSBRÜCK en daaronder LYCHEN. Twee jaar geleden had ik met mijn vriendin die nu zwanger was het monument bezocht. We hadden het toevallig op weg naar de Oostzee ontdekt. We dachten, laten we hier even stoppen, dan kunnen we misschien onze boterhammen opeten. Ravensbrück was een concentratiekamp voor vrouwen en kinderen geweest. Uit een barak had een berk zich een weg door het dak gezocht, maar berken zoeken niets weloverwogen, ze kunnen zich niet bewust zijn van de groteske onschuld die hun aanblik naast een barak verschaft. In een witgeverfde tentoonstellingsruimte achter glas: naakte witte lijkbenen die uit de duisternis steken, in de kerker onder het terrein rusten, benen die ooit aan vrouwen hadden toebehoord. In een hoek gebogen benen, gespreide benen. Het verbrandingswerk was niet helemaal klaar toen de bevrijders kwamen. Het oprukken van de bevrijders moest de stokers op de vlucht hebben gejaagd. Ook foto's van bevrijden die aan de reling van grote schepen stonden, een paar van hen lachten, maar lang niet allemaal, en sommigen wuifden naar de fotograaf, enkelen werden nadat de oorlog was afgelopen op schepen naar andere landen gebracht, voormalige gevangenen, vrouwen en nog eens vrouwen, velen onder hen met zuigelingen op de arm. Ik had moeten denken aan wie de verwekkers van de kinderen van die gevangengenomen vrouwen waren geweest, want ik betwijfelde of al die vrouwen het jaar tevoren nog in vrijheid met hun mannen hadden geleefd. Naast de foto's stonden getallen van verscheidene cijfers, sommige waren jaartallen, andere vertelden iets anders en telden ook anders, en ze brachten me in de war omdat ik niet wist in welke verhouding 16 423 vrouwen tot 14 317 kinderen stonden. Het aantal kinderen was kleiner, zoals ook het gewicht van de kinderen in getallen kleiner was, maar voor het overige staarde ik naar de witte knieën die uit het donker staken, en mijn ontzetting was groot. Hiervoor zou ik met de beste wil van de wereld geen getal kunnen vinden. En getallen logen zo al, ze bedrogen je in ieder geval voortdurend, dat lag in hun aard. Er werd ook vermeld wie wie gevangen had gehouden en wie wie had bevrijd. Maar er stond niets over de vaders van de kinderen. Ik dacht er ook over na of ze die kinderen ooit hadden gezegd wie hun vaders waren en vroeg me af welke relatie die vrouwen met hun kinderen hadden. En ten slotte ook of er een kind zou zijn dat wist dat zijn vader een verkrachter was, een officier, een opzichter, een moordenaar. Een die met het wapen in zijn hand en een open gulp propaganda voor het vaderland maakte. Mijn vader, de schender en moordenaar van mijn moeder – was het dat wat ze moesten denken? Dat idee deed me griezelen, maar het was niet het soort griezelen dat je als kind met plezier zocht als je in de donkere keldergang je oudere broer opwachtte en hem wilde laten schrikken voordat hij iemand aan het schrikken zou maken, of wanneer je 's nachts in bed griezelverhalen vertelde, of, zoals je nu ook nog kon voelen, wanneer je de geliefde naar geheimen en leugens vroeg en de angst voor het antwoord zich ook mengde met lust. Het had eerder te maken met wat Albert had verteld zonder dat ik het hem had gevraagd of had kunnen verwachten. Wat hij over de minnaar van de nichten had verteld, van wie er een dood in bed lag. Toen mijn vriendin en ik uit de barak kwamen, waren we de boterhammen vergeten (ik geef toe dat ik eraan had gedacht, maar ik pakte ze niet uit en herinnerde mijn vriendin er ook niet aan). Een beetje doof tegenover de vogels voelden we ons, en ook de berk slaagde er niet meer in onze aandacht te trekken. Veel vrouwen werden verplicht tot sterilisatie voor ze vermoord werden, zoals de tante van mijn vader. Ze hadden tests op hen uitgevoerd in verband met de eisprong en de effecten van stress op de eisprong. De geneeskunde profiteerde achteraf van hun ontdekkings- en vernietigingsdrang.

Weer draaide Albert zich om en rommelde in de tas op de achterbank. We hadden Ravensbrück links laten liggen. Ik keek Albert niet aan, maar hoorde hoe hij kort daarna in een appel beet. Ik hoorde het knarpen van zijn tanden en rook de zurige vrucht en ontplofte bijna van woede, maar ik was machteloos, want radeloos, en opeens ook geschrokken van mezelf. Toen ik me bewust werd van mijn onmacht, waarin de geilheid naar macht stak, of althans naar controle over Albert om zijn gedachten en geheimen te pakken te krijgen, en toen me het irreële van mijn gedachten over Albert in tegenstelling tot het reële van de vrouwen van Ravensbrück duidelijk werd, ging het meteen wat beter. Die arme Albert, zei ik tot mezelf, zit naast je en weet nergens van. En wie zat naast Albert en bestuurde onstuimig de auto? Zijn vriendin Beyla, die uitgerekend nu haar verstand verloor en hem voor een moordenaar of ten minste een bedrieger hield. Ik lachte om mezelf zonder het te laten merken. Ik keek naar hem en moest wel vaststellen dat hij niet veel aandacht aan me besteedde, maar geconcentreerd uit het zijraampje naar het bos keek. Ik geloof dat ik onpasselijk zou worden als ik zo uit het zijraampje en dan nog tussen zoveel bomen door zou moeten kijken. Hij zag er natuurlijk goed uit, er zat voor hem ook niet veel anders op. Ik hield nog altijd van hem, en ook ik had geen keuze. Ik zei bij mezelf: jaloezie is slecht. Slecht, slecht, gewoon slecht. Ik probeerde niet alleen mezelf te geloven maar ook meteen mijn gevoel te veranderen. Liefde was goed. Ik wilde vergeten wat ik had gedacht, wilde wind door mijn zieke hersenen laten waaien en draaide het raampje naast me open. Als teken van goede wil duwde ik Monk terug in zijn gleuf. Albert speelde zelf meestal klassiek en jazz, maar luiste-ren deed hij uitsluitend naar jazz omdat hij de belangrijkste klassieke opnames al lang geleden had gehoord, dus ook niet zou vergeten, omdat er zelden goede nieuwe opnames bij kwamen, en omdat hij het onbelangrijk vond om iets verschillende keren te horen, zoals hij me onlangs had gezegd.

'Heb je erover nagedacht waar we kunnen stoppen?' vroeg ik en ik deed moeite om bijzonder ontspannen en vriendelijk te klinken. Een bordje wees rechts naar Himmelpfort, Himmelpfort bij Ravensbrück.

'Wat denk je van het Luzinmeer?' vroeg Albert. Hij was niet wrokkig, dat waardeerde ik erg in hem.

'Ken je dat?'

'Ja, ik ben er een keer geweest. Het is echt mooi daar, het Hausmeer, de Brede Luzin.' Albert draaide zijn raampje verder naar beneden.

'De Smalle Luzin.'

Albert legde me uit hoe ik moest rijden, van Lychen ging het in de richting van Feldberg.

Ik schaamde me een beetje, ik had Ravensbrück misbruikt (gebruikt?) om het belachelijke van mijn wantrouwen tegenover Albert voor mezelf duidelijk te maken.

Vanuit Feldberg leidde een grindweg naar de Smalle Luzin. We stopten op de parkeerplaats onder de beuken. We pakten Alberts kleine rugzak en de tas van de achterbank en liepen de houten trappen naar het meer af. Het water schitterde als een smaragd. Albert liep voorop naar de plek waar de boten werden verhuurd terwijl ik ging zitten op een boomstam die in het water was gevallen, mijn schoenen uittrok, mijn jurk boven mijn knieën schoof en mijn blote voeten in het smaragd hield. Het smaragd was zacht en aangenaam koel. Ik overwoog of ik mijn koningsblauwe kon uittrekken, maar ik had er lingerie onder die mogelijke voorbijgangers nauwelijks voor badkleding zouden kunnen aanzien, en bovendien zou Albert verbaasd kunnen zijn. Albert wenkte me. Ik stond op, nam mijn schoenen in mijn handen en liep blootsvoets over de donkere zandweg naar de steiger van het verhuurkantoortje. Albert had een kajak voor twee personen uitgekozen. Hij dacht dat je elkaar dan weliswaar niet kon aankijken en ook niet zo meteen van de boot in het water kon kijken, maar hij wou graag kajak varen en hij dacht niet dat ik met een kajak alleen uit de voeten zou kunnen. Ik zei hem niet dat ik al vaker alleen gekajakt had. Zijn bezorgdheid om mijn veiligheid vleide me.

Op het water was het bijna windstil. Albert zat achter me. Ik hoorde het regelmatige onderduiken van onze peddels. In de rust waarmee de peddels als een metronoom de tijd aanduidden en waarin alleen van verre een melodie uit een motorboot met waterskiërs en een auto op de brug en kinderen met een rubber dolfijn en papa's gepoedel hoorbaar waren, wachtte ik op het moment waarop Albert me over zijn vriendschap met Charlotte zou vertellen. Hij kon natuurlijk niet weten dat ik er nu klaar voor was. Ik vond dat dit het juiste moment was, we kenden elkaar nu al diverse maanden, we waren gelukkig, en ik gedroeg me tam en geduldig, had me eraan gewend te aarzelen als ik vragen wilde stellen, en ik had ondertussen ook al een behoorlijke tijd gewacht. Een tijd die hem vertrouwen kon geven. Ik dacht er evenwel niet aan dat Albert er geen vermoeden van had dat ik wachtte en dat hij er misschien nog nooit over had gedacht mij iets over Charlotte te vertellen, of er misschien wel over had gedacht maar het nooit van plan was geweest.

Op de oevers rond het meer groeiden beuken. We peddelden over de Brede Luzin, en vandaar naar het Hausmeer. De middagzon vervormde de lucht boven de waterspiegel. Met Albert was het goed zwijgen, ik vergat zijn vermoedelijke relatie met Charlotte en hoorde alleen nog maar zijn peddelen in mijn rug, ik probeerde mijn peddels met de zijne te laten praten, ik weet niet of hij het wist of wilde, maar het lukte, we peddelden samen een lied, een heel gelijkmatig lied van zijn kant, een begerend lied van mijn kant, in mijn rug voelde ik zijn ogen, die niet meer goed van de zon te onderscheiden waren, en begeerde hem.

Albert zei dat hij graag even pauze wilde houden, hij wees naar een kleine bocht. Die was door een in het water gevallen beuk ontstaan. We peddelden erheen en maakten de kajak aan een tak van de stam vast en stapten uit. Albert ging in de struiken plassen. Ik haalde zijn rugzak uit de boot en ging op de boomstam zitten. In de rugzak vermoedde ik een tros druiven en cider. De boomstam was hoger dan de vorige en mijn voeten raakten het water niet. Ik keek naar de langpootmuggen die over het water liepen, waarbij het wateroppervlak onder hun poten bewoog. Ik sjorde Alberts rugzak open en haalde de druiven en een fles cola tevoorschijn. Gisteravond, toen hij me uitnodigde, had hij me nog cider beloofd, maar blijkbaar was hij die vergeten. Op de bodem van de rugzak lag zijn portefeuille. Hij was opengevallen. Ik haalde hem eruit en stak de munten en papiertjes die ik op de stoffen bodem vond terug in de vakjes. Onder de papiertjes bevond zich een parkeerbiljet waarop in grote letters de datum van vandaag stond. Ik was verwonderd. Ik hoorde achter me geritsel in de struiken. Snel liet ik het parkeerbiljet in mijn decolleté verdwijnen. Albert kwam terug. Ik hield van zijn lippen, die waren zacht. Albert vroeg of we ons wilden uitkleden. Dat wilden we. Hij lachte. Zijn lach beviel me, soms lachte hij zo als we elkaar beminden. Onder ons braken kleine takjes. Ik paste ervoor op dat het parkeerbiljet niet uit mijn beha viel, nam het biljet eruit en hield het vast in mijn hand, de hele tijd terwijl we elkaar beminden en het hout kraakte hield ik het naast Albert en achter Albert en boven Albert en voor Albert vast. Ook onder Albert. Het parkeerbiljet was tot 8.30 uur vanmorgen geldig geweest en het was uitgereikt in de Grolmanstraat, ik verfrommelde het terwijl we elkaar beminden, en terwijl we elkaar beminden, gooide ik het parkeerbiljet weg.

We hadden een pensionnetje in Rosenhof gevonden. Het was het enige pension in Rosenhof, het was pas sinds het begin van het zomerseizoen open. De voordeur was naar westers voorbeeld omgeven door een muur van glassteen. Onze kamer was schoon en je kon zien dat de vloerbekleding en de muurkast met ingebouwde divan nagelnieuw waren. Het bed was nog maar één seizoen beslapen en het gaf maar weinig mee als je erop ging zitten. Voor het raam hing witte vitrage, die links en rechts bijeen was gebonden. Albert liep naar het raam, opende het en trok het violette gordijn links tegen de muur dicht. Ik gooide mijn tas op het bed, deed hem open en haalde stuk voor stuk de hele inhoud eruit om die over de kamer te verspreiden. Albert liep naar de badkamer, hij wilde douchen. Als ik op een hotelkamer kom, wat doorgaans alleen bij gastoptredens het geval is, overvalt me altijd de sterke behoefte om eerst wanorde te scheppen. Nog nooit heb ik een van de kleerkasten of nachtkastjes gebruikt.

Ik heb een hekel aan de onpersoonlijkheid van hotelkamers omdat die ongeloofwaardig is, omdat ik kan zien dat ze een fata morgana is die wil verhullen dat hier elke nacht of elke week iemand anders woont. Misschien was hier gisteren nog een grote blonde kerel met zijn grote blonde vrouw geweest, die overdag hadden gewaterskied op het Hausmeer, 's avonds in een kroeg in Feldberg Berliner Weisse hadden gedron-

197

ken of gegrilde worstjes met aardappelsla hadden gegeten, en zich 's nachts in onze kamer in Rosenhof
hadden teruggetrokken om zich op het keurig opge-
maakte bed geweldig te amuseren, het bed waar ik net
mijn tas op had gegooid. Het bed was gladgestreken,
althans Alberts kant, of beter gezegd de kant die van
hem zou zijn, waarschijnlijk rook het beddengoed naar
Weisser Riese of Spee, die kon ik niet uit elkaar houden. Ik had geen zin om de televisie aan te zetten, het
scherm waarop de twee blonden vorige nacht nog soft-
porno of de talkshow met hun lievelingspresentatrice
hadden gevolgd en waarop zich nu gebeurtenissen van
gelijksoortig levensbelang en met gelijksoortig inter-
nationale uitstraling zouden afspelen. Ik ging op het
bed zitten, keek kritisch de kamer rond (het verwoes-
ten was me gelukt) en wachtte op Albert. In de badkamer hoorde ik het opspatten van het water waaronder Albert nu naakt zou staan. Ik moest weer denken
aan het parkeerbiljet, dat ik de hele middag met suc-
ces uit mijn hoofd had gebannen. Wat deed Albert zo
vroeg in de ochtend in de Grolmanstrasse? 's Nachts
hoefde je daar niet te betalen om te parkeren. Het was
goed mogelijk dat hij er de hele nacht had doorgebracht en pas 's ochtends een biljet had genomen om
langer in bed te kunnen blijven en de huid van een
vrouw te strelen, of om nog te ontbijten met degene
met wie hij het bed had gedeeld en wier huid hij had
gestreeld. De gedachte aan Albert die seks bedreef met
iemand anders probeerde ik te vermijden (ik hoopte
dat ik volwassen was en niet meer graag griezelde), ik
probeerde de gedachte te vermijden, maar mijn lichaam herinnerde zich zijn ogen, onverbiddelijk, die
meestal langs me heen keken, me altijd te vluchtig za-

gen, en ik kon niet anders dan denken dat zijn ogen meer van een andere vrouw moesten houden, misschien nog doordrenkt waren van haar aanblik. Ik ergerde me aan mijn overhaaste en wantrouwende gedachten. Misschien had hij het parkeerbiljet in de auto gevonden toen hij hem vanochtend afhaalde bij het verhuurbedrijf. Maar had hij me niet gezegd dat hij de auto gisteren al mocht afhalen? En wat te denken van de cassette die hij naar eigen zeggen vanochtend nog had opgenomen? Albert draaide de kraan in de badkamer dicht, ik hoorde hoe hij de handdoek van de haak nam. Die moderne hotelhokjes zijn gehorig. Ik liet me op mijn rug op het bed vallen terwijl mijn voeten nog op het kleedje stonden. Ik overwoog of ik me snel zou uitkleden en naakt onder de dekens zou gaan liggen voor Albert uit de badkamer kwam. De kraan werd open- en meteen weer dichtgedraaid. Albert poetste zijn tanden. Op de tafel voor het raam lag het diafragma. Ik twijfelde of ik het zou aanbrengen of liever helemaal zou wegstoppen.

Albert kwam uit de badkamer, hij zei dat hij uitgeput was van de hele dag en dat het heerlijk was geweest met mij. Albert boog zich naar me toe en gaf me een heel vriendelijke kus op mijn voorhoofd, toen liep hij naar de tafel en ik hoorde hoe hij de televisie aanzette. Ik hief mijn hoofd op en keek naar Albert. Hij staarde naar het scherm en schakelde met de afstandsbediening naar een volgend kanaal. Ik wilde hem niet laten zien dat het me ergerde, daarom zei ik niets, pakte mijn toiletspullen en liep naar de badkamer.

Toen ik terugkwam, was Albert in bed gaan liggen, een kussen in zijn nek, de hand met de afstandsbediening boven op het dekbed, de andere eronder. Ik vroeg me heel even af waar zijn andere hand onder het dekbed zou liggen en wat die daar deed, toen ging ik op mijn kant van het bed liggen, draaide me van Albert weg en kneep mijn ogen dicht. Op de televisie werd over de komende verkiezingen gesproken en over de vraag of de Groenen een coalitie zouden vormen met de Christen-Democraten. Albert stond op en ik hoorde de deur van de koelkast. Ik deed één oog open en zag dat hij een flesje schuimwijn en een pakje geroosterde pinda's had gepakt, vervolgens rook en hoorde ik ze allebei. Ik vroeg me af waarom de mens maar geen vooruitgang maakte met belangrijke uitvindingen en nog altijd geen mechanisme had ingebouwd waarmee hij zijn oren kon sluiten. Het moest via genetische manipulatie toch mogelijk zijn om oorsluitspieren te ontwikkelen.

'Slaap lekker,' hoorde ik Albert zeggen, hij streek over mijn natte haar, dat mijn hoofdkussen helemaal had doorweekt. Te veel nat haar, dacht ik, Albert zou het wel beu zijn. Ik draaide me niet naar hem toe maar deed mijn best om zo vlug mogelijk in te slapen. Charlotte huilde, ik wilde haar troosten maar ze sloeg mijn arm weg en haar gezicht was rood en vertrokken van woede, ze schreeuwde me toe dat ik nu alles van haar had, haar appartement, haar spullen, Albert en het kind. Welk kind? vroeg ik haar, toen keek ik naar omlaag en ontdekte de buik, die zo groot was dat ik mijn voeten niet kon zien. Ik rende weg. Ik was gelukkig met het kind dat ik verwachtte, ik rende over de Potsdamer Platz, er waren in elk geval stellingen en kranen en het lichtschijnsel achter de kranen, maar vervolgens zag ik dat het een scheepswerf was, en daar stond ook de loods waarin Albert met de niet van zijn beste vriend voor de eerste keer seks had bedreven, en ik belde aan bij de loods, ik liep naar Albert om het hem te zeggen. Ik belde aan maar hij deed niet open, en nu stond ik voor de deur van zijn appartement in ons pand en omdat hij niet opendeed, ging ik zitten op de treden van het donkere trappenhuis en wachtte, en het werd dag en het werd nacht en het werd dag. Almaar licht en donker werd het in het trappenhuis. Ik hoorde dat Albert in zijn appartement telefoneerde. Hij sprak met Charlotte. De weeën begonnen, en toen spreidde ik mijn benen zodat het kind ruimte zou hebben om naar buiten te komen. Het deed pijn. Uit mij kromde zich iets bloederigs de wereld in. Een kind? Een dier? Een weekdier met rudimentaire ledematen, zonder hoofd, het kroop, het bewoog zich op zijn buik voort, het ronkte, het richtte zich wankelend op, toen zag ik dat het wielen had. Een auto. Ik had een auto op de wereld gezet. De auto stapte onzeker met alle vier zijn wielen rond en viel halsoverkop in een van de bouwputten van de Potsdamer Platz. Pats. Hij landde op een berg rood strooizand. Het schoot me te binnen dat ik in werkelijkheid voor de deur van Alberts appartement stond, en nu kromp de auto die ik had gebaard een beetje in elkaar. Hij was rood en nagelnieuw, hoe had het ook anders gekund, tenslotte kwam hij uit mij, hij reed de trappen af en reed geduldig heen en weer voor de deur van Alberts appartement, hij wachtte op Albert die uit zijn appartement moest komen en instappen. Charlotte moest worden aangereden. De auto werd ongeduldig, hij claxonneerde. De deur van Alberts appartement ging open, Albert keek naar de kleine auto voor zijn deur, die het formaat van een matchbox had, hij pakte de auto op en gooide hem de trappen af, ik hoorde hoe hij neerstortte, onze baby, toen hoorde ik alleen nog maar hoe Albert de deur dichtdeed, zonder mij ook maar gezien of opgemerkt te hebben, en vervolgens hoorde ik niets meer. Het kind moest dood zijn.

Kletsnat van het zweet werd ik wakker. Buiten begon het licht te worden, ik kon het zien op het plafond, waar tussen het violette gordijn en de gordijnlat licht naar binnen viel. Albert ademde rustig en gelijkmatig naast mij. Ik stond op omdat ik het lichtjes voelde trekken in mijn onderlichaam en waarschijnlijk weer stipt op tijd begon te bloeden. Op weg naar de wc schoof ik het gordijn opzij en keek naar beneden. Voor de deur stond een taxi met draaiende motor te wachten. Het licht was al aquamarijn. Toen ik terugkwam, was de taxi weggereden. Hij had vast hotelgasten opgehaald. De motor van de koelkast sprong aan.

Ik had natuurlijk over weeën gedroomd omdat ik het trekken in mijn onderlichaam had gevoeld, ik had over de auto gedroomd omdat je ook in je slaap je oren niet helemaal kon sluiten en ik de taxi had gehoord. Ik probeerde er wijs uit te worden en voor alles een verklaring te vinden. Daar was ik heel goed in. Maar inslapen kon ik niet meer. Door het gordijn viel nu meer licht, ik kon de commode herkennen waarop de kaart met de prijzen van de dranken en snacks stond. De koelkast bromde. Ik luisterde naar de ademhaling van Albert. Buiten hoorde ik een leeuwerik. Ik keerde me naar Albert toe en keek naar hem. Hij lag op zijn rug, zijn oogleden trilden een beetje. Waarschijnlijk droomde hij, maar vast over iets anders. Ik ging heel dicht tegen hem aan liggen, duwde mijn neus in zijn haar en tegen zijn oor (hij rook naar de zon van gisteren) en schoof mijn hand onder zijn dekbed. In de ademhaling van Albert voelde ik me thuis. Niet meer in een of andere oude geur, en ook niet op een plek, maar in het geluid van zijn ademhaling. Het was warm onder het dekbed van Albert. Op zijn borst voelde ik zijn zachte haren, ik voelde zijn hart onder mijn vlakke hand, en ook in die hartslag was ik nu thuis, en daaronder, op zijn buik, had Albert een heel zachte huid, hij was warm, en omdat hij op zijn rug lag, kon ik zijn pik aanraken.

Die ochtend was het water spiegelglad. We gingen nog een keer kajakken. Boven ons gonsde een zweefvliegtuig. Ik kon het op het wateroppervlak zien. Hoe hoog is de hemel? Ik vroeg Albert of hij me nog iets wilde vertellen. Ik dacht aan mijn droom en aan de nicht van Alberts beste vriend, en dat Albert met haar misschien ook had gevaren. En Albert vertelde me een verhaal. De peddels gingen rechts en links in het water.

'Een man en een vrouw. De eerste zin ken je al, hè Beyla? Een telefoonverhaal. Een vrouw en een man bevinden zich in het appartement van de vrouw. Ze zit op een stoel en belt haar vriend in Tokio. De minnaar, die bij haar in het appartement is, streelt haar. De vrouw vindt het opwindend dat ze zit te bellen met haar vriend in Tokio, die niets weet van de minnaar die haar streelt. Ze giechelt. Ze houdt de hoorn een stukje van haar oor af zodat de minnaar, die voor haar op de vloer knielt en haar streelt, kan horen wat de vriend in Tokio zegt. De vriend vertelt hoe het op de conferentie was, en de vrouw giechelt. De vriend maakt grapjes en zegt dat ze aan de telefoon altijd zo vrolijk lacht en praat dat hij zin krijgt om met haar naar bed te gaan. De vrouw vraagt wanneer hij weer tijd zal hebben om naar haar toe te komen. Hij zegt dat het pas volgende maand zal zijn. De vrouw kan een zucht niet onderdrukken, de minnaar heeft haar broek geopend en probeert er zijn hand in te steken. Wat is er, vraagt de vriend aan het andere eind, huil je? Neen, neen, zegt de vrouw, ze doet haar best om zich te concentreren zodat haar stem niet overslaat. Dat klinkt helemaal niet overtuigend, stelt de vriend in Tokio vast. De vrouw kreunt en bedekt de hoorn met haar hand. Jawel, je huilt, zegt de vriend in Tokio. Wil je liever hierheen komen? vraagt hij. De vrouw kan niet antwoorden. Hallo? Ben je er nog? De vrouw gaat weer op de stoel zitten nadat ze bijna van de zitting was geschoven. Ja, wat zeg je? Hoe zit het, wil je nu komen of niet? Ja, zegt de vrouw, en ze kijkt naar haar minnaar, die nu haar borsten masseert. Ze heeft een kleine en een grote borst. Maar hij blijft haar ondertussen ook tussen haar benen strelen. Weet je het zeker? vraagt de man, en de vrouw zegt: ja, ja, ik weet het zeker. Luister, zegt de vriend, ik weet nog niet of Sally zal komen, maar als ze niet komt, weet ik het morgen en dan boeken we een vlucht voor je. Ja. De vrouw slaat haar benen tevreden over elkaar.'

'En wie is Sally?' vroeg ik. Ik was blij dat Albert mijn gezicht niet kon zien. Waarschijnlijk was het lijkbleek.

'Geen idee, het is maar een verzonnen verhaal. Misschien is ze de vrouw van de vriend, of de zus, of de dochter.'

We legden aan de steiger aan. Albert zei me dat ik moest uitstappen. Ik zei hem dat ik dat niet kon, want dat mijn hele broek dan zou volbloeden, ik moest een ogenblikje wachten. Albert wist immers niets van dat soort dingen. Hij klom als eerste uit de boot en legde hem vast. Hij liep alvast naar de kleine blokhut om te betalen. Ik zag een gezin aankomen. Vanwege het bloed. De kinderen gluurden naar mijn boot. Hun vader verdween in de blokhut, de moeder verzekerde zich van haar proviand, en de kinderen gluurden. Ik klom uit de boot.

Albert en ik reden terug naar Berlijn. Er trokken snel wolken in onze richting, ze werden naar het noordoosten gedreven, pakten zich al boven ons samen, in de achteruitkijkspiegel was de hemel bijna zwart, tijdens het rijden voelde ik de wind die kwam opzetten en de auto almaar van de weg wilde duwen. Albert had natuurlijk aan de bestuurderskant willen instappen en willen rijden, maar ik had ook nu niet toegegeven. We luisterden naar een cassette van hem waarop hij oudere jazzmuziek had opgenomen, iets met blazers. Bij een kruispunt raakte ik zijn arm aan, hij reageerde niet op de aanraking. Het was me al opgevallen dat hij vaak vergat te antwoorden op gebaren of vragen. Ik kon me moeilijk beheersen en mijn vragen onderdrukken. Ieder mens gaat anders om met angst, en wantrouwen is een bondgenoot van de angst. Sommigen vervallen in een ijzig stilzwijgen, in een beklemming waaruit ze alleen maar door afleiding kunnen ontsnappen. Ik wil hen niet laf noemen. Misschien zijn ze zwak, maar slechts misschien. Vaak probeer ik zelfs om hen dat na te doen, omdat ik weet hoe kwetsend vragen kunnen zijn. Maar vaak ook, zoals tijdens de terugreis met Albert naar Berlijn, voel ik me moedig wanneer ik mijn mond opendoe; dan, denk ik, wanneer ik iets maar onder woorden breng, bereid om de waarheid onder ogen te zien, dan is alles nog maar half zo erg, dan kom ik tegemoet aan mijn angst – die overigens een voorwaarde is voor de moed waarin ik me op zulke ogenblikken sterk voel. Maar Albert wilde me niet moedig laten zijn.

'Wat doe je met de feestdagen, breng je die in Berlijn door of bij je familie?' vroeg ik hem opeens. Albert had me verteld dat zijn ouders, die nog altijd in Rostock woonden, nog altijd een goede relatie hadden en lief voor elkaar waren. Hij had één broer, die hij weliswaar zelden zag maar met wie hij goed kon opschieten.

'Wat bedoel je?'

'Kerst, Pasen, dat soort dagen.' Ik gaf gas omdat de straat voor ons nu vrij was.

'Denk je nu al aan de kerstdagen?'

'Nee, maar ik vraag me af wat je met Pasen hebt gedaan.'

Albert keek voor zich uit, hij scheen na te denken.

'Weet je het niet meer?' informeerde ik.

'O jawel, ik geloof dat ik bij een vriend was. Weet je, Pasen is voor mij niet erg belangrijk. Wanneer was het Pasen?'

'In april, half april.'

'Ja, nu weet ik het weer, ik ben naar een vriend in Frankfurt gereden, dat was het, er waren toen een heel stel feestdagen, en mijn vriend, met wie ik vroeger studeerde, geeft les aan een school voor hoogbegaafde kinderen.'

'Ben je met de trein gegaan?'

'Ik geloof van wel, ja, nee, ik ben met de auto gegaan, ik heb er een geleend. Waarom vraag je dat?'

Waarom vroeg ik dat? Om mijn angst te voelen. Om mijn angst aan te wakkeren. Omdat ik wilde weten wat ik nog altijd niet wist: of hij degene was die Charlottes sprong voor de tram had veroorzaakt. Ik wilde weten of hij het wist, of hij schuldgevoel had, ik wilde niet achterhalen wie schuldig was, niet oordelen, ook niet beslissen, alleen maar weten of hij zich schuldig voelde, of hij misschien zo gesloten en zwijgzaam tegenover mij was omdat het hem dwarszat. Maar ik kon het niet vragen. Ik zei bij mezelf dat ik moest afwachten of hij het me vertelde, en daarbij het risico lopen dat ik tevergeefs wachtte omdat er niets te vertellen viel. Ik wilde dat hij me zijn vertrouwen schonk. Ik probeerde het af te dwingen, hem bekentenissen af te bedelen, ik sleepte hem voor mijn gerecht, schrok van mezelf, van mijn verlangen om alles over hem te weten, alsof ik pas dan zou kunnen beslissen of hij mijn liefde waard was dan wel of ik hem moest verstoten of veroordelen. Wie was ik dat ik zulke methodes gebruikte, valstrikken spande? Ik kreeg een slecht geweten. Ik zou hem niet naar het merk van zijn huurauto kunnen vragen en nog minder naar het precieze uur waarop hij was weggereden. Strikt genomen wist ik het antwoord op die vragen zelf niet – ik kon zijn antwoord alleen maar met mijn gevoel vergelijken, niet met feiten. Ik keek naar hem. Hij boog zich naar me toe en gaf me een kus op mijn wang.

'Wil je de kerstdagen met mij doorbrengen?' vroeg hij.

'Ik heb nog niet nagedacht over Kerstmis. Vertrouw je me?'

'Wat bedoel je? Beyla, je bent behoorlijk vermoeiend met je voortdurende vragen, ik heb vaak het gevoel dat ik word verhoord. Waarom zou ik je niet vertrouwen?'

'Omdat je zo weinig over jezelf vertelt.' Ik beet op mijn tong, voelde de behoefte om hem uit te horen en haatte mezelf er tegelijkertijd om.

'Er valt toch niet voortdurend iets te vertellen. Wil je het over problemen hebben? Is het dat? Of wil je er

een paar bedenken, zodat we ergens over kunnen praten?'

Ik moest lachen. Hij had goed door hoe hij mijn vragen moest verdrijven en mijn wantrouwen ongeldig
verklaren.

Albert zei me niet: ik hou van je. Had ik er recht op? Moest ik ernaar vragen, mocht ik dat? *Hou* je van mij? Hou je van *mij*? Zou hij nee zeggen als hij nee bedoelde, of zwijgen omdat het een geheim was?

Ik liep met mijn reistas, waar de ongebruikte badspullen de meeste plaats innamen, de trap op naar mijn appartement, sloot in het voorbijgaan een van de smalle ramen op de gang omdat de wind het open- en dichtsloeg, het mocht niet breken. Albert had me voor het huis afgezet, hij moest nog iets regelen, had iets over 'even' en 'eten' gemompeld, ik ging ervan uit dat hij boodschappen wilde doen, iets lekkers wilde kopen zodat we vanavond konden koken, en toen zei hij 'tot zo', en ik dacht: over tien minuten ongeveer.

Terwijl ik ondergoed in de wasmachine stopte, moest ik aan de avond met Ted denken, de nacht waarin we de lach van een vrouw hadden gehoord en ik meteen had gedacht dat de lach voor Albert was bedoeld, ik had eraan getwijfeld maar had hem toch ingeschat als de lach van een vrouw voor Albert, een lach waarin luchtigheid zat, alsof ze niets te verliezen had. Wat zou ze ook moeten verliezen, die vreemde vrouw? Ik zei tot mezelf dat die vrouw een andere man toebehoorde, misschien was het de lach van de moeder van het buurmeisje, een lach die haar werkdag als juriste moest verdrijven, die haar een andere vrouw liet zijn dan alleenstaande moeder en advocate, een lach die bij een vrouw hoorde die zich niet hoefde in te spannen, zich niet hoefde te beheersen en niet hoefde te doen alsof, de lach van een geliefde. Even reikte mijn fantasie zover dat ik iets als genegenheid voor die vrouw voelde, vreugde om haar en haar liefdesleven, dat je haar niet kon afzien. De lach in de nacht waarin ik naast Ted wakker had gelegen behoorde nu haar toe, en niet meer aan een vrouw die hem aan Albert schonk. Ik bukte me onder de wastafel om te zien of er bij Charlottes schoonmaakmiddelen ook Calgon stond. Uit de afvoer hoorde ik de stem van een vrouw die op een staccatotoon iets schreeuwde, daartussen vermoedde ik een mannelijke stem, je kon ze niet verstaan omdat de bastonen te veel onderaan bleven en de hoge tonen te weinig droegen, de mannelijke stem probeerde de vrouwelijke te onderbreken. Ik vond geen Calgon. Programma voor de fijne was.

Albert kon nu ieder ogenblik komen. Misschien wilde hij meteen de huurauto terugbrengen, maar kon hij het niet omdat ik de tweede sleutel nog had. Ik keek op de klok. Zijn boodschappen duurden behoorlijk lang, ik probeerde te bedenken wat we 's avonds konden doen. Misschien een nachtwandeling. Die hadden we al willen maken aan de Smalle Luzin, maar we hadden het vergeten (zoiets kan je ontschieten). Vannacht zou het bijna volle maan zijn en met een beetje geluk zouden we haar ondanks de wolken zien. Albert kon dan zijn arm om mijn schouder leggen en een verhaal vertellen, allicht een waar gebeurd verhaal dat ik nog niet kende, wat niet moeilijk zou zijn, want ik kende nog nauwelijks een waar gebeurd verhaal uit zijn mond, zo kwam het me althans voor. En ik verheugde me op de avond die we samen zouden doorbrengen, hoewel ik nog maar net dertig uur met Albert achter de rug had, een vreugde die me helemaal ongeduldig maakte en me dwong om iets te doen om niet voortdurend op de klok te kijken. Maar heel even ging het door mijn hoofd dat Albert zich heel anders zou kunnen voelen dan ik. Misschien had ik iets verkeerd begrepen en wilde hij helemaal geen boodschappen doen voor het avondeten. Ik besloot naar buiten te gaan en nog snel vooraan in de Senefelder Strasse een fles wijn te kopen, voor de winkels zouden sluiten.

Voor het huis stond onze rode Ford. Ik vond het vreemd dat Albert de wagen wel had geparkeerd maar dat hij nog niet bij mij was gekomen. Misschien moest hij gewoon naar de wc of had hij een kleine verrassing voor me die hij wilde voorbereiden, of misschien wilde hij alleen maar zijn bagage naar zijn appartement brengen. Ik liep naar de auto toe alsof Albert er nog in kon zitten en me wilde laten schrikken. Voorzichtig keek ik door de raampjes, maar er lag geen enkel voorwerp in dat erop kon wijzen dat het onze huurauto was, het had net zo goed de wagen van iemand anders kunnen zijn. De motorkap was nog warm. Om er zeker van te zijn, stak ik de sleutel in het slot van het portier aan de bestuurderskant. De knop sprong naar boven, ik opende het portier en liet me op de stoel vallen. Het rook naar sigaretten. Albert zou toch niet stiekem roken? Maar dat sloeg nergens op, hij was geen kleine jongen meer. De stoel onder me was nog warm, Albert moest nog maar net zijn uitgestapt. Voor ik erover kon nadenken of ik het wilde doen en waarom, legde ik mijn hand op de passagiersstoel.

Ik schrok er niet van dat ook die warm was, ik had het verwacht.

Nu niet opzij kijken, de blik niet op de zitting richten en heel zeker niet naar haren gaan zoeken, vreemde haren, blonde of gekrulde, dat zou gevaarlijk zijn, er zitten te veel mensen in huurauto's die daar onachtzaam hun haren laten rondslingeren, het zou te makkelijk zijn om te schrikken.

Ik stak de sleutel in het contact en liet de motor aanslaan. Ik vond dat ik een betekenis moest geven aan het feit dat ik was ingestapt, en daarom zou ik niet naar de wijnhandel in de Senefelder Strasse gaan maar naar die in de Prenzlauer Allee rijden, daar hadden ze goede Barolo. Onderweg wilde ik de radio aanzetten. Omdat er afschuwelijke popmuziek werd gedraaid, probeerde ik een andere zender te vinden. Ik merkte nu dat ik niet de radio maar de cassettespeler had aangezet. Ik duwde op de knop en de cassette sprong eruit. Albert hield niet van pop, dat had hij althans altijd beweerd. Ik vroeg me af wie er het afgelopen uur bij hem in de auto had gezeten.

Toen ik bij de wijnhandel was aangekomen, zette ik de motor af en bracht mijn neus dicht bij de passagiersstoel. Het rook alleen vaag naar de bekleding. Ik plukte een lange zwarte haar van de stoel, hij kon van mezelf geweest zijn, als ik op de passagiersstoel had gezeten. Ik vond ook twee kortere roodblonde haren. Weer voelde ik die ontdekkingsdrang in mij, het was niet zozeer vreugde of plezier, dwangmatigheid benaderde het gevoel waardoor ik werd gedreven nog het meest. Ik snuffelde als een speurhond en walgde van het geluid van mijn gesnuffel. Een huurauto moest plaats bieden aan mensen met de meest uiteenlopende haren, zoveel stond vast. Ik kocht twee flessen Barolo en reed terug naar huis. Voor ik uitstapte, stak ik de cassette weer in de gleuf. Alles moest op zijn plaats zitten, alsof ik het niet had aangeraakt.

Op weg naar boven belde ik bij Albert aan. Ik nodigde hem uit om mee naar mijn appartement te komen. Hij rook zoals altijd toen ik mijn gezicht tegen zijn trui duwde, en ik hield van zijn geur, ik wilde die niet door nieuwe vragen noch door mijn gedachten verstuiven. Ik besloot hem te vertrouwen. Ik duwde Albert tegen de muur in de gang, nam zijn hoofd tussen mijn handen en kuste hem. Hij ontweek me.

Albert voelde dat ik alles van hem wilde en hij verzette zich daartegen. Alleen al dit te voelen, mijn verlangen, de onvoorwaardelijkheid waarmee ik hem toelachte, hem wilde verleiden en alles met hem wilde delen, moest hem hebben afgeschrikt. Maar ik kon niet weten hoe erg en ook niet waarom, en ik kon nog minder iets tegen mijn liefde beginnen want ik had mijn beslissing al lang geleden genomen en het kwam niet in me op om daaraan te twijfelen. Misschien vinden sommige mensen dat ik pragmatisch ben, dat ik voor Albert koos zoals voor een blauwe jurk of voor een nieuwe baan, maar dat was het nu juist niet. Als ik pragmatisch was geweest, dan had ik iemand anders moeten kiezen, ik wist vanaf het begin dat het niet makkelijk zou zijn om dicht bij Albert te komen. Ik kuste zijn oor en beeldde me in daar andere tongen aan te treffen, niet echt en niet nu, maar die van vroeger, die van eergisteren, van de laatste maanden, vele andere tongen, een leger vrouwelijke tongen, een hele wereld sabbelde in zijn hoofd, hij rook niet naar één vrouw maar naar honderden, en die geur van honderden vrouwen was vertrouwd, die was Albert voor mij en ik noemde hem ook zo. Mijn tong had ik teruggetrokken, proeven moest ik ze niet, ik liet hem los alsof mijn gedachten hem hadden veranderd.

We liepen naar de keuken. Albert ging aan tafel zitten en steunde zijn kin op zijn handen. Hij zag er peinzend uit. Ik opende een van de twee wijnflessen en zette glazen voor ons neer.

'Kunnen we praten?'

Verrast keek Albert me aan. 'Waarover dan?' was zijn wedervraag, en nu was ik verrast maar ik wilde het niet laten merken.

'Ben je ergens bang voor?'

'Je stelt merkwaardige vragen. Waarvoor denk je dan dat ik bang zou moeten zijn?'

'Voor mij bijvoorbeeld, of voor de liefde?'

'Hoe kom je daarbij?' Albert zag er nu geprikkeld uit, en ik hield ervan een emotie bij hem te veroorzaken, het geilde me op, en dus ging ik verder.

'Omdat je geheimen hebt (dat merk ik immers) en nooit over de toekomst praat (niet met mij) en omdat je met andere vrouwen naar bed gaat (met wie allemaal niet!) en tegen me liegt.' Naar het eind van de zin toe begon ik harder te praten, want ik zag hoe Alberts gezicht versteende. Ik was bang dat hij me niet meer kon horen.

Albert stond van de tafel op, keek verachtelijk langs me heen omlaag terwijl hij langs me glipte en naar de deur liep. Vergeefs had ik gewacht op het ogenblik waarop hij me nog één keer in de ogen zou kijken en ik hem iets als angst kon laten zien, of voor mijn part misverstand of zelfs verontschuldiging of wat dan ook, iets dat hem ertoe had kunnen aanzetten om te blijven.

Ik hoorde hoe hij de deur opendeed, sprong naar de gang en riep: 'Je gaat niet weg!'

Maar Albert liet zich niet van de wijs brengen en liep de deur uit. Ik liep hem met sprongen achterna, probeerde hem bij zijn schouder vast te pakken, hij sloeg mijn arm weg en snauwde dat ik hem niet mocht aanraken. Ik lachte hem toe achter zijn rug, in de hoop dat hij zich zou omdraaien en gebruik zou maken van de gelegenheid en dat wat net was gebeurd als een flauwe grap zou opvatten, maar hij draaide zich niet om maar verdween op de onderste overloop.

Kort daarna zat ik voor de telefoon en wilde hem bellen. Ik toetste het nummer tot aan het voorlaatste cijfer en legde de hoorn weer neer. Het leek me opeens waarschijnlijk dat hij de telefoon niet zou opnemen. Ik dacht: ik wil niet dat hij me bedriegt, ik wil niet dat hij een leven naast dat met mij heeft – althans geen parallel leven, geen leven dat mij uitsluit, dat geen aanrakingspunten met mij heeft, geen God, geen mens, niets mocht naast mij, dus tussen ons staan. De gedachte kwam in me op dat ik iets anders voor hem betekende dan hij voor mij. Vanzelfsprekend, maar moeilijk te verdragen. En ik was misschien helemaal niet zijn grote liefde, degene naar wie alles uitgaat, die alles in gang zet en alles een nieuwe betekenis geeft, die hem gek maakt zoals hij mij gek had gemaakt, omdat alleen het Ons en het Wij en het Hier ons laat beminnen, slapen, verwekken – iets heel oud nieuws ontstaat, zo ver wilde uitsluitend ik het laten komen, wilde ik dat het ons – hij mij – ik hem in het lijf zou steken, dat het geluk zou worden. Een kind. Natuurlijk wilde ik een kind van hem. Maar ondertussen had hij alles verkeerd begrepen, had ik me blootgegeven op een verwrongen manier, waarvoor ik me nu schaamde. Hij wilde dat ik hem geloofde, dat ik niet twijfelde, net zoals hij niet twijfelde aan mij. Misschien was het goed wat hij wilde, lag hij een stap op me voor en kwam hij dicht bij de liefde. Maar ik betwijfelde of hij nog iets anders van me wilde, iets anders dan dat ik hem geloofde en beminde zoals ik deed. Onophoudelijk. Ik had mijn jas aangetrokken, hoewel er in het trappenhuis geen kans op sneeuw was, het bovendien nog niet het seizoen voor sneeuw was, maar de kraag was van kunstbont en blauw, en daarmee stond ik voor zijn deur en krabde eraan, omdat ik nog twijfelde, en schraapte luider, en hoorde mijn adem, die ik meteen inhield om een geluid achter zijn deur te kunnen opvangen. Maar ik hoorde alleen maar stappen, tussen de keuken en de kamer, ze keerden zich niet naar mij en naar de deur, die stappen namen geen notitie van het schrapen, van mij.

Ik liep de trap weer op naar mijn appartement, nam niet eens de tijd om mijn jas uit te trekken en ging met de telefoon voor het open raam staan, dit keer vormde ik het nummer helemaal, blies de blauwe veren van mijn lippen en hoorde het toestel onder mij overgaan, heel zachtjes maar, tot hij de telefoon aannam.

'Ik ben het.' Tegen mijn bedoeling in klonk mijn stem rouwmoedig, verlaten en klagend, ik wilde dat ik niet had gebeld, niet zo.

'Wat is er?' Dat was hij. En hij was woedend. Hij wilde geen vragen noch smeken noch schrapen. Aan je deur, onder je voeten, kraakte zo'n schraap slechts zacht en knappend. Ik hing op.

Op een dag verraad je de mens van wie je houdt. Vroeg of laat, maar het ogenblik komt onafwendbaar. Hoezeer je je ook hebt voorgenomen om aan dat ogenblik te ontsnappen, om jezelf te waarschuwen, je gevoel aan te scherpen – je stevent erop af. Met Albert deed ik het toen ik iets verried wat hij mij nog niet had toevertrouwd – toch vermoedde ik het (wist ik, sprak ik, voor ik wist), en juist daarom kwam het ons beiden voor als iets dieps.

Mijn krabben en schrapen hing nog in mijn oren, ik raakte het geluid niet kwijt, en nog minder het zwijgen waarmee Albert het had omsingeld en ingesloten. Pas een paar dagen later kwam ik Albert tegen. Ik wachtte hem in het trappenhuis op en ging voor de deur van zijn appartement staan. Hij kon de sleutel niet in het slot steken zonder me aan te raken en me opzij te duwen. Dus keek hij naar mijn haargrens en vroeg: 'Wat wil je?'

'Met jou koffie gaan drinken, kom je mee?' Ik glimlachte (hoopte: lief) en wilde zijn hand nemen. Hij trok de hand terug.

'Wat wil je?'

'Het was een misverstand, donderdag. Ik wilde alleen maar...'

'Wat wil je?' blafte hij me toe, en hij liet zijn tanden zien.

Ik was er zeker van dat hij me niet zou hebben geloofd als ik hem dat had gezegd. Ik twijfelde even of ik in huilen zou uitbarsten. Maar ik wist dat hij dan nog bozer zou worden. En ik wilde nu iets anders, ik wilde dat hij me goedgezind was, ik wilde hem tot rede brengen, waardoor hem duidelijk zou worden hoe sterk en mooi ik was, en dat je iemand zoals ik niet zomaar in het trappenhuis kon afschepen. Wat wil je? weerklonk het in mij, een echo waarop ik een antwoord moest geven, een juist antwoord, het juiste, zodat hij het niet nog eens zou vragen of helemaal in zwijgen zou vervallen. Maar hoe luidde dat antwoord?

'Een kind.' Ik weet niet waarom ik dit zei. Ik had mezelf erom kunnen slaan. Maar dat zou niets meer hebben geholpen. Misschien zag ik het een ogenblik lang – te lang – aan voor een toverspreuk, een formule voor Ons en voor Liefde, woorden die ik niet kon uitspreken omdat ze me in tegenstelling tot Kind pathetisch leken. Allemaal speculaties achteraf om iets te verklaren dat sneller was dan mezelf en daarom zonder mijn toestemming in de wereld terechtkwam. Denken – spreken. Ik wilde het niet verklaren. Albert keek me voor het eerst sinds ons uitstapje in de ogen en antwoordde: 'Zoek er dan een.'

Dat klonk definitief. Ik was het niet gewend om zomaar op te geven. Het maakte me woedend dat hij het grote en de liefde niet wilde zien. Ik strekte mijn armen naar hem uit (naïef of brutaal?) en hoopte hem te ontwapenen. Maar hij week terug, schudde zijn hoofd terwijl hij naar mijn schoenen keek, waarop ik nu ook een vluchtige blik moest werpen, tenslotte kon er iets vreemds te zien zijn (wat niet het geval was), en toen ik weer naar hem keek, had hij zich al van mij en de deur van zijn appartement afgewend en liep hij de trap af. Ik had hem belet om zijn appartement binnen te gaan. Ik was verbaasd.

Op straat zag ik hem een meter of vijftien verderop, hij had gehold, hij wachtte op de voorbijrijdende tram en wilde oversteken. Ik rende achter hem aan, en tijdens het rennen zag ik een vrouw die net haar mond sloot na een groet, een groet aan Albert, maar ik had niet gehoord wat ze had gezegd, zag alleen maar het sluiten van haar lippen, ik rende te haastig achter Albert aan, zodat hij me zou kunnen horen, ik zag alleen hoe de vrouw zich naar hem omdraaide, zag haar fijne glimlach en hoe ze de donkere krullen uit haar nek streek alsof ze prikkelende lingerie waren, hoe ze haar rode gelakte tas over haar schouder rechttrok, haar fijne glimlach, het geluk van een geliefde die hij in het voorbijgaan gelukkig had gemaakt, terwijl hij wegliep van mij, die hem achterna rende zodat hij kon horen wat ik hem toeschreeuwde.

'Lafaard! Het kan je niet schelen of ik, of Charlotte, of hoe we ook allemaal mogen heten, van jou houden (het hoefden niet meteen alleen doden te zijn). Het enige dat telt is dat jij wordt bemind, maakt niet uit door wie en hoe. En tegelijk bied je je diensten aan, speel je de minnaar, zodat we je mooi bij ons blijven houden.' Ik voelde hoe de tranen over mijn gezicht liepen, maar omdat ik mijn gezicht voor de weinige voorbijgangers toch al had verloren, leek niets me gemeen genoeg om het hem ten overstaan van de hele wereld achterna te roepen: 'Je pakt elke vrouw een keertje vast daar waar ze het graag heeft – als het haar tieten zijn die je lekker in het gezicht slaan, nou, dan knijp je er nog maar eens in, als het haar ijdelheid of haar eenzaamheid is die wil worden gestreeld, dan weet je daar ook de juiste behandeling voor, je denkt dat je ons allemaal gelukkig maakt, is het niet? Iedereen mag een keertje toetasten, maar alleen vanbuiten, heel eventjes – als het maar niet vanbinnen is, niet echt diep!' Er schoot me niets meer te binnen. Ik maakte rechtsomkeert, ik wilde hem niet meer zien, hij had de straat allang overgestoken, ik wilde weg van de mensen die me hadden gehoord en gezien. Gênant, zouden de mensen denken, een woedende vrouw, hoe pijnlijk, schreeuwt op straat, gênant. Ze mochten denken wat ze wilden.

Na alle opwinding kon ik moeilijk naar huis gaan, ik liep door het park van de Weinberg en langs het café waar 's zondags vrouwen boven de zestig met mannen boven de zestig bij de koffie van hun pensioen genoten, terwijl het de rest van de week leeg en zonder leven was en de hele tijd op de zondagmiddag wachtte, ik liet ook het speelplein achter me, waar bij winderig weer niemand was, en liep in de richting van het natuurkundig museum. Het schoot me te binnen dat Albert ooit had gezegd dat in het natuurkundig museum alles goed was omdat alles er een plaats had en die niet meer hoefde te verdedigen, dat alles daar stil op sokkels en in vitrines lag tot het op een dag in een andere vitrine zou worden gelegd of aan een ander museum geschonken. De kaartjesverkoper zei vriendelijk dat ze over twintig minuten zouden sluiten, maar dat maakte me niets uit. Ik kocht een kaartje en liep langs de grote sauriër alsof hij een oude bekende was die je niet meer hoefde te bekijken omdat je uitkeek naar nieuwe bekenden. Albert had me verteld over een grizzlybeer die hij hier als kind had bewonderd. Ik ging bij de twee suppoosten staan die met elkaar praatten.

Ongeduldig beet ik op mijn onderlip omdat ze hun gesprek niet meteen onderbraken om al hun aandacht aan mij te besteden. 'Neem me niet kwalijk,' onderbrak ik hen, mijn stem klonk opgewonden maar ik was niet in een stemming om hartelijk te zijn, 'kunt u me zeggen waar de grizzlybeer staat?"

De jongste suppoost keek me geamuseerd aan: 'De grizzlybeer? Er is hier geen grizzlybeer.'

'Natuurlijk wel, ik heb hem als kind zelf gezien,' loog ik.

De jongste schudde vriendelijk zijn hoofd en keek de oudste suppoost aan. De oudste had een tic: hij smakte. Terwijl ze met elkaar praatten en ik hoopte dat ze naar me zouden luisteren, en ook toen ik naar de grizzlybeer informeerde en de jongste antwoordde, smakte de oudste suppoost voortdurend voor zich uit. Het smakken maakte hem sympathiek. Je kon niet weten of hij al zijn hele leven smakte en of hij wist dat hij smakte. Waarschijnlijk wist hij het niet, maar het smakken stond als een maatstreep in zijn leven en denken en spreken. De maat, die bij Albert overigens, zoals me opeens inviel, ontbrak, reden waarom hij zo graag Satie speelde. De oudste suppoost smakte en keek afwisselend naar mij en naast mij, naar mij en naast mij, leek zijn gewicht van de ene voet op de andere te verplaatsen om tactvol in de maat te wachten tot de jongste zijn kennis tentoongespreid had, kennis die hij hem niet wilde maar wel moest afpakken. Pas toen ik wilde doorlopen, zei hij, niet speciaal tegen mij en ook niet tegen de jongste suppoost: 'We hadden vroeger een grizzlybeer. Maar ze hebben de organen er niet grondig genoeg uit weggehaald, ze hebben destijds niet netjes gewerkt, hij begon zwakke plekken te ver-

222

tonen en we kwamen er te laat achter. Nu is hij boven bij meneer Stanecki, onze preparateur, die heeft hem al jaren in zijn kamer staan, en hij hoopt nog altijd dat hij op een dag in staat zal zijn om hem te helpen. Zo lang moet de grizzlybeer wachten, en u ook, mevrouw.'

Ik bedankte hem en knikte.

Bij het weggaan smakte ik een paar keren, ik wilde uitproberen hoe dat gaat en of je dan beter proeft. Het smakken maakte me vrolijk. En het vrolijk zijn maakte me triest, omdat het alleen maar door het smakken kwam, en ik kon toch niet mijn hele leven smakken (of wel?). Buiten was het donker. Ik had weinig zin om naar mijn eigen appartement te gaan maar ik zei tegen mezelf dat ik geen zin hoefde te hebben om er toch naar terug te keren. Dat de zin toch maar een last was en dat je blij mocht zijn als je die eindelijk kwijtraakte, dat dacht ik ook, maar ik kon het niet echt geloven.

Het eerste wat ik voelde toen ik op weg naar huis het smakken en de bijbehorende gevoelens vergat, was het verraad, ik voelde het verraad dat ik had gepleegd maar ik probeerde nog te weten te komen of het de inhoud was die met Albert had te maken en die hem afstootte, of mijn manier om hem luid en duidelijk voor de oren van iedereen midden op straat woorden toe te brullen die alleen voor hem waren bedoeld. (Ik smakte.) Dat had hij vast onwellevend gevonden, wat het ongetwijfeld ook was.

Toen ik thuiskwam, had ik al besloten om Albert voortaan met rust te laten. Ik voelde dat hij mijn liefde niet moest en niet wilde, en daarom leek het me beter die voor mezelf te houden – en ik wilde hem nog maar één ding geven: respect.

Om de tijd zonder Albert te verdrijven, waarvan ik dacht dat hij van voorbijgaande aard zou zijn, bedacht ik een nieuwe clownchoreografie – ik dacht aan iets voor volwassenen, een pantomime: het ongeval van Charlotte moest ergens voor staan – dat in de eerste plaats. Voor de spiegel in de badkamer schminkte ik mijn gezicht wit. Waren er nieuwe bewoners in huis, die liefst 's middags badorgieën hielden? Door de afvoer hoorde ik gegiechel en geplens. Eerst hield ik twee schijnwerpers voor mijn borsten en speelde tram, toen fiets, toen de zichzelf beschermende armen van Charlotte, en ten slotte Charlotte die dood was. Of het grappig was, zou ik een van de komende dagen moeten laten zien, wanneer ik in het circus zou proberen de anderen ervan te overtuigen en hen te winnen voor een opvoering waarvoor nog geen publiek was en ook niet kon zijn, omdat de voorstelling er nog niet was en het publiek niet kon weten wat het goed zou vinden en wat er zou ontbreken. Ik berekende dat, hoe meer verwrongen en uit haar ledematen gerukt ik Charlotte in haar laatste ogenblikken door diverse bewegingen zou kunnen vastleggen, hoe groter de lust tot lachen zou zijn (die je pas kwellend begint te voelen als de lacht vast hangt in je strottenhoofd en daar gevangen blijft zitten). Ik kon een nevenpersonage, de dood, aan haar zijde brengen, een dood die in het hoofd van de toeschouwers binnendringt, een die hun vingers doet tintelen. Een beverige dood, misschien met een smaktic, die echter zijn hele bedreiging verliest door net voor Charlottes dood zelf uit te glijden en boven op haar te vallen, een dood die voor Charlotte valt? Wat me niet zou lukken, en daarom dacht ik er ook niet over na, zou de constellatie zijn met de rode au-

224

to met een man erin. Wat me niet zou lukken waren toeval en afstand tussen de auto en Charlotte zelf – een afstand die door haar angst in beslag zou worden genomen. Ik wilde niet dat dit me zou lukken.

Ik werkte drie vrije dagen na elkaar aan de dood. Ik had op straat wat van het rode zand bijeengeveegd waarop ik kon oefenen, het ongeval werd begeleid door knarsen, toen door knerpen, rollen, remmen, kraken. Ik registreerde alle geluiden op een cassette en speelde de cassette tijdens het repeteren af. Af en toe werd mijn repetitie onderbroken door het pianospel van Albert. Op het ogenblik dat haar dood moest voorstellen moest er stilte zijn. Alleen stilte dringt door in de hoofden van de toeschouwers. Alleen stilte veroorzaakt huiver. Zelfs de voorbijgangers die zich over de stervende Charlotte zouden buigen, de kinderarts die haar inwendige organen en ingewanden uit haar lichaam zou halen, ze moesten zich allemaal geluidloos bewegen – of binnenglijden in een stilte waarin alleen nog de smakkende geluiden van het ontweien te horen zouden zijn. Vanaf het moment dat de kinderarts het geluid uit haar had weggenomen, zou er niets meer te horen mogen zijn. De omstanders en de kinderarts zouden zich op schoenen met springveren kussentjes uit de voeten moeten maken als met zevenmijlslaarzen. En op zijn vlucht zou de kinderarts haar geluid, dat hij voorheen zo ijverig en onnadenkend uit haar had weggenomen, moeten verliezen – het zou gewoon uit zijn tas vallen, en het publiek zou alleen nog maar naar dit geluid staren, er gespannen naar luisteren, een beweging verwachten, omdat dit het inwendige, het dode en tegelijkertijd het laatste levende, het vingertintelende van Charlotte zou zijn, het publiek zou een wonder verwachten, zou verwachten dat het geluid zich zou oprichten, dat er vleugels aan zouden groeien en en dat het zou terugkeren.

Albert had me ooit een verhaal verteld dat ik voor waar gebeurd hield. Als kleine jongen moest Albert vaak zijn tante in Berlijn gaan bezoeken. De tante nam hem mee naar een schaduwspel in het openlucht-theater van Wuhlheide. Op het verlichte doek zag je de schaduw van een man die een jasschort droeg en die zich met een stethoscoop over een tafel boog. Op de tafel lag iets groots met schoenen aan, een mens, een dode mens.

De arts kon blijkbaar geen ademhaling meer con-stateren. Hij legde de stethoscoop opzij en begon het schaduwlichaam te schillen. Toen hij de huid, die ook in de schaduw doorzichtig was, had verwijderd, nam hij een groot mes in zijn hand, haalde uit en stak met volle kracht in de borstkas van het lichaam. Hij zaag-de de ribben door en haalde het hart eruit. Albert riep naar zijn tante: een ballon! Het is een ballon! Het was voor de arts een makkie om een naald, een mes of zelfs een dolk in het hart te steken. Vloeibaar en heftig (zo-als het alleen uit een ballon mogelijk was) spoot het inwendige van de lichtkegel eruit en tegen het doek, en het doek werd zwart doordrenkt met het bloed van het hart. De vingers werden warm van het ontweien, ze warmden zich aan de ingewanden van de pasge-storven mens. En pas nadat ook de longen, de nieren, kortom het hele geluid was weggenomen, en tegelij-kertijd merkwaardige voorwerpen werden getoond die Albert te denken gaven omdat hij ze in een mens niet vermoedde, en toen hij door hardop te raden probeerde zijn opwinding te bedaren, en toen de lichtstraal werd gedoofd en de toeschouwers vermoeid in hun ogen wreven, de slapende kinderen op hun armen namen om ze naar de laatste S-Bahn te dragen en met hen door de nacht naar huis te gaan, pas toen zag Albert, die over de schouder van zijn tante hing en van wie men dacht dat hij in slaap was gevallen, de rode vlek op het doek, en hij wist niet of nog andere mensen die ook hadden gezien en wisten dat alles echt was gebeurd. Hij, Albert, had het geweten.

Ik was mijn invallen beu. Ik vond dat het stilaan tijd werd dat Albert aan mijn deur zou aanbellen.

Er belde niemand aan.

Om de tijd te verdrijven tot 's middags, wanneer ik weer aan het werk moest, eerst repetitie, dan voorstelling, ruimde ik de inhoud van Charlottes boekenplank in kartonnen dozen. De boekenplank had ik voor het laatst bewaard omdat ik wel kon vermoeden dat ik er persoonlijke dingen zou vinden die ik niet ongezien kon weggooien. Het was een lage boekenplank met twee etages, waarop haar muziekinstallatie had gestaan. Ik trok er een paar boeken uit, *Montignac-dieet*, *Tantra*, *Tao*, *Hoe vind ik via kosmische weg een partner* en *Zo breng ik mezelf aan de man* – ik moest lachen en liet de boeken in de doos vallen. Op de onderste plank stonden twee fotoalbums, waar ik in keek: Charlotte met haar familie. Charlotte had iedere foto in een keurig handschrift ondertiteld: 'Mama, papa en ik', 'Mijn papa' – maar dit kleine meisje en haar ouders in hun broeken met olifantenpijpen zeiden me niets, en dus legde ik ook de fotoalbums in de doos. Toen vond ik een opbergmap met doorzichtige hoezen waarin duidelijk foto's van vrienden waren opgeborgen, vrienden van wie je niet wist of je ze over tien jaar nog zou kennen en of je ze dan netjes ondertiteld in het familiealbum aan je eigen kinderen wilde laten zien. Te oordelen naar de leeftijd van de mensen die erop stonden moesten de eerste foto's uit Charlottes schooltijd stammen. Een jongen in een Levi's-spijkerbroek met een joint bij het kampvuur, dan twee meisjes die links en rechts over een spiegel knielden, ze deden dit synchroon voor de camera, in hun neuzen staken opgerolde biljetten van honderd mark, waarmee ze iets van de spiegel opzogen, het ene meisje grijnsde met een jonge dubbele kin in de camera, haar ogen waren rood door het flitslicht. Ik bladerde snel door de map. In de laatste hoes stak bovenaan de foto van een halfnaakte man, die ik wat nauwkeuriger bekeek. De man was niet echt halfnaakt, hij had alleen maar een T-shirt met korte mouwen aan dat uit vleeskleurig rubber of dergelijk materiaal bestond en dat hij op zijn buik een beetje omhoog had geschoven zodat je zijn navel kon zien. Met zijn andere hand hield hij de knopen van zijn zwarte spijkerbroek vast. Ik trok de foto uit de hoes, aan de achterkant had Charlotte in haar bekende schoonschrift, dat rond was en naar voren helde zoals dat van vele vrouwen, naam, leeftijd en lengte van de pik genoteerd. De foto die nu bovenop lag, toonde alleen nog het naakte onderlichaam van een man. Ik haalde de hele stapel uit de hoes en bladerde door de foto's. Er zaten ook aangeklede mannen tussen. Bij sommige stond op de achterkant van de foto hun codewoord geschreven. De code moest Charlotte telkens zelf hebben genoteerd. Ik vond de foto van een stelletje op een open plek in het bos, de foto deed denken aan 'Herinnering aan mijn mooiste wandeling met schatteboutje', de twee zagen eruit als natuurliefhebbers, ze droegen Engelse olie-jassen en wollen sjaals, partnerlook. Op de achterkant stond in een vrouwelijk handschrift: 'Wij zijn een tof stel en houden van de natuur en van alles wat na-tuurlijk is. We zijn altijd op zoek naar nieuwe avon-turen en veel pret en zouden je graag ontmoeten. Als je zin hebt, bel ons dan: Sylvia en Ronny.' Bij twee an-dere foto's zaten op de achterkant stickers met gege-vens die van een zekere professionaliteit van de af-zenders getuigden. Net toen ik las: 'Grote Kai 1,89 m, kleine Kai 0,21 m', viel mijn blik op het gezicht van Albert. Albert zag er in zwart-wit heel waardig uit, bij-na als een zakenman. Ik keerde de foto om en las op de achterzijde, die over de hele lengte met een sticker was bedekt:

'Mijn sterke handen willen je verwennen
spel en ernst
nu meteen
bel me
jij en ik'

Daaronder stond eerst het telefoonnummer, toen zijn naam voluit en ten slotte het honorarium: honderd-twintig mark voor een halfuur, een nacht van zes uur voor slechts duizend mark.

Ik keerde de foto weer om, Albert was er nog steeds.

Bij de andere foto's vond ik een twintigtal rekenin-gen waarop Alberts diensten aan Charlotte gefactu-reerd stonden. Ik vroeg me af of ze die van de belas-ting wilde aftrekken dan wel of ze ze alleen maar als souvenirs verzamelde of ze bewaarde om zichzelf voor te rekenen hoeveel ze voor Alberts liefde over had. De vraag kwam in me op waar Charlotte zoveel geld vandaan haalde. Had ze haar erfenis verbrast? Ten slotte had ze naar buiten toe een heel sober leven geleid als hulpserveerster en vroeger als kraakster. Met de foto in mijn handen liep ik naar het raam, deed het open en keek naar de binnenplaats beneden. Ik zag het buurmeisje, dat net een vuilniszak wegbracht. Van Albert had ik al drie dagen niets meer gezien, ik had alleen maar gehoord hoe hij zijn Satie speelde. Ik wist niet of ik Alberts formulering slecht moest vinden, die vond ik belachelijk. Zijn prijzen ook. Het lag voor de hand dat hij zijn klanten bij de champagne en bij het voorspel ook zijn pianospel aanbood. Net als bij mij. Hij was een goede minnaar, dat had Charlotte haar Ted almaar voorgehouden als ze Ted jaloers wilde maken. Ik had Ted kunnen bellen en hem vragen of hij wist hoe Albert de kost verdiende, ik had Ted ook kunnen vragen of Sally zijn vrouw of zijn zus was. In plaats daarvan toetste ik Alberts nummer. Albert nam de telefoon op.

'Ik ben het.'

'Ik dacht al dat je niets meer van je zou laten horen,' zei Albert, hij lachte opgelucht en voegde eraan toe: 'Het spijt me van laatst.'

'Mij ook. Zullen we iets afspreken?'

'Graag. Moet je niet werken vandaag?'

'Jawel, over een halfuur moet ik weg. Hoe weet je dat?'

'Dat weet ik toch meestal wel. Daarna dan?'

'Ik kom naar jou toe, zo tegen halftien.'

We namen afscheid en legden de hoorn neer. Het was goed dat ik me moest klaarmaken en moest wer-

ken, zo had ik minder tijd om me op de avond te verheugen.

Drie uur later stond ik al voor de deur van Alberts
appartement en wachtte op hem. We hadden repetitie gehad in het circus, en tijdens de repetitie belden
drie mensen dat ze ziek waren en daarom had mijn bazin besloten de voorstelling van vanavond te annule-
ren. Mijn nieuwe choreografie leek me nu niet veel
soeps en ik besloot er niet meer aan te denken.

Liever dacht ik aan de vrouw met de opgebonden
borsten die we een keer in de Alcaparra hadden ontmoet. Ze was geen oude bekende, dat stond wel vast,
maar een jonge, rijke vrouw die behalve van push-up-
beha's en oranje gelakte vingernagels ook van de liefde van Albert hield. Het nummer op het biljet van honderd mark waarmee hij toen had willen betalen en niet
had betaald, was het nummer van een klant die graag
een vaste klant wilde worden, die met honderdjes betaalde. Albert kwam hijgend de trap op gelopen. Hij
gaf me een zoen op mijn linkerwang en deed zijn deur
open.

'Hoeveel ben ik je schuldig?' vroeg ik, terwijl ik de
foto onder zijn neus duwde. Albert zag de foto.

'Wat denk je?' vroeg hij terwijl hij zich van me af-
wendde. Het was me niet duidelijk of hij dat als ver-
wijt bedoelde of dat hij naar mijn mening vroeg en me
de tegenvraag stelde welke som ik dacht hem schuldig
te zijn. Hij sloot de deur van het appartement achter
ons. Ik wachtte af.

Albert keerde zich naar me toe, hij vermeed mijn
ogen. Albert zweette. Hij zag er niet meer vastberaden
uit, en ook niet meer zo treurig. Alleen maar verbaasd.
Misschien geschrokken. Albert zag er als een zweter

uit. Hij was bleek, en door de bleekheid zag je de kringen onder zijn ogen. Hij knipperde met zijn ogen en het zweet blonk op zijn voorhoofd en op zijn gladgeschoren bovenlip. Bang was hij ook, maar hij zei het niet. Zijn neusvleugels glinsterden. Hij herhaalde zijn vraag: 'Wat denk je?'

'Nu moet ik nog voor je denken ook? Eerst bemin ik in jouw plaats en nu moet ik ook nog denken? Het spijt me, dat is wat te veel gevraagd. Wat zou je ervan zeggen als jij eens zou denken?'

'Ik hou van je.'

Albert moest geweten hebben dat er geen slechter moment was om dit te zeggen. Maar hij zei het net zo onverhoeds als ik hem een paar dagen geleden een kind had voorgesteld.

'Tja, ja, ik ben echt wel iets bijzonders. Waarom hou je niet van diegenen die je betalen?'

Albert stotterde: 'Ik kan het niet verklaren. Liefde kun je niet verklaren', en zachtjes voegde hij eraan toe: 'Wat bedoel je met "ik heb in jouw plaats bemind"?'

'Waarom doe je dit?'

'Omdat ik geld nodig heb, net als iedereen.'

'En?'

'Ik moet toch ergens van leven. En je verdient op deze manier makkelijk je brood.'

'Met hoeveel vrouwen ben je naar bed geweest?'

'Wat zou een getal jou zeggen?'

Ik keek hem ongelovig aan. 'Je hebt met sommigen van hen geneukt?'

'Voor sommige vrouwen hoort het erbij, ja.'

'Voor welke?'

'Dat kun je niet zo in het algemeen zeggen. Gewoon, voor sommige. Er zijn ook vrouwen die helemaal niet willen praten, alleen maar aanraken. Sommigen betalen je een hele nacht om hen alleen maar in je armen te houden en hun verhaaltjes te vertellen of liedjes te zingen.'

'En dat doe jij?' Ik moest denken aan de dode vrouw op wier buik hij tijdens het vrijen de levende nicht had gelegd.

'Dat ook. Andere vrouwen willen dat je naar hen luistert, urenlang. Ze willen gewoon bevestiging, ze willen dat je hun begeerte en tederheid en echte gevoelens voorspiegelt. Ze weten dat ze die gevoelens alleen maar krijgen tijdens de uren dat ze ervoor betalen, maar dat is voor hen beter dan niets.'

'Voel je je dan niet belachelijk?'

'Waarom zou ik me belachelijk moeten voelen?'

'Hoe oud zijn die vrouwen?'

'Van heel verschillende leeftijden, er zijn er ook jonge bij, vooral als ze een zware baan hebben of het als moeder erg druk hebben – zij hebben niet veel tijd om natuurlijke vriendschappen te onderhouden, laat staan om 's nachts te gaan dansen. Het zijn kapotgewerkte vrouwen, die door hun man niet meer geknuffeld worden. Er zijn zelfs mannen die mij voor hun vrouw bestellen, sommige willen dat ik verzwijg dat ik geld krijg. Hun vrouwen moeten geloven dat ze worden begeerd, ze moeten zich dan begerenswaardig en goed voelen. Ik speel een zakenman, ben maar voor een week in de stad, maar de liefde is groot, de vrouw voelt zich goed, ze bloeit weer op en de man beleeft weer plezier aan zijn vrouw. Maar gevoelsmatig stomp je daardoor af, net zoals verpleegsters of pathologen, je kunt geen medelijden met hen hebben, dan zou ik er niets meer aan verdienen, dat zou niet goed zijn.'

'Maar seks verkoop je hun ook? Hoe dan bijvoorbeeld?'

'Gisteren wilde er een dat ik met haar meeging naar de bank. Haar man is daar directeur. Ik moest haar eerst vergezellen naar het kantoor van haar man, toen met haar het kantoor uit gaan, de gang door en in de wc verdwijnen. Daar tilde ze de rok van haar mantelpakje op en wilde dat ik haar eens goed zou pakken en dat haar gekreun zo luid zou klinken dat de secretaresse van haar man niet meer ongestoord haar formulieren kon invullen. Toch kan de secretaresse het niet helpen, haar echtscheiding.' Albert was blijkbaar niet van plan om me te sparen. Hij was een kletser. Hij wist met welke verhalen hij zich kon verzekeren van het laatste restje van mijn vertrouwen. Het parkeerbiljet. Dat had ik uit liefde aan het Luzinmeer in elkaar gefrommeld en weggegooid.

'En doe je dit graag?'

'Wie zegt dat het altijd prettig moet zijn?'

'Maar meestal? Vind je het doorgaans prettig?'

'Anders zou ik mijn werk niet zo goed kunnen doen.'

Ik vroeg me af of ons gesprek hem opwond.

'Voor de meesten is de telefoon trouwens voldoende. Ze bellen je 's nachts, om niet alleen te zijn. Soms zijn ze gehandicapt en kunnen ze hun huis niet uit. Of ze zitten op kantoor en willen dat je hen om twee uur 's middags belt, zodat hun collega's denken dat ze weer een nieuwe aanbidder hebben, dan kletsen ze en lachen luid en opgewonden, en je vertelt hun vrolijke dingen. Of ze hebben een baan als lerares en willen dat je hen tijdens de pauze in de leraarskamer belt. Er zijn opvallend veel leraressen bij, nu ik erover nadenk.'

'En wie betaalt jou voor mij?'

'Niemand.'

'Hoe moet ik dat weten?'

'Je moet het geloven, het is niet anders.'

'Aha, geloven, hoe dan?'

'Gewoon. Voor wie zou je zoveel geld waard zijn? Wie heeft het zo goed met je voor?' Albert glimlachte me vriendelijk toe, zijn oogleden knipperden nog altijd, maar hij lachte vriendelijk, hoewel wat hij me zei misschien erg triest was, ik begreep het nog niet goed.

Toen ik wegging en het ernaar uitzag dat ik voor altijd zou weggaan, huilde Albert. Mijn vader had gehuild toen hij na een driftaanval voor mij op zijn knieën viel en me met ogen die erg ontroerd waren over zichzelf, die uit ontroering begonnen te tranen, om vergiffenis voor zijn toorn vroeg. Toen al had ik besloten dat dit geen liefde was. Ik walgde van Alberts tranen.

Twee dagen lang hoorde ik Albert de Gnossienne nr 1 spelen. Onophoudelijk. Hij leek niet te werken (misschien was er op dit ogenblik wel geen vraag naar hem). Ik begon medelijden met Albert te voelen. Dát zou ik wurmpje noemen (*het* Albertje), en niet dat wat in mijn zwangere buik zou groeien. Ik maakte me zorgen om Albert. Ik stelde me voor dat ik veel voor hem had betekend. Hij schaamt zich, dacht ik, hij haat zichzelf, dacht ik, hij houdt van me, dacht ik. Het volgende ogenblik dacht ik aan Charlotte. Iemand als Albert jaagt geen mensen de dood in, dacht ik. Misschien was hij de man in de rode auto geweest, misschien pijnigde zijn geweten hem, misschien treurde hij om zichzelf. Hij is bang, dacht ik, hij kan het alleen-zijn niet aan, dacht ik, hij houdt van Charlotte, dacht ik. Ik zag hem voor me, zoals hij zelfingenomen over de toetsen van zijn piano oefende in headbangen. Met tranen in zijn ogen, die op de toetsen plensden. Ik hoorde de regen op de vensterbanken en op de binnenplaats op stenen en aarde druppelen. Ik luisterde niet naar muziek en keek niet naar de televisie. In de keuken bromde de koelkast. Ik zette het raam in de kamer open en leunde naar buiten. Koele lucht. Traag van de regen. Boven brandde licht, het schijnsel viel op de natte vensterbanken. Ik liep naar de telefoon en toetste Alberts nummer in, ik kon de telefoon horen overgaan in het appartement onder me, maar hij nam niet op. Hij speelde de Gnossienne. Hij had het antwoordapparaat uitgeschakeld. Ik overwoog naar beneden te gaan, maar ik wist dat hij niet zou opendoen.

Ik deed het licht in mijn appartement uit. Ik kleedde me niet uit. Misschien omdat ik me te weinig thuis voelde. Ik opende het raam boven het bed. De regen werd minder, tot hij alleen nog maar van de bladeren druppelde. De koude was stil. Geen ruisen in de ahorn, die zich klaarmaakte om zijn bladeren af te stoten, geen stemmen uit andere appartementen, de meeste bewoners hielden hun ramen in afwachting van de kou gesloten. Elk jaar rook het minder naar winter. De geur van de winter was die van sneeuw, zo had ik het me als kind verbeeld. Ik had er ook met andere kinderen over gesproken, 's ochtends, als ik in het donker naar school liep en het meisje van driehoog voor het huis tegenkwam, het meisje dat niet alleen een rood sneeuwpak maar ook bijpassende rode sneeuwlaarzen had, dan vroeg ik haar of zij hem rook, de winter, maar zij schudde haar hoofd. Ze droeg oorwarmers van rood kunstbont. Het meisje had me verwonderd aangekeken. Toch was ik er zeker van, ook al was ik de enige en was er dus niemand die het me kon bevestigen, dat ik de winter kon ruiken. Op een avond, enkele weken geleden, het moet eind augustus zijn geweest, zaten Albert en ik na de bioscoop voor de Alcaparra. Met korte mouwen. De avond was fris. Albert dronk iets met een kristallen randje, en ik vertelde hem over de geur van de winter. Ik vergat niet eraan toe te voegen dat ik ooit in Alaska was geweest en dat het daar niet naar winter had geroken, hoewel het er voortdurend winter was. Ook toen ik ouder werd en wist dat je sneeuw niet kunt ruiken, integendeel, dat de kou die de sneeuw met zich meebracht alle geuren vernietigt, bleef de wintergeur een geheim. Albert keek me geamuseerd aan en knabbelde aan de suikerkristallen op zijn glas, met volle lippen, teder. Hij zei me dat hij zijn hele leven lang niet noordelijker dan Duitsland was geweest, om precies te zijn was hij nooit noordelijker dan Rostock geweest, waar hij was opgegroeid. Maar hij kon vermoeden wat ik had geroken. Nieuwsgierig keek ik hem aan. Ik kon nog niet geloven dat na al die jaren uitgerekend iemand als Albert de oplossing van het raadsel wist. Hij zei dat het de bruinkool geweest moest zijn. Ik staarde hem aan, probeerde de vreugdevolle nieuwsgierigheid in mijn blik te behouden, klakte bij die poging met mijn tong, knikte voorzichtig en begreep pas later, vandaag, dat ik op dat moment erg verdrietig was, dat ik er in ieder geval verdrietig had uitgezien, want Albert had me in zijn armen genomen en gezegd dat ik het me niet moest aantrekken, dat hij niet had geweten dat het om een betovering ging, die hij zeker niet wilde verbreken. Hij had mijn oorlelletjes gekust en er voorzichtig in gebeten, om me de gelegenheid te geven even te gillen. Ik lachte erbij.

Onder me speelde Albert de Gnossienne nr 1 van voren af aan. Het schitteren was hij vergeten. Het kon nog niet naar winter ruiken. Het was pas eind september. Ik wilde dat Albert zou ophouden met spelen en naar de telefoon zou grijpen, ik wilde dat hij zou lachen. Gorgelend. Vol. Zijn lach hoefde niet per se voor mij bedoeld te zijn, ik wilde hem alleen maar horen.

Maar ik heb ook een verhaal zonder verklaring, had Albert toen gezegd, en hij had me opnieuw in mijn oorlelletje gebeten.

Een man ontmoet een vrouw. Ze leren elkaar kennen en brengen de tijd met elkaar door. Ze gaan met elkaar naar bed, eten, drinken, amuseren zich – zonder dat een van beiden het woord liefde of iets dergelijks in de mond neemt, wat voor hen beiden eerst een opluchting is –, tot ze het missen en ze er geen van beiden over willen beginnen. Hij wil niet omdat hij niet weet hoe zij erover denkt en of ze bij het uitspreken van het woord liefde niet net zo erg zal terugschrikken als hij zelf enkele weken geleden nog had gedaan. Hij denkt: ik hou van je, terwijl hij haar aankijkt, en hij denkt dat ze precies weet hoe zijn huid zich opent, zijn longen zich vullen en ikhouvanje uitademen, dat ze weet hoe hij dat soort woorden, en andere, zou kunnen roepen, dat ze het weet omdat ze toch samen zijn en haar blik de zijne ontmoet. En ze kijkt hem ook aan alsof ze het weet en het wederzijds is. Hij moet niet praten. Zij ook niet. Hij houdt van haar krullen. Als ze samen in bed liggen, kietelt en streelt hij haar met haar krullen. Hij ligt graag op zijn buik en voelt dan hoe haar hoofd met de haren op sleeptouw over zijn hele lichaam beweegt. Soms voelt hij haar mond of een wang. Vaak een borst. Hij ligt ook graag met zijn hoofd op haar buik, daar ruikt het lekker en ligt het zacht, en als hij naar boven, naar haar gezicht kijkt, kan hij haar hals niet zien, alleen maar haar kin die op haar borst ligt en de smalle ogen die naar hem blinken, die ze bijna moet sluiten om langs haar borsten heen naar hem te kunnen kijken. Het klotsen in haar buik is een vertrouwd geluid voor hem. En als ze zich vooroverbuigt, hangen haar haren rond hun beider gezichten als een mantel, een lichte mantel, een zomermanteltje, alsof ze beiden in een grot zitten, alleen maar zij en hij, en het beetje licht dat door haar haren heen valt. Ze lachen elkaar toe. Toch worden ze niet gelukkig. Kun je me dat verklaren? had Albert me gevraagd en ik dacht toen: misschien bedoelt hij ons, zichzelf en mij. Dat dacht ik, en dus had ik zijn verhaal heel aandachtig gevolgd. Waarom wil je dat weten? had ik nog gevraagd. Ik weet het gewoon, het is immers mijn verhaal, hoe zou ik niet weten hoe mijn verhaal afloopt. Dus de man geniet ervan om met de vrouw naar bed te gaan. Soms doen ze een vluggertje, voor zij naar haar werk moet. Het geeft hem een kick om de lust van zijn geliefde te voelen als ze hem afweert en hem zo aankijkt en hem zo vastpakt en hij zich voelt zoals hij zich nog nooit bij een vrouw heeft gevoeld, alleen maar bij haar. Zo. Op een dag, ze liggen met z'n tweeën op haar grote vloerkleed en laten het zweet op hun huid opdrogen, zijn zijn bedenkingen vervlogen, en voor hij zich zorgen kan maken over haar antwoord, vraagt hij haar of hij voor altijd bij haar mag blijven. Of zij dat ook wil, alleen maar hij en zij. Nadat hij het heeft gevraagd, merkt hij dat hij een fout heeft gemaakt. Niet dat hij het niet had mogen vragen, maar misschien later of eerder of anders. De geliefde staat in ieder geval op en zegt dat ze nu wil gaan douchen. Ze neemt haar krullen mee, die hangen nu alleen nog maar om haar huid. En hij vraagt of ze zijn vraag niet wil beantwoorden. Ze zegt neen en kort daarop zegt ze: of toch. Ze neemt de krullen bijeen en draait ze zo vast in elkaar dat ze tot een wrong worden verstrengeld, die ze boven op haar hoofd een plaatsje geeft. Een gouden nest. De haren mogen niet nat worden onder de douche. Natuurlijk wil ze tijd met hem doorbrengen. Maar ze heeft ook een beetje tijd nodig voor anderen.

Ze kan niet alleen maar één iemand beminnen, en ze lacht vriendelijk, en hij moet haar kus beantwoorden zodat ze niet merkt dat haar antwoord hem raakt. Hij wil niet vragen van wie ze dan nog moet houden. Hij weet het eigenlijk wel, en meer dan dat wil hij ook niet weten. Hij bedenkt dat hij nog maar heel kort geleden een veel oudere vrouw heeft bemind. Maar niet lang. Toch was hij daarna uitgeput, en ook nu nog wanneer hij eraan terugdenkt. De oudere vrouw had gewild dat hij haar met een zweep zou bewerken. Dat soort verzoeken kende hij. Ze verbaasden hem niet. Hij had het geweigerd. Pijn maakt hem niet gelukkig, die stoot hem af. De oudere vrouw was teleurgesteld. Ze zei tegen de man dat hij zich niet zo moest aanstellen. Toen dat niet hielp, stuurde ze hem weg. En dus had hij de vrouw niet bemind, alleen maar geneukt. Klopt dat? had Albert gevraagd, en ik knikte instemmend. Albert ging verder met zijn verhaal. De man keek naar zijn nieuwe geliefde, hoe ze naakt door de woning liep en de kleren bijeenzocht die ze na het douchen zou aantrekken. Albert vertelde: de meeste van haar kleren zijn versleten of geleend. Hij houdt ervan hoe ze zich beweegt. Hij wil er niet lang over nadenken van wie hij ook nog moet houden en van wie zij ook nog houdt. Het was maar een voorstel, ze konden ook net zo goed alleen zijn. Alleen maar een voorstel, stelt hij zichzelf gerust. De geliefde glimlacht weer naar hem, dit keer heeft haar glimlach iets opmonterends, en ook haar stem heeft iets dat lust bij hem zou moeten opwekken. Haar stem wekt geen lust op. Ze zegt hem: tenzij hij haar zou leren vliegen. Dan zou ze vast alleen nog maar van hem houden, vast. Hij zou dan met haar over de oceaan naar Grand Isle vliegen, over alle huizen heen.

Huizen van hout die ginds op palen langs de arm van de Mississippi staan, boven de hemel ook die zich in het water tussen de moerasgrassen spiegelt, alle mensen onder en achter zich laten en daar op de oever landen. Ze zouden op het zand liggen en elkaar 's nachts bij het geluid van de branding beminnen. Met zand in hun mond. Daar zou het haar makkelijk vallen, zelfs haar, om gelukkig te zijn en van maar één mens te houden. Hij haalt zijn schouders op, haar verwachting lijkt hem kitscherig omdat ze absoluut onbereikbaar is. Hij zou willen dat ze ophield met zo te praten. Dat ze een onmogelijk visioen schept als voorwaarde om alleen hem te beminnen, ervaart hij als een bespotting. Korte tijd nadien is ze weg. Ze is zo ver weg dat ze hem niet meer zou kunnen zien zelfs als hij zou vliegen, zelfs als (en misschien heeft hij haar leren vliegen), zelfs als hij had kunnen vliegen (en ze is neergestort), ze zou het niet meer zien. Dat lucht hem op, ook al maakt het hem verdrietig. De onmogelijkheden werden verruild.

Nadat Albert me dit verhaal tot op het eind had verteld, was het me duidelijk geworden dat het niet op ons sloeg. Hij had me gevraagd om het verhaal voor mezelf te houden, hij had het nog aan niemand verteld, en misschien zou ik de enige blijven die het ooit zou horen. Vandaag dacht ik in plaats van aan mezelf aan Charlotte. Geknakte vleugels, gebroken (gesmolten?). Ik zag niet langer de wielen van de tram voor me, waar haar blonde krullen in de wind onderuit fladderden. Maar ik zag duidelijk haar haarborstel waarin veel van die haren hadden gekleefd, die ik (onschuldig als altijd?) had weggegooid op de avond waarop ik Albert voor het eerst had opgezocht. Als Albert van haar had gehouden, dan was ze gestorven voor hij het haar had kunnen zeggen. Nu miste hij diegene met wie hij het had willen delen.

De Gnossienne onder me werd hinderlijk en daardoor bedreigend, ze werd meer en meer iets dat kwam aangerold, zoals de zee, waar Charlotte Albert had bemind. Maar deze zee was zonder schittering en zonder vragen, zoals bij de Gnossienne zou hebben gepast, ze was opdringerig, herhalend, dreunend.

En ik herinnerde me een ander verhaal, een dat ik helemaal had vergeten omdat het me onbelangrijk had geleken. Het was een van de weinige verhalen waarin Albert uitdrukkelijk over zichzelf sprak, een herinnering aan zijn kindertijd, een geheim dat me eerder líef leek toen ik het hoorde. Hij had moeten toegeven dat hij er sinds zijn jeugd met niemand over gesproken had omdat hij het gevoel had gehad iets verbodens te hebben gezien, iets dat niet voor kinderoren en kinderogen bestemd was geweest, en daarom ook 's nachts was gebeurd.

Het was tijdens de vakantie en Albert logeerde bij zijn tante in Berlijn. Het moest halverwege de jaren zeventig zijn geweest. Albert was ongeveer tien jaar. Later herinnerde hij zich alleen nog maar het oranjekleurige licht dat door de ramen van het hoge oude huis naar binnen was gevallen. Hij moest in een bed slapen dat in een kamer stond met ramen aan de straatkant, aan de Adlergestellboulevard, daar had zijn tante gewoond, en het oranje licht werd door de schaduwen van de voorbijrijdende auto's gebroken, op het plafond kruiste het ene licht het andere. Vanaf de sporen die boven de andere kant van de straat lagen, hoorde Albert de voertuigen van de S-Bahn, die aankwa-

men, stopten en verder reden, want het huis van zijn
tante lag tegenover een station. Albert telde de lichten
als schaapjes, tot er opeens geen meer kwamen, van
het ene licht op het andere was de stroom afgebroken,
en toen er geen lichten meer kwamen, dacht hij eerst
dat nu ook de auto's waren aangekomen en dat hun
bestuurders, de fabrieksarbeiders van de republiek die
thuiskwamen van de nachtploeg, naar bed waren gegaan. Maar toen hoorde Albert een veel dieper geluid
dan dat van de S-Bahnwagons, een dreunend geluid
dat hij voorheen nooit had gehoord en dat hij ook niet
kon thuisbrengen (pas later: nu, in de Gnossienne, te-
rugvond). Hoe strak Albert zijn lichaam ook spande,
het dreunen liet zijn middenrif trillen. Het dreunen
was bedreigend. Het geluid rolde aan zoals een vloed-
golf moest klinken die op een kust toe rolt om het land
en de mensen te verslinden, maar toen had Albert nog
niet over zulke hoge vloedgolven gehoord, anders zou
hij misschien zelfs geloofd hebben dat er zo'n vloed-
golf op Berlijn afkwam. Door het dreunen begon het
huis te trillen, en met het huis ook het bed waarin Albert lag. Albert kneep zijn ogen dicht en probeerde
zich voor te stellen dat hij allang sliep, dat had hij als
kind vaak gedaan, meestal wanneer hij gedachten had
die hij niet wilde hebben, dan probeerde hij zich voor
te stellen dat hij droomde en dat hij alleen maar wakker hoefde te worden om aan iets anders te denken.
Albert klom op zijn tenen uit het bed, alsof de tante
hem bij dat lawaai had kunnen horen, en sloop naar
het raam, waar geen gordijnen voor hingen, en Albert
kon zijn ogen niet geloven: een colonne pantserwagens
waar geen eind aan kwam rolde door de nachtelijke
straten. Mensen kon hij niet zien.

(De Gnossienne pijnigde me. Alleen maar te horen wat Alberts vingers deden, alleen maar te horen hoe hij ze tot nadenken dwong, en hem niet te zien. Moest ik met mijn voeten stampen?)

Toen Albert me dit verhaal in augustus vertelde, glimlachte ik vredig en dacht aan mijn medestudente in Châlons en aan de oude conciërge en hoe ik op een keer onverwachts op bezoek was gekomen, de Gnossienne en hun zachte stemmen al buiten had gehoord, de deur naar de kamer van mijn medestudente had geopend en hoe de twee vrouwen met naakte bovenlichamen en in een innige omarming verstrengeld stonden, maar ik ging de kamer uit zonder ooit te weten of ze me hadden opgemerkt, en ook bij mijn volgende bezoeken had ik niets laten merken, alleen maar hun blikken opgemerkt, hun monotone dreun gevolgd, en vooral naar de platen van Satie geluisterd. Die omarming ging mij niets aan, die was niet voor mijn ogen bestemd en dus probeerde ik haar te vergeten. Ik vond het niet nodig om Albert daarover te vertellen. Pas nu, toen ik zijn Gnossienne en het dreunen erin hoorde en me het pantserwagenverhaal van Albert herinnerde, betreurde ik het dat ik had gezwegen.

Daarna was hij naar de slaapkamer van zijn tante gelopen, de tante die alleen woonde en die graag had dat hij bij haar in bed kroop. (Toen Albert me over zijn tante vertelde, moest ik onwillekeurig aan de tante van Charlotte denken, omdat ik geen andere tantes kende.) Albert had de stijve deken opzij geschoven en was naast de tante gerold. Ze had hem over zijn voorhoofd gestreeld. Hij had het niet gewaagd om met de tante te praten over het dreunen, dat je nog steeds kon horen en dat haar bed liet trillen. Hij genoot ervan haar hand op zijn voorhoofd te voelen. Na een poos vroeg hij haar waarom er pantserwagens waren. De tante had geantwoord: omdat ze de mensen bang maken. Dat kon Albert begrijpen. Hij schoof wat dichter naar de tante toe. Hij vroeg: wie zijn onze vijanden? De tante had daar niet op willen antwoorden. Toen hij aandrong, had ze gezegd: sommige mensen geloven dat het geld onze vijand is. Albert was nog dichter naar de tante geschoven en had haar gezegd: dat geloof ik niet. Hij had dat vooral gezegd omdat hij de twijfel in haar stem had gehoord en omdat hij de tante daarin, net zoals in al het andere, gelijk wilde geven. Hij hield van de tante en wilde door haar worden bemind.

Uiteraard, dacht ik, was het voor Albert, die uit het oosten kwam, pijnlijk om over geld te praten. Hij wilde me alleen maar niet kwetsen. Hij had er heel gezonde ideeën over hoe hij makkelijker aan geld kon komen dan met zijn Gnossienne.

Als kind had Albert niet durven praten over wat hij had gezien, ze zouden ook gedaan hebben alsof ze hem niet geloofden, alsof hij alleen maar had gedroomd, daar was hij zeker van. Albert speelde met wat hij had gehoord en gezien, hij verbeeldde zich tijdens het spel dat hij getuige was geweest van een geheime onderneming. Soms stelde hij zich voor hoe hij oudere vrouwen zou beminnen. En toen hij jaren later de een of de ander naar de pantserwagens op de Adlergestell-boulevard had gevraagd, wilde niemand zich die nacht herinneren.

Ik stelde me voor hoe beangstigend de pantservoertuigen geleken moesten hebben en ik onderdrukte een schouderophaal tegenover Albert, het mocht niet lijken alsof zijn verhaal me radelozer maakte dan mijn sneeuwverhaal hem had gemaakt, want mijn verhaal had hem alleen maar geamuseerd, zijn verhaal daarentegen stond midden in de kamer en deed ons allebei zwijgen.

Ik vroeg me af of ik dit geheim grondig zou uitzoeken voor Albert. Ik kon het vragen aan andere mensen die in het oosten hadden gewoond, die ouder waren en konden weten of die nacht met de pantserwagens er was geweest of niet. Even leek me dit de laatste liefdesdienst die ik Albert kon bewijzen, daarna echter leek het me eerder een verraad, want het was iets wat hij had meegemaakt en het was zijn geheim, niet dat van mij, en ik had geen recht om zijn gedachten te exploiteren. Bovendien wilde ik Albert niet meer liefhebben. Ik wilde niet meer aan hem denken.

Ik lag in mijn bed en luisterde naar de Gnossienne onder me en naar de stilte op de binnenplaats. Ik rook een vleugje winter. Het was waar wat Albert had gezegd, het waren verbrande kolen die ik voor de winter had gehouden. En het was geen wonder dat het elk jaar minder naar winter rook, niet alleen omdat de winters minder streng waren. Maar het kon nog niet naar winter ruiken want het was pas eind september, en Albert speelde nog altijd de Gnossienne. Ik keerde me op mijn andere zij, hoorde mijn hart slaan, zoals die nacht met Ted, alleen was er nu geen lach van een vreemde onder mij, geen sigarettenrook die in mijn neus kriebelde. Albert werd trager. Traag was goed, maar Albert sleepte zich nu over de toetsen heen alsof in elke toon afscheid hing.

Ook mijn vader werd toen trager, hij sprak trager, zong trager, vloekte trager. Omwille van zijn geflirt met Glenfarclas had de Deutsche Oper mijn vader met vervroegd pensioen gestuurd. Ik weet niet waarom ze ons, kinderen, zo lang bij hem lieten wonen. We letten er natuurlijk op dat we naar buiten toe geen sporen van verwaarlozing toonden. We stalen om op school de noodzakelijke benodigdheden op tafel te kunnen leggen – schoolschriften, stiften, drie mark voor een uitstapje of een mark voor een collecte voor het goede doel. En we deden het omdat we ons eraan hadden gewend mijn vader en zijn onvermogen om voor ons te zorgen te verbergen en hem te beschermen. Ja, ook de vader verborgen we. De vader dronk trager. Niet minder. We beantwoordden de telefoontjes en maakten de deur open. Soms had hij een royale dag en trakteerde hij ons op pizza, die door de pizzeria om de hoek werd gebracht. Opbellen en de pizza aannemen moesten wij doen. Ik belde op en mijn oudste broer nam de pizza in ontvangst. Ik geloof dat mijn vader zich naar buiten toe staande hield en voortdurend op weg naar beterschap leek.

Albert was een lui mens, dat hoorde je aan zijn pianospel. (Ik hield van luie mensen.) Albert hield er niet van zijn vingers te strekken, met de linkermiddelvinger had hij duidelijk een probleem. Albert verdiende zijn brood met de liefde omdat het geld op die manier sneller was dan hijzelf.

Pas toen mijn oudste broer op diefstal werd betrapt, kregen we bezoek van twee vrouwen van de kinderbescherming van Wedding in parka's en met Palestijnse sjaals. Ze kwamen onverwacht op een avond bij ons in de kelderwoning in de Müllerstrasse. De twee stelden ons vragen, en omdat we de situatie aanvoelden en het leuk vonden om onze macht te voelen en uit te spelen, zei mijn oudste broer hun dat mijn vader onze kleren niet waste. We gaven ze hem wel altijd maar hij vergat ze te wassen, daarom stonken we. Mijn middelste broer wees naar mij en beweerde dat ik al meer dan eens was weggelopen omdat ik het niet uithield, en de jongste van mijn broers wees ook naar mij en zei dat ik ernstige problemen met de vader had omdat ik immers een meisje was. Daarbij grijnsde hij duidelijk dubbelzinnig. De twee vrouwen met hun Palestijnse sjaals keken me geschrokken aan. Hun gelaatsuitdrukking hield het midden tussen afgrijzen en medeleven. Ik had nog niets gezegd. Ze vroegen me of het waar was wat de broers zeiden. Ik hield mijn hoofd stil, keek uitdrukkingsloos naar de oorbellen van de ene vrouw, waar yin-en-yang-symbolen aan hingen. Die wilde ik ook hebben. Alsjeblieft, probeerde de andere nu, je moet het ons zeggen. Ik boog mijn hoofd en werd rood. De vrouw met de yin-en-yangoorbellen sprong op van haar stoel, stortte zich op me en klemde mijn hoofd tussen haar handen. Ik begon te huilen. Nu kwam de andere vrouw naar me toe, hield mijn schouders vast en sprak kalmerende woorden. Mijn broers draaiden met hun duimen. Mijn vader was naar de avondwinkel op de Fehrbelliner Platz gereden. De vrouwen hurkten voor me neer en formuleerden bezweringen uit hun opgezwollen monden. Heeft hij je misbruikt? jammerden ze. Ik zei niets, ik snikte. De vrouw met de oorbellen zei dat zij zich nu om ons zou bekommeren, de andere greep naar de telefoon om de kinderbescherming te bellen. Onze telefoon was afgesloten omdat mijn vader de rekeningen niet vlug genoeg betaalde. Ik haatte zijn traagheid. Toch wist ik niet wat op zo'n moment juist was, ik snoot ondertussen mijn neus. Het ene woord lokte het andere uit. De twee vrouwen werden moedig, ze droegen niet alleen Palestijnse sjaals, ze waren in het diepst van hun hart ook strijdsters. Ik snikte voort. De vrouwen pakten onze kleren, trokken ons onze jassen aan en zeiden ons dat we moesten voortmaken. We verdwenen nog voordat mijn vader van de avondwinkel terugkwam. Een van de vrouwen nam ons mee naar haar huis, van waaruit we de volgende dag naar het kindertehuis werden gebracht. Daar was alles goed, ook al rook het er niet meer naar schimmel en thuis. Ik was toen twaalf, zo oud als het buurmeisje nu, mijn broers waren veertien, vijftien en zestien. Met z'n vieren hadden we hem verraden. In elk geval mijn jongste broer had gelogen. Mijn zwijgen kon ook als verraad worden bestempeld. Ik had hem eerder verloochend dan verraden. De broers verbraken, zo gauw ze konden, ieder contact met onze vader (ik zei dat ze hem lieten inslapen, want die vader interesseerde hen niet meer). Toen het echtpaar me belde en me meedeelde dat mijn vader twee dagen geleden vroeg in de ochtend was gestorven, had ik hem meer dan drie jaar niet meer gezien. Ik had hem uit mijn leven verwijderd.

De Gnossienne onder me verstomde. De telefoon ging, maar er werd niet opgenomen. Ik hoorde een doffe klap. Albert is van de kruk gegleden, dacht ik. Ik zag hem voor me liggen, hoe hij jammerde en op zijn knieën terechtkwam, zijn gezicht verwrongen, zijn wenkbrauwen verbaasd omhooggetrokken, zijn oren naar achteren, zijn zwetende lichaam. Zijn geur, die zoveel voor me had betekend, zijn ademhaling, die ik niet meer wilde horen. Die ellendige kauwgeluiden die hij maakte wanneer hij een appel at, en het geslurp als hij zijn mierzoete espresso dronk. Jakkes. Albert zal zich van kant maken uit woede en zelfingenomenheid.

Ja, zo aardig zou hij voor zichzelf nog wel zijn. Ik luisterde naar de geluiden uit het appartement onder me. Geen regendruppels meer, geen koelkast meer. Geen Gnossienne, alleen nog maar stilte, louter stilte, niets anders meer. De stilte boezemde me angst in. Ik ging op mijn buik liggen en voelde hoe mijn hart mijn borsten tegen de matras aan drukte. Ik schoof mijn hand tussen mijn buik en de matras, legde haar onder mijn middenrif en voelde het kloppen. Ik huilde niet. Je kon de pijn kleiner maken door haar te vergroten. Later draaide ik me op mijn rug en was verbaasd over de lichtheid en de snelheid waarmee mijn hart me vanbinnen in beweging hield. Naar buiten toe werd ik almaar rustiger. Stilte onder mij. Ik dacht: Albert heeft zich van kant gemaakt.

Geen komen en gaan meer.

Nooit.

Nooit meer. Ik wilde dit woord niet begrijpen, misschien kon ik het niet. Ik kon Albert niets meer vragen, elk woord kleefde vast in mijn keel, kon niet vooruit en niet achteruit, versperde me de weg om te ademen. Me er echter wel over verbazen dat alles voortging, de tram voortreed, zon en maan zouden opgaan en ondergaan, de wolken voorbij zouden trekken, de hemel nog daar boven zou blijven (hoe hoog?), de winkels hun spullen zouden verkopen, de mensen iets van zichzelf zouden verkopen, de mensen op straat en de kinderen in mijn circus zouden lachen – deed het pijn in de oren? Bijna niet, het sijpelde weg, werd niet meer gehoord. Liefdesparen die elkaars handen vastgrepen, baby's die in hun kinderwagens zouden tronen. Ik keek weg. Het licht spotte met mij, het spaarde me niet, de zon brandde in mijn gezicht. Stikken dan, stikken in de veelheid en doordat de keel nauwer was geworden. Ik keek weg, voortdurend weg, wist algauw niet meer waarheen. Ach, daar was Ted. Eens horen wat hij zou zeggen. Dat ik blij mocht zijn dat we geen leven lang bij elkaar waren geweest, zou Ted zeggen, blij ook dat ik geen kind met Albert had, blij dat hij niet mijn kind was, want kinderen kon je niet vervangen. En in New York werd het in de winter nog kouder dan in Berlijn, dat zou Ted zeggen. En ik hoorde dat je de liefste heel goed kon vervangen, dat ik er blij om mocht zijn. Ach, ik giechelde in mezelf, er ontbrak alleen nog maar een roomsoesje aan om me voldaan achterover te laten zakken. Ik hoefde alles alleen maar in het juiste perspectief te zien, juist, en het ook te begrijpen, juist, alles juist. En wat ik nu aan mogelijkheden had.

Zijn dood had voor mij toch alle deuren geopend, was het niet zo?

Ja, ik wilde, ja, ik wilde het, ja, ik wilde het proberen, ja, wilde liefhebben, ja, waar ik kon, ja, ja – ja toch.

Mijn oren deden pijn, pijn zoals mijn tandvlees, pijn zoals mijn hersenen en mijn gedachten die waren binnengedrongen, zich niet lieten wegjagen, en pijn deed ook mijn huid, pijn mijn borsten, maar ik kon ze niet horen, net zomin als de gedachten en al het andere, omdat mijn oren pijn deden. Ze deden pijn van het verlangen om Albert te horen, pijn van de stilte waarin alleen maar herinneringen binnenslopen, een stilte die zich met Alberts woorden vulde, woorden die enkel als een echo een thuis vonden in mijn hoofd. Elk ander geluid was een kwelling.

Ik probeerde te bedenken wie ik kon opbellen om me af te leiden. Mijn broers wisten niets over Albert, ik had het hun nu niet kunnen uitleggen, ik wilde het ook niet. Ik dacht aan Albert, tussen mijn tranen door kroop een lach, mijn herinneringen aan ons waren in de lach, zijn herinneringen waren met hem gestorven, hij had ze meegenomen, mee in de niet-ruimte waarin er geen zwijgen en geen stilte waren omdat er ook geen geluiden waren die het zwijgen of de stilte hadden kunnen grijpen, ze hoorbaar hadden kunnen maken of ze hadden kunnen laten bestaan. Een niet-ruimte die hij had gekozen. (Over moleculen gesproken: waar moesten die heen zonder ruimte en tijd?) Ik voelde een zweem van woede. Weer dacht ik in zijn plaats.

Het stoorde Albert niet, mijn pijn niet en ook mijn vragen niet, want hij wist niets van mijn vragen af, hij wist niets meer, hij was er niet meer, hij, die was er niet meer, alleen nog maar delen van Albert, delen in mij, delen die met Charlotte waren gestorven, delen in ieder van de vrouwen die hij had gekend, maar in niemand de hele Albert, en ook de som van ons allemaal maakte hem niet heel, niets meer maakte hem, niets meer hem, niets hem, niets, het niets bleef langer dan Albert, het niets maakte zijn aanspraken op de niet-ruimte die niemand zich kan voorstellen, voor wie het niets een naam is, net zoals Albert, een naam, niets anders, een betekenis, voor wie? Een betekenis die alleen maar datgene bleef wat ze in mij bleef, die alleen maar daar was waar nog herinnering was, die me dwong me te herinneren, die me uitputte en pijn deed, uitputting, waarvoor ik in de slaap wilde wegkruipen en die in de slaap alleen maar thuis was, en thuis, dat was met Albert en in zijn ademhaling, thuis was mijn droom waarin ik Albert van achteren zag, hem op de schouder tikte, hij zich omkeerde en ik gelukkig was omdat ik had gedacht dat hij dood was en me had vergist en hem omarmde en mijn gezicht tegen zijn lichaam duwde en hem aankeek en kon zeggen, lachend zeggen, dat iedereen dacht dat hij zich van kant had gemaakt, en waar alleen maar een blik overbleef (treurig?) en een glimlach en de vastberadenheid, en ik wakker werd, me in bed omdraaide, het dekbed in het zonlicht mijn geluk fel neerstak, een leeg dekbed waarin misschien nog dons zat maar geen mens meer, en niet alleen het bed was leeg, ook het appartement en de straat en de stad: ik was machteloos.

Hier blijven. Kunnen. Moeten. Willen. Alleen maar op die manier bleef ook een deel van Albert, mijn deel, alleen in mij, alleen wanneer ik bleef. Ik huiverde, had drie truien aan (toegegeven, er lag nog een vierde in de commode), ik ging naar de badkamer, duwde de stop in het bad en liet warm water lopen. Ik begon te zingen. Ik hou van, hou van Albert. Zolang ik leef, moet ik er niet mee ophouden. Ja, ik kan naar bed gaan met anderen, ik kan ook van anderen houden – maar ik moet er nooit mee ophouden van Albert te houden. Dat kalmeerde me. Voorlopig.

Hier blijven. Ik kon het appartement opzeggen, ik moest deze kamers niet om me heen hebben, Charlottes kamers, waar tussen de muren, op de vloer, onder het dekbed Albert zat, waar Albert en ik praatten, Albert en Charlotte. Albert. Dit was waar Albert was, de herinnering aan hem waar ik was – en dus kon ik me vrij bewegen.

's Nachts werd ik wakker omdat ik iemand hoorde huilen, pas na een poos werd het me duidelijk dat ik het zelf was die huilde, wier haren nat en samengeklit waren. Niet om hem huilde ik, alleen maar om mijn goede gedachten en goede wensen, zo zelfzuchtig waren mijn tranen. Ik haatte mezelf, ik verraadde mijn liefde. Uit met het treuren. Welke dag was het vandaag? Ik zocht naar de datum. Het was toch nog september? Ik herinnerde me de droom die ik in Rosenhof had gehad, waarin ik een auto baarde, het was mijn idee, niet dat van hem, ook wanneer ik net zoals voorheen geneigd was om die twee dingen te verwisselen of om het onderscheid uit te wissen, althans tegenover mezelf. Wie had dat gedacht. Het was mijn idee om Albert te verwijderen.

Alleen maar omdat ik geloofde: het was Albert niet meer die onder mij geen geluid maakte. Het was de dood.

'Albert?'

Er werd aangebeld. Ik sleepte me uit mijn bed en liep naar de deur.

'Wie is daar?' Ik hoorde papier ritselen. Bloemen? Ik deed open. Voor de deur stond Charlottes tante. Ze grabbelde in een plastic tas.

'Ik was in de buurt. Ik dacht, ik loop maar eens aan. Gaat het goed met u, Beyla?'

'Dank u, ik sliep nog.'

'U ziet er ziek uit.' De tante drukte me tegen zich aan, het was een merkwaardig gevoel. Ze zette haar tassen neer, stak haar hand uit naar mijn gezicht en tikte op mijn wangen. 'Is die jonge man, die Albert, een beetje lief voor u?'

Ik haalde besluiteloos mijn schouders op. Van beneden kon je niets horen. Ik keek haar vanuit mijn ooghoeken aan. Wat wist ze over Albert? Wat over Albert en Charlotte?

'Ik dacht dat u misschien nog persoonlijke spullen van Charlotte had gevonden – als het u niets uitmaakt.' Ze zag er vrolijk en energiek uit. Misschien was het alleen maar de dood van haar nicht die haar in de lente bleek had doen lijken. Ik gaf de map met de foto's aan de tante. Ik gaf haar ook de zilverkleurige nylontas van Charlotte, zodat de foto's op straat niet zouden wegvliegen.